MENINOS NO PODER

Outras obras do autor

Contos / Crônicas / Novelas

O homem vermelho. Civilização Brasileira, 1977.
Os meninos. Vertente, 1977.
As sete pragas. Civilização Brasileira, 1979.
Paixões. Ática, 1986.
Os meninos crescem. Nova Fronteira, 1988; Buscavida, 1990.
Tempo de meninos. Ática, 1991.
Negócios de família. Ática, 1993.
Meninos e meninas. Ática, 1995.
Tempo de guerra. Cia. das Letras, 1997.
Bicho-gente. Ática, 1997.
Pensão Alto Paraná. Imprensa Oficial do Paraná, 2000.
Conversas de amor. Record, 2004

Infantis / Juvenis

A árvore que dava dinheiro. Moderna, 1981.
As batalhas do Castelo. Moderna, 1987.
Andando com Jesus. Ática, 1994; Círculo do Livro, 1997.
A festa dos números. Melhoramentos, 1996.
A guerra do macarrão. Quinteto Editorial, 1997.
A guerra de Platão. Quinteto Editorial, 1997.
O dia em que Deus criou as frutas. FTD, 1997.
O dia em que choveu cinza. Moderna, 1997.
A última tropa. Moderna, 1998.
Água luminosa. Moderna, 1999.

Biografia

O tempo de Seo Celso. Londrina, 1992.

Poesia

Haicaipiras e quadrais. Fundação Cultural de Curitiba, 1994.

Romances

Questão de honra. Farol do Saber, Curitiba, 1996; Moderna, 1999.
Terra vermelha. Moderna, 1998.
O caso da Chácara chão. Record, 2000.
No coração das perobas. Record, 2002.

Domingos Pellegrini

MENINOS NO PODER

romance

EDITORA RECORD
RIO DE JANEIRO • SÃO PAULO

2005

CIP-Brasil. Catalogação-na-fonte
Sindicato Nacional dos Editores de Livros, RJ.

Pellegrini, Domingos
P441m Meninos no poder / Domingos Pellegrini. –
Rio de Janeiro: Record, 2005.

ISBN 85-01-07224-9

1. Romance brasileiro. I. Título.

CDD – 869.93
05-0373 CDU – 821.134.3(81)-3

Capa: Tita Nigrí
Foto para capa: Fernando Rabelo

O autor adota usos e formas próprias de linguagem.

DISTRIBUIDORA RECORD DE SERVIÇOS DE IMPRENSA S.A.
Rua Argentina 171 – Rio de Janeiro, RJ – 20921-380 – Tel.: 2585-2000

Impresso no Brasil

ISBN 85-01-07224-9

PEDIDOS PELO REEMBOLSO POSTAL
Caixa Postal 23.052
Rio de Janeiro, RJ – 20922-970

O castigo dos homens honestos, que se recusam a participar da política, é ser governados pelos desonestos.

PLATÃO

Os candidatos

Primeiro churrasco

Os meninos quase nem precisaram falar para resolver que, naquele dia, não iam vender minhoca na rodovia para os pescadores a caminho do rio, isso só dava bem no fim de semana, e também não iam pedir dinheiro no sinaleiro, quase todos os carros agora paravam com o vidro fechado; nem iam pedir fruta nas chácaras, até porque nem era tempo de fruta: iam, isto sim, roubar bolsa de mulher e, quem sabe, conseguir mais dinheiro que da última vez.

— Depois vam' comer na churrascaria!

Saíram da favela, cruzaram a rodovia merecendo um buzinaço de um caminhão, passaram pela churrascaria e viram os garçons a passar pelas mesas os espetos de várias carnes, as pessoas escolhendo o que queriam, os garçons cortando com suas longas facas e, mal a pessoa começava a comer, lá vinham mais garçons com outros espetos, ah...

Reconheceram uma bolsa de mulher jogada no acostamento, depois de castigada por muitos pneus, deram-lhe uns chutes e foram para a cidade. Zanzaram pelas ruas e, na rua do mercado, deram com uma mulher com carrinho de compras e bolsa no ombro. Um pegou a bolsa e correram, a gritaria começou; pega ladrão, pega ladrão! Na esquina já se viram diante de homens com barras de ferro, dessas de puxar portas de comércio, passaram chispando com a ligeireza que só moleque mesmo.

Só pararam de correr na rodovia, e debaixo do viaduto abriram a bolsa. Repartiram o dinheiro e foram para a churrascaria. Um enfiou o dinheiro no bolso de trás das bermudas, a camiseta furada nas costas bem no sorriso de um candidato da eleição passada, a foto desbotada no pano quase transparente de tão fino. O outro chegou à churrascaria com o dinheiro ainda na mão, alguém olhou lá do salão, com a boca cheia, e ele baixou os olhos para os tênis bem maiores que os pés, e quando olhou de novo, o garçom vinha reto para ele.

— Vão se mandando, senão o dono chama a PM.

— E daí? — um encarou o garçom; num minuto podiam se arrancar dali e se enfiar em buracos que ninguém ia achar; mas o outro sorriu, sempre funcionava:

— A gente quer comer — abriu a mão — Temos dinheiro.

O garçom disse que com aquelas roupas e descalços não podiam, não.

— Mas e ali no parquinho?

O garçom olhou o parquinho, estava vazio, o salão já quase vazio também, saíam as últimas pessoas com o andar lerdo de barriga cheia. Ele sorriu fazendo a cara de anjo que encantava as mulheres no sinaleiro:

— É que a gente até sonha, sabe, de comer churrasco.

O garçom falou que ia ver com o dono. Voltou sorrindo.

— Pagam meia cada um, levo lá no parquinho pra vocês. Que mais além de churrasco — arroz, feijão?

Não, arroz-feijão comiam sempre, queriam carne mesmo.

— Nem salada, maionese? Faço uma escolha geral.

O garçom foi para o balcão e começou a encher um marmitex com aquelas comidas coloridas, eles foram para o parquinho. O garçom levou dois marmitex, um com as saladas e outro com carnes, eles pagaram e, comendo com as mãos, descobriram que era churrasco frio, alguns pedaços já cortados.

Acabaram gostando mais da tal maionese.

Primeiro comício

Voltando para a favela, de longe os dois meninos viram um carro cercado de gente, debaixo do grande flamboiã florido. Mais perto, viram que até mulher com criança de colo ouvia um homem que eles não viam, devia ser baixinho. Conseguiam ver bem outro homem, alto e moreno, de cabelos brancos, e um dos meninos disse que já tinha visto aquele homem em algum lugar. Mais perto, viram que o baixinho era claro quase loiro, usava suspensórios, não tinha barriga e falava sorrindo:

— Então, gente, nós resolvemos começar nossa campanha aqui, quase um ano antes da eleição, e, pela lei, ainda nem podemos dizer que somos candidatos...

Um velho desdentado falou alto:

— Aparece cada moleque querendo ser vereador!

A caixa de som estava encima do carro velho com as quatro portas abertas, crianças pequenas engatinhando pelos bancos com as mães em volta. O homem de cabelos brancos sorria ouvindo o baixinho, que falava começando a se erguer a cada frase, até terminar na ponta dos pés, aí desabando e dando um passo para lá ou para cá para a próxima frase, a próxima subida:

— Fomos convidar vocês de casa em casa para participarem de uma campanha diferente, para uma política nova, vão ver!

Vários resmungaram no meio das trinta ou quarenta pessoas ali, quatro da tarde, horário de verão portanto três da tarde, mesmo nublado era um dia de janeiro quente e abafado, estavam ali por causa do fedor — e alguém gritou: — E o *fedô*?! Pois é, disse o baixinho:

— Para mostrar que nossa campanha é pra valer, nossa única promessa é: ou fechar aquela fábrica ou fazer parar o fedor!

Baixou o silêncio como se tivesse caído da árvore, e passou uma brisa derrubando flores do flamboiã, enquanto o baixinho continuou com o microfone numa mão e a outra fechada golpeando cada sílaba:

— Isto mesmo que vocês ouviram! Ou acabamos com esse fedor ou não merecemos seu voto! — abriu a mão, sorriu — E não somos candidatos a vereador, somos candidatos a prefeito e vice!

Alguns sorrisos de descrença se abriram na roda de gente agora maior, outros chegavam da favela pelas trilhas entre capim e entulhos. Ih, falou um homem com sandálias e bermudas típicas de desempregado, a gente já fez tanta reclamação dessa fábrica, até *baixo-assinado*... Já veio aqui tanto jornalista, vereador, até promotor, falou uma mulher, e só faltava aparecer político também...

— ...mas vai chegando eleição, candidato lembra da gente, né?

Riram várias mulheres e os homens trocaram olhares, que que era aquilo, diabo de candidato com um carro velho e uma caixa de som ranheta, prometendo acabar com o maldito fedor da fábrica, ou era brincadeira ou...

— Como você vai acabar com essa fedentina, meu querido? — um homem levantou o braço.

— Eu sozinho não vou fazer muito. Nós todos vamos fazer juntos.

O baixinho falava esticando um dos suspensórios:

— Nós todos, juntos, vamos enfrentar e vencer porque vamos fazer política pra valer! Vamos usar tudo que vocês já usaram, abaixo-assinado, vereadores, imprensa, e a Justiça, que vocês deixaram de usar e por isso esse fedor continua! Mas nós vamos fazer o seguinte! — e soltou o suspensório, que estalou na barriga.

Agora todos ouviam atentos, até os meninos, aquele fedor era o inferno de suas vidas. Parecia carniça, como podia frango feder tanto? São as tripas, diziam uns, são as penas, diziam outros, o certo era que fedia de dar dor de cabeça, fedia de dar ânsia de vômito, fedia de mulher já ter perdido nenê de tanto enjôo, fedia de doer na alma; e aquele fedor já era tido como sina, aluguel cobrado pela vida naquele terreno gratuito, nada é perfeito, e agora vinha aquele baixinho falar de acabar de vez com o fedor, não perdiam uma palavra:

— Repito que Caboré e eu não queremos um voto daqui se não acabarmos com esse fedor antes da eleição! Isto mesmo: an-tes da eleição!! Depois — sorriu e piscou — agradeceremos os votos de todos!

Quando falou a palavra Caboré, um murmúrio brotou de vários pontos, eu sabia, eu te falei, eu não disse, é o Caboré, é mesmo, é o Caboré, e uma velha disse nossa, pensava que era mais novo, outra disse artista de rádio é assim, a gente não vê, quando vê... E artista de televisão, disse mais outra, é tudo *maquiage*...

Os dois meninos olhavam Caboré, já tinham pegado carona com ele, o homem da voz grossa no rádio, na verdade um homem tão magro, sobrando dentro da roupa, não parecia combinar a voz com a magreza. Os homens de novo ouviam o baixinho, mas as mulheres continuavam olhando Caboré, balançando na brisa feito um varapau, as mãos juntas na frente, parecendo proteger aquilo e pensando sabia Deus o que, com o sorriso leve deixando ver só uma linha branca dos dentes, olhando com olhos bons o baixinho a passar o microfone de mão para mão com traquejo:

— E logo vou apresentar a vocês a pessoa que vai botar no ar a nossa voz todo dia, pra toda a cidade ouvir, até a gente resolver esse problema, pra valer, o radialista que sempre atacou os poderosos, sempre defendeu a gente e se tornou o porta-voz do povo, Caboré Pessoa! Mas, antes, quero lembrar o seguinte...

Enquanto o baixinho falava, Caboré sentiu o coração bumbando como na primeira vez em que pegou um microfone, rapazola numa quermesse daquelas que não existem mais, e, piscando para acreditar ser verdade que estava ali se candidatando a prefeito, reviu o que já podia chamar de campanha com Ari Chimite.

Café na rádio

Tinha chegado cedinho na Rádio Norte, o dia amanhecia chuviscoso e ele correu do carro até a porta do casarão, trombou com o baixinho de suspensórios. Caíram alguns pães e, agachando para pegar, olharam-se nos olhos, e os olhos do baixinho não eram de coitado ou sofredor como a maioria dos que visitavam a rádio, eram olhos que tinham luz. Ele entrou com os pães e foi para a cozinha, passando pelo corredor onde as pessoas se levantaram dos bancos encostados nas paredes, falando como se fosse uma palavra mágica, Caboré, Caboré, peraí, Caboré, mas ele falou que já voltava, com um sorriso largo e o vozeirão:

— Vou passar manteiga no pão, gente, senão criança engasga e velho engole a dentadura — e mesmo os banguelas riram como crianças.

Quando voltou, o baixinho de suspensórios já conversava com as pessoas, na verdade parecia falar a todos, porque todas as cabeças, que olhavam para o baixinho, voltaram-se para ele quando saiu pela porta de vaivém com a cesta de pães. Atrás vinha com a garrafa térmica o sonoplasta Pedrão, mulatinho miúdo com cara de pobre mas roupas de butique, como Caboré dizia aos ouvintes no programa que logo iria começar, depois do café com pão que ele sempre anunciava com satisfação e com medo, como dizia, satisfação de receber visitas com um cafezinho, e medo de chegar visita demais pra pouco café, por isso pedia para telefonarem antes marcando o dia para ir despejar seus casos no microfone, esse altar dessa igreja chamada rádio, a que apelam quando nada mais resolve.

Então foi passando com os pães, e as pessoas olhavam com esperança dentro da cesta: de vez em quando algum comerciante mandava bolo ou bolachas ou frutas para o café do Caboré. Para cada pessoa Pedrão fazia uma micagem, uma careta, um passo de dança, antes de entregar a hóstia, como dizia, um copinho branco de plástico para o café. Quando todos estavam servidos e voltavam os olhos para o pão e o café nas mãos, Caboré sempre dizia baixinho:

— Deus nos abençoe — e ficou um tempinho olhando: dentaduras se lambuzando de manteiga, enquanto o chão ia ficando coalhado de farelos como sempre; e alguns como sempre engolindo sem mastigar, por falta de dentes. Depois Joana Mandona, como ele dizia aos ouvintes, chegou também miúda e elétrica, já enfiando a mão na bolsa e tirando uma lista:

— José Gonçalves, quem é? O senhor vai ser o primeiro, Seo José.

Nem era preciso perguntar por que, o homem estava com uma agulha enfiada na veia do braço, a mulher ao lado segurando o tubo de soro. Outros com cara de doente faziam o corredor parecer ambulatório, até porque era largo e na porta de vaivém, de duas folhas, numa estava escrito *silêncio* e na outra *no ar*; e quando a porta abria, iam e voltavam formando *silenciar*; então silenciavam. Mas Joana chegava falando alto, agachando para fazer perguntas sobre o caso de cada um, que já conhecia de telefone, e as pessoas se espantavam de ver que aquela mulher, tão decidida e mandona no telefone, era uma mulatinha de sandálias de dedo e cabelos molhados, moleca de jeans e camiseta, rindo para um, ralhando com outro de brincadeira, batendo palmas para pedir silêncio:

— Um de cada vez que eu não sou balaio, não venham despejando problema pra cima de mim, um de cada vez, é assim que é no Café do Caboré! Primeiro os doentes, os mais velhos e as grávidas, nessa ordem que-nem foi na Arca de Noé!

Caboré passou de novo a cesta de pães que logo ficou vazia, enquanto Pedrão tornava a encher os copinhos até esvaziar a segunda garrafa. As pessoas olhavam para ele agradecidas, então como sempre ele falou bom, com licença, são quase sete, converso com cada um lá dentro. Quando passou pela porta de vaivém, ouviu que o cidadão baixinho de suspensórios respondia a Joana que não tinha ligado antes porque não queria falar com Caboré, pelo menos...

— ...não no ar.

Vendedor de aparelho de massagem? Foi a última coisa em que Caboré pensou antes de acabar a música deixada por Pedrão, que entrou correndo na cabine envidraçada diante da mesa dele, ligeiro feito um macaquinho numa jaula de vidro. A saleta ali era maior que a salinha do sonoplasta, cabia um sofá, onde podiam ficar acompanhantes, mas ao lado de sua cadeira só ficava outra cadeira, para falar sempre uma pessoa de cada vez, nada de bate-boca no Café do Caboré. Sobre a mesa, dois microfones de pedestais baixos e pesados, o altar conforme Joana, onde cada um ia pedir ao Deus da Rádio a sua graça ou milagre. Pedrão botou o prefixo e girou nos calcanhares, deu uns passos de dança na sua jaulinha de vidro, depois apontou para ele, e ele começou mais uma vez a fazer o milagre de falar ali naquela salinha e ser ouvido por toda a cidade, deixando sair como água sai das pedras a voz grossa e modulada de quem já nasceu locutor:

— Bom dia, cidade, bom dia, cidadãos, começa o Café com Caboré!

Duas horas depois, tinha passado pela saleta uma dúzia de pessoas com seus dramas, suas dores, seus parentes desaparecidos, sua luta com a burocracia, com o descaso do governo, o esgoto entupido, o buraco na rua, a falta de remédio, queixas e reclamações, apelos e lamentos, em entrevistas curtas com o radialista que sabia perguntar curto e fino, e curto e grosso concluía depois de cada caso, como depois de ouvir o doente que, por falta de vaga no hospital, tinha recebido alta ainda tomando soro:

— É mais um caso de gente decente que paga os impostos embutidos em tudo que compra e não tem de volta os serviços públicos a que tem direito! Como diz o Bóris, isso é uma vergonha, e eu podia ligar lá para o hospital, era bem capaz de arranjar vaga para o Seo José, mas amanhã estaria aqui uma fila de gente querendo uma palavra do Caboré para conseguir internação, e a gente ia só transferir as filas dos hospitais aqui pra rádio!... Então o que podemos desejar é sorte ao Seo José, e as bênçãos de Deus para que continue se curando em casa, já que conseguiu vir até a rádio, e antes do próximo convidado do Café com Caboré, vamos ouvir aqueles que botam o pão na nossa mesa, os comerciais!

Quando a sala de espera esvaziou, Joana perguntou ao baixinho de suspensórios o que queria com Caboré.

— Quero que ele seja candidato a prefeito.

— Pode repetir?

Ele repetiu encarando, e só então ela notou o azul-claro e a esperteza dos olhos, também com uma doçura que desarmava:

— É sério. Quero convidar Caboré para ser candidato a prefeito.

Ela olhou as roupas dele, os tênis velhos mas branquinhos de lavados, as calças jeans mas a camisa social, que tipo.

— Você está mesmo falando sério? O Caboré não mexe com política!

— Não é pra mexer com política, é para mudar a política.

— E você é político, é?

— Desde criancinha. Com seis anos, minha mãe conta, ela me deixava na creche pra trabalhar depois que meu pai morreu, e um dia eu liderei uma revolta da gurizada, queriam cortar uma goiabeira no pátio. A gente tinha balanço num galho da goiabeira, a gente trepava nela, e dava tanta goiaba! Quando o jardineiro cortou o primeiro galho, perguntei o que ele ia fazer, podar a árvore que nem a prefeitura fazia na rua? Ele falou que não, ia cortar a goiabeira porque caía goiaba demais, apodrecia no chão e cheirava mal... Então trepei na goiabeira antes que ele cortasse mais um galho e, enquanto ele foi chamar a diretora, outros meninos e meninas treparam também. Começamos a gritar viva a goiabeira, viva a goiabeira, e deu a maior confusão. Só descemos com a promessa da diretora de não cortar a goiabeira, minha mãe conta isso mas eu não lembro.

Joana chacoalhou a cabeça:

— Nossa, o homem fala mais que radialista, só pode ser político mesmo...

Caboré apareceu:

— Quem é político, você, o salvador dos meus pães?

— Somos todos políticos — o baixinho estendeu a mão — Ari Chimite, seu candidato a vice-prefeito.

Joana riu:

— Esse aí, se não for louco, quer que você seja candidato a prefeito.

— E-u?! — Caboré afundou a mão no peito magro e também riu — Tá louco mesmo! Só se a política mudar de um jeito que deixe de ser política!

Exatamente, disse Ari:

— Tem de começar em algum lugar, e chega de esperar exemplo de cima, de presidente, de governador. Vamos dar o exemplo aqui na prefeitura.

Caboré olhou Joana, que riu tapando a boca, depois se forçou a ficar séria, os olhos lacrimejando:

— Eu falei. Ou é caso de internar ou é um santo.

Caboré voltou a olhar Ari Chimite, perguntou para ganhar tempo:

— Como escreve Chimite? Ésse, cê, agá...?

— Chimite com cê-agá só. Mudei no cartório, o povo não gosta de nome complicado. Podemos almoçar? Hoje é quarta, você tem a tarde de folga, então eu ofereço o almoço e você me escuta uns minutos, só isso. Pode confiar, não sou político tradicional, não minto nem engano.

Enquanto Caboré passava a mão nos cabelos, tique de quando estava incomodado, Joana resolveu que ia junto. Claro, disse Ari Chimite:

— Fica sendo nossa primeira voluntária de campanha.

Almoço aberto

No carro, Ari disse que era dia de feijoada no Carlão, o pequeno restaurante aonde Caboré ia quase toda quarta, para comer com caipirinha e cerveja e depois dormir a tarde toda. Você trabalha com que, perguntou Caboré, e o baixinho respondeu que não mais trabalhava no sentido usual da palavra:

— Vivo do que ganhei trabalhando nos Estados Unidos, e me preparo para trabalhar como vice-prefeito. Seu vice-prefeito.

Caboré passou a mão na cabeça, Joana riu, depois perguntaram juntos no que ele tinha trabalhado...

— ...nos Estados Unidos? Primeiro, como ajudante de cozinheiro. Depois, copeiro, garçom e *maître*. Baixaram o limite de altura para *maîtres*.

Riu sozinho.

— Na verdade, não era bem *maître*, mas *sommelier*, o que serve os vinhos, um dos cursos que fiz foi de Enologia.

E os outros, Joana perguntou.

— Computação, marketing, administração pública e publicidade, mas tudo cursos rápidos, no máximo duzentas aulas. E me formei em Direito antes de sair do Brasil.

No restaurante, Carlão saiu do balcão para um grande abraço, como se Caboré não aparecesse toda semana. Caboré apresentou Ari Chimite, Carlão disse que já conhecia:

— É freguês nosso! Vai tomar o de sempre, Seo Ari?

Enquanto Ari Chimite ia se lavar, Caboré e Joana apostaram se a bebida dele seria caipirinha ou cerveja; e ele voltou chegando junto com a bebida, martíni com vodca e gelo picado, explicou, mais uma rodela de limão-rosa e folhas de hortelã. Tem uma hortinha no fundo, explicou Carlão diante do olhar admirado de Caboré. Joana resolveu experimentar um martinari, como batizou, e Caboré pediu cerveja e a caipira dupla de sempre. Foram se lavar e, de passagem pelo balcão, Caboré soprou a Carlão — Desde quando esse cara é freguês? Desde o fim de semana, falou Carlão:

— Chegou falando de você, pensei que fosse teu amigo!

Caboré lavou o rosto e encarou o espelho, disse ah, o máximo que pode acontecer é você ficar bêbado de agüentar um chato. Ari Chimite conversava com gente de outras mesas; e alguns acenaram: — Vai, Caboré! Caboré prefeito!

Ari bicou sua taça e piscou:

— Você foi perguntar ao Carlão desde quando sou freguês, e a verdade é que vim aqui pra te checar.

— Me che-car?! — Caboré quase espirrou um gole de cerveja.

Sim, confirmou Ari enquanto Joana estapeava as costas de Caboré engasgado.

— Chequei tua vida profissional, Caboré, tua vida familiar, teu patrimônio, teus hábitos, teu passado, tua ficha na polícia, na Justiça, tua vida está em ordem, parabéns. Você é um exemplo de cidadania, ou eu nem estaria aqui para lhe oferecer a maior honra que uma pessoa pode receber da sua terra.

Caboré afastou a garrafa para esticar o dedo mas Ari continuou encarando calmo e falando suave:

— Como você vê, não sou um ingênuo, sei bem o que estou fazendo, é um investimento em esforço e capital que vamos fazer, portanto tenho de me precaver.

— Por falar nisso — falou Joana — Nunca entendi como os candidatos gastam na campanha muito mais do que vão ganhar de salário... Por exemplo, quanto ganha um vice-prefeito hoje?...

Caboré sorriu ainda meio engasgado e orgulhoso de Joana, Ari tirou da carteira um extrato bancário:

— Isto é o que tenho no banco, será nosso capital inicial de campanha, podemos precisar de bem mais.

Joana pegou o papel:

— Duzentos e cinqüenta mil reais!

E doze centavos, emendou Ari:

— Sinal de sorte, nosso número de candidatura será o 12.

Caboré riu:

— Cara, você é louco mesmo!

— Então — Ari encheu-lhe o copo — me escute comendo torresmo.

Carlão chegava com a travessa de torresmo, e Caboré, pela primeira vez, obedeceu a Ari Chimite. Bicando sua taça, Ari disse que a nova política pressupõe transparência total, tudo aberto desde o primeiro momento da candidatura:

— Nada de reuniões de grupinhos para escolher os candidatos, como fazem as quadrilhas para planejar assaltos. Não, é tudo aberto: nossa primeira reunião está sendo num lugar público, falando alto sobre as coisas públicas!

Joana não tirava os olhos dele:

— Duzentos e cinqüenta mil reais também é quanto vou ganhar como vice-prefeito durante quatro anos. Na maior parte, é dinheiro que ganhei de milionários bêbados. Podia abrir um negócio qualquer, mas ia só fazer o que **não** gosto pra ganhar a vida, como dizem, e a vida é pra ser vivida. Além disso, tenho vocação para a vida pública desde criança, e política é coisa para gente com vocação, não para ladrão.

Caboré ouvia com os olhos estreitos de desconfiança, e o baixinho crescia falando:

— Nos Estados Unidos vi por que são uma grande nação, há respeito pelos direitos e pelos deveres, e as leis são cumpridas. A grande maioria do povo é patriota e não corrupta, e parece que a maioria dos políticos também. Os serviços públicos são para servir ao público, e funcionam bem ou os responsáveis são responsabilizados. Dinheiro público é sagrado, e ética deve ser a religião dos homens públicos.

— E você acha ético — Caboré resmungou — *checar* a vida dos outros? Já ouviu falar de privacidade?

— Sim, mas eu precisava ter certeza da sua integridade, Caboré. Político daqui pra frente tem de ser assim.

Ué, resmungou Joana:

— Tá havendo uma revolução que eu não saiba?

Uma revolução branca, confirmou Ari, a construção da cidadania, sustentada por seis pilares:

— Ética, fazer a coisa certa! Transparência: fazer tudo aberto, como esta reunião. E austeridade, só gastar o que se arrecada!

Deu um gole, voltou a enumerar nos dedos:

— É preciso governar com participação social, até para arejar e reorientar para o público a administração pública! É preciso também agilidade nos serviços públicos, não há justificativa para deixar gente em pé nas filas neste tempo da informática! E é preciso solidariedade, promover a justiça social!

Joana bateu palmas, o baixinho continuou sério:

— Tudo isso não se faz da noite para o dia, mas por etapas, com programas de ação e exemplos, principalmente exemplos! Notem que os seis pilares juntos formam a palavra *etapas*: ética, transparência, austeridade, participação, agilidade, solidariedade.

— Como teoria, é bonito — Caboré afastou copos para a feijoada, que Carlão deixou na mesa avisando que era por conta da casa. Caboré se espantou e Carlão fez com os dedos um V:

— É minha contribuição pra campanha.

— Que campanha?! — Caboré apontou o dedo para Ari — Escuta, guri...

— Nos Estados Unidos chama-se teste do primeiro círculo — Ari encheu-lhe de novo o copo — Quando um partido quer lançar alguém candidato, são consultados primeiro os amigos, colegas e vizinhos. Se o cidadão não tem eleitores ou voluntários de campanha já nesse primeiro círculo, o partido nem investe mais. E eu ouvi seus amigos, Caboré Pessoa, e todos acham você uma excelente pessoa, acharam ótima a idéia de você ser prefeito desta cidade, e todos — os olhos brilhando quase úmidos — todos se dispuseram a trabalhar ou ajudar na sua campanha!

Caboré abriu a boca, fechou, olhou Joana que também lhe sorria, falou ah, vocês estão de gozação, e se dedicou à feijoada. Carlão deu-lhe um tapa nas costas — Vai firme, Caboré! — e se foi, Caboré balançou a cabeça, resmungou então tá, sou prefeito, pronto, agora vamos comer a feijoada.

Mas Ari continuou falando:

— O que mais aprendi fora daqui é o que aqui mais falta, cidadania! Temos de fazer uma nação, que país já temos! Um povo pode demorar pra mudar, Marx dizia que ainda estamos na pré-história da Humanidade, mas nada muda se a gente não apressar as coisas e exigir o certo! O socialismo é uma burrice e o tal sistema liberal é uma estupidez! Estão vendendo ou desmontando todo o serviço público que mal ou bem funcionava, a pretexto de enxugar o Estado e diminuir custos, mas ao mesmo tempo sempre acham bilhões para socorrer bancos corruptos falidos, enquanto falta merenda nas escolas!

Bicava a taça, parecia alimentar o fogo, Carlão também ali ouvindo:

— Estamos vivendo na maior das ditaduras, até porque é mundial, uma ditadura financeira e fiscal, disfarçada ou invisível, porque te cobram cada vez mais para viver, e cada vez mais há mais gente pobre e até menos ricos, mas uns poucos ficam sempre mais ricos! Só os grandes crescem, grandes bancos, grandes grupos, grandes empresas, e os pequenos ou se fundem ou fecham! A gente paga preços cartelizados no cimento, na água, no telefone, na energia, no transporte, nos combustíveis, na tevê, no sabonete, na comida, na bebida, e o governo não se importa porque leva sua parte em impostos embutidos de que o povo nem desconfia!

Joana perguntou se ele não ia comer. Já comi, respondeu, e continuou:

— O povo nem consegue enxergar direito o que está acontecendo, o povo tem de trabalhar pra viver, mas pressente que alguma coisa está errada, nunca se trabalhou tanto para ganhar tão pouco! Mas os juros continuam altos e só quem ganha com isso são os bancos, que nas eleições são os maiores doadores para as campanhas dos deputados que fazem as leis desta ditadura bancária! É preciso desmontar esse regime a partir da base, fazendo a prefeitura ser fonte de ordem e alavanca de desenvolvimento, em vez de exemplo de desordem, empreguismo e corrupção!

— E nós vamos resolver tudo isso comigo prefeito — Caboré falou a Joana — Bem você disse que o cara não bate bem.

Ari Chimite pegou o copo de caipira vazio de Caboré, deu para Carlão trazer outro e voltou a encher o copo de cerveja, Caboré já aceitando com sorriso mole e olhar divertido.

— Você gosta de cuidar de tudo, né? — Joana perguntou, Ari respondeu que era um bom sinal:

— Loucos não cuidam nem dos outros nem de si mesmos, não é? Minhas idéias podem parecer loucas, mas na verdade é a realidade que é absurda. Todos estão acostumados com o errado como norma e a injustiça como regra, mas não precisa ser assim mais! Nós podemos mudar as coisas!

— Por etapas — disse Caboré pegando mais feijoada — Vou para mais uma etapa.

— Por que, por exemplo — Ari continuou — na era da informática, temos de nos conformar com filas na prefeitura? Gente de idade, com varizes mais grossas que este dedo, em pé durante horas numa fila... pra que? Pra pagar imposto! Botaram computador na prefeitura mas só para facilitar pros funcionários, não pro público que sustenta os funcionários! O público continua na fila em pé, nem ao menos tem banco, quanto devem custar bancos como os da rádio, pro povo ao menos esperar sentado?!

Caboré ficou mastigando devagar e ouvindo:

— Quanto custaria instalar postos de atendimento informatizado nas quatro regiões da cidade? Desde pedidos de serviços até reclamações e pagamento de impostos, tudo o povo podia fazer ali, com facilidade e desafogando a prefeitura! E o próprio aumento de arrecadação cobriria os custos, mas a máquina pública não pensa no povo, só pensa em si, e isso tem de acabar!

Caboré balançou a cabeça e Joana falou sim:

— SIM — Sistema Informatizado Municipal!

Ari Chimite arregalou os olhos azuis:

— SIM, claro! Você fez marketing?

— Não, mas mexo nos anúncios do programa, fui aprendendo...

Ari ergueu a taça:

— Brindo à tua inteligência na nossa campanha!

Ela baixou os olhos, quando os ergueu estavam úmidos mas Ari nem percebeu, falando para Caboré:

— Você é segundo-secretário do Partido Brasileiro Trabalhista. É trabalhador respeitado, todo mundo sabe que Caboré Pessoa tem um programa cedinho na rádio e também é repórter de futebol, sem falhar um dia nos últimos vinte anos!

— Graças a Deus.

— E graças ao teu caráter, à tua vontade e ao teu amor ao trabalho, homem de Deus! — Ari Chimite ergueu-se na cadeira — Quem pode exibir um currículo assim entre os candidatos a prefeito?! O povo quer honestidade e trabalho, você tem o que outros candidatos pagariam fortunas para ter! Mas jamais terão, porque são políticos profissionais, e você é um cidadão exemplar que, como a maioria, quer ver mudar esse estado de coisas! Então vamos fazer mudar!

Caboré sorria conformado e divertido.

— Você é católico praticante, Caboré Pessoa, de ir à missa todo domingo e participar de tudo na paróquia do bairro, desde leiloar frango assado e cantar bingo na quermesse, até presidir a comissão de construção da nova igreja!

A gente tem de colaborar, resmungou Caboré.

— Você é presidente da associação de pais da escola do bairro, conseguiu reformar e cobrir a quadra, fez a horta, a reciclagem de lixo e...

— Eu sozinho não fiz nada! Eu só ajudo no que posso!

— Com bom senso e criatividade! — Ari continuou — Em vez de conseguir dinheiro vendendo pizzas que dão um trabalhão e um lucrinho, organizou um bingo semanal que deixa um bom lucro com pouco trabalho!

— Você checou também minhas cuecas? — Caboré sorriu sombrio, Ari continuou sério:

— Sei que você tem um casamento feliz e sólido com Dona Vaslinda, participam de tudo juntos e os filhos estão criados.

Caboré falou a Joana:

— Não é bem um louco, é um fanático.

— Por democracia, sim, fanático por democracia! — Ari continuou — E é desse tipo de fanatismo que precisamos pra mudar esta cidade e dar exemplo pro país!

Joana disse uau, você é político mesmo, cara:

— Fala só o que a gente quer ouvir, dá até vontade de votar em você!

— Quem vota no prefeito vota no vice.

— Você quer mesmo ser vice-prefeito, né?

— Caboré-Ari — ele sorriu — A dupla da vitória!

Caboré riu, mas depois perguntou se ele também era do PBT. Claro que não, disse Ari:

— Sou do PPT, temos um minuto e trinta no horário gratuito na tevê, e não temos nenhum candidato forte. O PBT também tem um minuto e trinta e também não tem candidato. Coligando PBT e PPT, com a chapa Caboré-Ari, vamos somar três minutos na tevê e no rádio, duas vezes por dia todo dia, e não é preciso mais pra apresentar os seis pilares e o programa de governo!

— Ele fala como se tudo fosse fácil — Caboré voltou a comer.

— Não é fácil — Ari usou a voz suave — Mas é preciso, é possível e é hora de alguém começar a fazer!

— E — Caboré sorriu piedoso — a honra coube a mim, escolhido por você como mensageiro de Deus, certo?

— Mensageiro da República — Ari falou sério — A César o que é de César, a Deus o que é de Deus, mas... não foi um anjo mensageiro que anunciou a Maria o maior acontecimento de todos os séculos?

Caboré acabava com a terceira caipira e a terceira cerveja, já ouvindo com olhos boiantes, enquanto Ari continuava com a primeira taça ainda pela metade. E falou dos planos para a armação das candidaturas, os diretórios dos partidos, as convenções, até Caboré falar com voz mole:

— Tudo muito bonito, cara, desejo sucesso, sinceramente. Mas agora, se você checou direitinho mesmo a minha vida, sabe que eu na quarta à tarde caio na cama e só acordo se tiver futebol pra transmitir de noite...

Claro, disse Ari, apenas pense na nossa proposta.

— Nossa? — Caboré olhou em volta — Você está sozinho!

— Não — Ari Chimite falou sério — Eu estou com a História, a república, a democracia e os teus amigos.

— E duzentos e cinqüenta mil pra gastar — Caboré piscou — sem qualquer interesse particular...

— Vou conseguir um ótimo emprego e projeção pública.

— Ah... — Caboré piscou para Joana — E sonha em ser o que depois? Deputado?

— Quero só arrumar a casa onde vivo, o município. Depois posso abrir uma casa de vinhos — Ari continuava sério, Caboré pediu desculpa:

— Tomei demais.

— É uma coisa que você terá de controlar, ao menos em público. Aliás, na campanha não vai ter nem tempo de beber...

Ora, Caboré falou levantando, vá pentear macaco!

— E pode ficar aí que vou pegar um táxi!

Quando ia entrando no táxi, alguém gritou — Tô com você, Caboré! — e ele fez um gesto irritado. Ari perguntou a Joana:

— Você acha que ele vai pensar na candidatura?

— Tão certo como hoje é domingo...

Ari não achou graça, perguntou se podiam ir, e ela viu que a taça dele ainda estava pela metade. No dia seguinte, na rádio, Caboré perguntaria se ela tinha chegado em ordem em casa, ela riu:

— Inteirinha, chefe, o seu amigo é um cavalheiro!

Ari não tinha lhe dado sequer um olhar, mesmo quando desceu para cumprimentar a mãe dela, que varria a calçada. Depois que ele se foi, a mãe até falou, nossa, que moço educado, é o que, professor? Ela falou não, mãe, é político. A mãe se benzeu.

Na rádio, Caboré não falou mais no assunto, e Joana, na correria do dia-a-dia, trabalhando também à tarde numa agência de publicidade, esqueceu Ari Chimite até a próxima quarta-feira.

Almoço em família

Ou tem mutreta nesta história ou não me chamo Caboré — ele disse depois de ouvir três versões de um espancamento de marido pela mulher, coisa não tão rara no Café com Caboré.

— E o delegado mandou instaurar o competente inquérito, vai dar processo pra entupir um pouco mais nossa Justiça, e enquanto isso já são quase oito horas desta quarta-feira de sol com nuvens esparsas no correr do dia, fiquem com...

Apareceu a cabeça de Joana na janelinha de vidro na porta, e em seguida a cabeça de Ari Chimite; Caboré continuou:

— Epa, eu ia botar um samba do Paulinho da Viola, mas vejo chegando aqui um amigo nosso, o Ari, então procura aí pra nós, Pedrão, aquela do Raul que fala eu calço 37 mas meu pai me dá 36! O Pedrão é o gigante mais ligeiro do Brasil, Ari, a moçada que está ouvindo nem consegue imaginar este baita homem loiro que temos aqui na sonoplastia do nosso café! E pronto, já tá na mão do Pedrão, Raul pra você, Ari!

Raul começou a cantar, Caboré saiu do estúdio, Ari convidou para almoçarem em sua casa. Caboré passou a mão nos cabelos, falou, olha, cara, eu não quero ser prefeito nem por um dia, quanto mais quatro anos, não quero ser político...

— ...entendeu? Pelo amor de Deus, obrigado pela feijoada e pela aula de cidadania, mas preciso trabalhar pra viver e, além do mais, hoje quero comer feijoada de novo.

Minha mãe fez feijoada, disse Ari, e Caboré viu os olhares de Joana e Pedrão pedindo.

— Me desculpe pela insistência na candidatura — Ari juntou as mãos — Agora não pretendo nem tocar em política. Minha mãe é ouvinte do seu programa, e a feijoada dela é tipo baiana, conhece?

Talvez tenha sido mais a curiosidade que levou Caboré à casa de Ari Chimite, onde ainda na varanda, entre samambaias em cascata e um imenso comigo-ninguém-pode, perguntou como podia fazer feijoada baiana uma senhora de origem alemã. Helena Schmidt riu com os olhos azuis:

— Meu marido era árabe, e moramos na Bahia enquanto ele viveu. Depois achei melhor morar aqui perto da minha mãe, que também já morreu...

O falecido estava num porta-retrato na sala, como a saudar as visitas, e Caboré leu a caligrafia na foto do homem sorridente: *José Ibrahim, 1942.*

— Chimite, então, vem da senhora?

— Mais ou menos. Meu nome de família é Schmidt — soletrou — mas o Ari resolveu mudar pra Chimite, pergunte a ele por que.

Por que, perguntou Caboré, e Ari sorriu:

— Prometi não falar de política.

— Mas mudar o nome da mãe não é nada — lembrou a mulher — O danado ainda tirou o nome do pai, mas eu compreendo porque é a vocação dele desde criancinha.

Caboré e Joana trocaram olhar — estaria a mãe treinada para falar o que Ari queria? Desde criancinha — continuou ela enquanto eles olhavam fotos pelas paredes — desde criancinha ele gosta de liderar, como disse uma vez uma professora, ou gosta de arranjar confusão, conforme outra professora. Ele nem lembra, mas no jardim-de-infância ele trepou numa goiabeira que iam cortar e...

Já contei isso a eles, mãe, Ari quis cortar, mas Pedrão falou conta, eu ainda não ouvi. Logo rebentaria a primeira risada, logo estavam na varanda do fundo, onde esperava uma mesa com torresmos, lingüiça frita e farofa, enquanto a feijoada apurava no caldeirão de ferro. No centro da mesa, uma jarra de caipira gelada, e ela contou que o segredo, para não ficar aguada com o gelo, era gelar antes os limões e a pinga, além de depois misturar também um pouco de casca ralada de limão. Caboré provou e disse nossa, nem vou querer cerveja, que coisa deliciosa; ao que a alemã preveniu: mas sobe bem, hem? — e ela mesma pegou um copo cheio.

Já estavam todos meio bêbados, menos Ari, quando ela cantou uma pequena canção em alemão antes de servir a feijoada, e fez o sinal-da-cruz antes de comer. Enquanto comiam, Ari disse que a feijoada era a cara do Brasil: a couve verde, a laranja amarela, o branco do arroz...

— ...além do feijão-preto, dos escravos que plantavam e colhiam tudo.

E o azul? perguntou Joana; o azul, disse Ari, está no céu, que dali da varanda podiam ver.

Pedrão viu como Joana olhava Ari e se concentrou no prato e no copo. Depois chuparam laranjas e na sala tomaram café, em sofás cheirando a cravo e limpeza. Ari insistia para a mãe mudar de assunto, mas ela continuava a falar do filho, mostrando fotos no jardim-de-infância, no colégio, careca no vestibular, depois com a beca de formatura na faculdade, e finalmente nos Estados Unidos, em turmas de formandos de tantos cursos que ela até ficava tonta:

— Achei loucura, criancice de filho mimado, ir trabalhar de garçom no estrangeiro com diploma de advogado... Perguntavam dele, eu tinha vergonha de contar, dizia que estava lá trabalhando num escritório de advocacia... Até que um dia ele mandou telegrama, que nesse tempo a gente nem tinha telefone ainda: mãe, arranja uma casa pra comprar que eu chego aí dia tal com o dinheiro. Eu pensei que fosse até brincadeira, né, porque sempre paguei aluguel depois que o pai dele morreu, antes era a companhia que pagava, e o aluguel sempre subia e a aposentadoria não, de modo que eu já não sabia mais o que cortar pra pagar o aluguel. Aí ele chegou, me beijou e a primeira pergunta foi: escolheu a casa, mãe? Que hoje é esta casa aqui...

Helena Schmidt enxugava os olhos com os dedos, finas veias azuis riscando a pele rosada como pequenos relâmpagos, Caboré olhou até ficar também com os olhos úmidos e pegou a mão dela como pegava a mão de tanta gente chorando na rádio, e muitas vezes chorou também, Pedrão botando música, os ouvintes sabendo que mais uma vez o coração calou o Caboré, como ele sempre dizia depois de voltar ao ar: de volta com vocês de alma nova, porque o choro lava tudo que o mundo faz com a gente.

Pedrão disse que também queria dar uma casa pra mãe...

— ...até porque, depois que ela morresse, ficava pra mim...

Ari disse que agora ia virar o disco, falar da mãe. Chamou para mostrar no quintal a horta:

— Aí tem chá pra tudo. Desde criança a mãe só me levou a médico uma vez, sempre me curou de tudo só com as ervas do quintal.

E por que precisou de médico, Joana perguntou e Helena Schmidt riu:

— Oh, menina curiosa! — já apontando o galinheiro, a parreira, a jabuticabeira, os maracujás, ninhos de passarinhos, seu mundinho.

No portão, Caboré falou muito obrigado, Dona Helena, e ela falou eu é que agradeço ao senhor por confiar no meu filho, ele não vai desmerecer, vai ser o melhor vice-prefeito que o senhor pode ter!

Quando o carro parou no primeiro cruzamento, perguntou a Ari que história era aquela:

— Sua mãe pensa que eu es-co-lhi você pra ser meu candidato a vice-prefeito?!

— Os hindus — Ari continuou olhando em frente — respeitam a boa mentira, o *maya* que ajuda alguém e a ninguém prejudica. Minha mãe tem tanto orgulho de mim, me incomoda até, mas ficaria magoada de saber que fui recusado por você. Semana que vem digo a ela que você desistiu de ser candidato, certo?

Diante de sua casa num bairro de classe média mínima, como dizia, fora do carro Caboré falou olha, Seo Ari, lhe peço encarecidamente:

— Me exclua dos seus planos políticos, pelo amor de Deus, eu sou segundo-secretário do PBT porque fui cobrir uma reunião, como radialista, e lá me convidaram a assinar a ata só pra dar quórum, depois me pediram pra figurar como segundo-secretário, só pro forma, disseram, sei lá o que é isso, não estudei Direito, só sei que nunca mais apareci nesse partido ou em qualquer outro, e de política quero só distância, entendeu?

Joana esperou Ari pedir que passasse para o banco da frente, mas ele não pediu. No banco de trás com Pedrão, ela falou ih, Ari, pode esquecer, quando ele não quer uma coisa... Mas não é o caso de ele querer, falou Ari, e sim da gente querer:

— Alguns homens públicos são chamados pela vocação, outros pelo povo diretamente... E com as leis, os partidos e o povo que temos, qualquer malandro ou fanático, desde que inteligente, pode chegar e muitos chegam ao poder. Por que não também os homens honestos?

A cabeça de Pedrão, adormecido, caiu no ombro dela na primeira curva. Então Ari disse baixinho escute, tenho umas coisas pra te falar, e o coração dela começou a bater tanto que teve medo de acordar Pedrão.

Bom dia, candidato!

Não havia rotina no Café com Caboré, a menos que se considerasse rotina desgraças e infortúnios, doentes, aflitos e desesperados. Mas não deixava de haver, mesmo nisso, uma certa rotina, a chegada das primeiras pessoas antes ainda de amanhecer, bocejando e até dormindo sobre os bancos de tábuas; depois a chegada de Caboré abraçando os sacos de pães, às vezes tão quentes que lhe queimavam o peito, mas dava gosto servir pão com a manteiga derretendo. O povo merece o melhor, dizia sempre quando comentava escola sem vagas, posto de saúde sem remédio ou sem médico, merenda escolar superfaturada e estragada, sempre dizia que devia ser o contrário:

— O povo merece o melhor!

Tinha acabado de falar esse bordão naquela manhã, quando Joana chamou: era o JB no telefone. Pedrão botou uma música, ele foi pegar o telefone com respeito e curiosidade, o que quereria com ele o JB Costa, dono de rádio e repórter, exemplo para os empresários e orgulho dos radialistas? Só podia ser convite para alguma festa; mas JB foi logo avisando que estavam no ar:

— Estamos no ar, Caboré! Bom dia, candidato!

A voz meio fanhosa mas firme de JB continuou falando que a Rádio Irerê queria ser a primeira a transmitir as primeiras palavras do radialista Caboré Pessoa como candidato a prefeito. Era uma honra ouvir um candidato de trabalho tão conhecido, colega de competência e caráter reconhecidos:

— Acho que posso falar em nome dos radialistas, Caboré, é um orgulho para nós ver como candidato a prefeito um profissional exemplar, e, se eleito, se conduzir a prefeitura com a mesma competência, nossa cidade viverá um tempo de que certamente também se orgulhará!

O pomo-de-adão de Caboré subiu e desceu várias vezes, e foi já com os olhos úmidos que agradeceu as palavras amáveis, ditadas pelo entusiasmo de um grande coração, mas na verdade...

— ...não sou candidato a nada, JB, até gostaria de colaborar mais para a cidade, mas...

— Sabemos que você ainda não pode falar oficialmente antes da candidatura homologada, Caboré, claro, nem seria você, um homem que se pauta pelas leis e pela ordem, a se dizer candidato antes do prazo legal. Apenas pedimos, então, Caboré, que nos fale como vê nossa cidade hoje e suas perspectivas para amanhã!

Bem, começou Caboré, com o respeito que merece o público, eu... — Joana ajoelhou de mãos juntas e sussurrou *não diga não*, e o pomo-de-adão voltou a subir e descer — eu acho que o partido certamente terá outras pessoas de mais capacidade e vocação, porque eu, sinceramente, não me sinto político, não sou político, não quero ser político e, se for preciso ser político, prefiro ir pra cadeia e passar a pão e água!

JB riu:

— Ou você não se chama Caboré! Mas, na verdade, senhores ouvintes, essa brincadeira revela a motivação principal da candidatura Caboré Pessoa, conforme analistas do cenário político, que é ser candidato sem qualquer vínculo com a política tradicional, alguém que recupere a credibilidade da política! Alô, Caboré? Caiu a linha, gente, mas vocês ouviram Caboré Pessoa, provável candidato a prefeito pelo PBT, já mostrando que teremos uma personalidade marcante na eleição do ano que vem!

Caboré mandou Pedrão botar mais uma música e saiu chamando Joana, passou bufando pelas pessoas no corredor, atravessou a rua para o bar em frente sem nem olhar para os lados, um carro buzinou. Quer se matar, perguntou Joana, ele sentou no tamborete do balcão e apontou o dedo para ela:

— Aquilo foi armação daquele Ari Se-mete! "Analistas do cenário político", nada, era ele só, fazendo futrica! Mas o que eu quero saber é o que a senhora tem a ver com isso!

— E-u?! — Joana botou as mãos no peito, e Caboré ficou bufando, pediu um café, tomou quente, queimou a língua, xingou, voltou para a rádio, e Joana ficou olhando e sorrindo, enquanto o homem do bar olhava para ela, que agora andava com saias curtas e um decotinho mostrando belos peitinhos antes cobertos por camisas de homem.

Caboré entrou no estúdio, Pedrão acenou que ainda estava no meio duma música. Caboré deu uma palmada tão forte na mesa que as pessoas no sofá estremeceram. Depois chamou uma delas, para sentar na cadeira ao lado do microfone, aí começou a tocar o telefone na sala de Joana. Tocou, tocou, tocou, o som fraco como vindo de muito longe, mas Caboré não era de deixar telefone tocar, foi lá para atender rapidamente e voltar antes do fim da música, mas era outro respeitado radialista a dar os parabéns em pleno ar:

— Bom dia, Caboré, conte pra nós por que resolveu ser prefeito!

Não podia desligar, afinal também vivia de telefone e microfone, então disse bem, acontece que cometi a infelicidade de aceitar ser segundo-secretário de um partido político...

— ...e agora querem que eu seja candidato a prefeito, eu, que nunca me meti em política...

— E é isso mesmo que o povo quer, Caboré, gente nova com novas atitudes! Nossa Pesquisa Radioeste já identificou que os eleitores querem renovação! E hoje incluiremos seu nome entre os prováveis candidatos, na pesquisa de intenção de voto, desde já desejando boa sorte e deixando você à vontade para suas palavras como candidato praticamente certo na sagrada vontade do povo!

Enquanto o radialista falava, Joana entrou e Caboré tapou o fone, perguntou por que ela não tinha avisado que ele ia estar no ar na ligação do JB. Ela abriu os braços, falou que também não sabia que o telefone de JB estava no ar, e, se mulata corasse, Caboré veria que ela estava corada, mas ele passou a mão na cabeça como se quisesse arrancar os cabelos e voltou a falar ao telefone:

— Olha, gente, eu quero só repetir que não sou candidato a nada, é uma notícia falsa, um... um balão de ensaio. Acho que estão querendo ver se minha candidatura decola, como dizem, mas eu não embarco nessa, não! Eu quero só continuar vivendo do meu trabalho, então peço a Deus que ilumine vocês ao escolherem candidato nessa pesquisa, esquecendo Caboré Pessoa, pelo amor de Deus!

E desligou; não ficou sabendo que, logo em seguida, começaram os telefonemas e e-mails para a Radioeste, dando parabéns a Caboré Pessoa pela sinceridade, mas lamentando ele não se candidatar. O radialista botou no ar uma mulher:

— Estamos aqui com Dona Adalgisa Pereira, lá do Jardim Colombo, que saiu de casa e amassou um quilômetro de barro até um orelhão para votar no Caboré Pessoa, como a senhora diz, mas a nossa Pesquisa Radioeste é feita com a rádio ligando para pessoas escolhidas ao acaso, Dona Adalgisa, através de pesquisadores treinados, para uma amostragem correta do universo social! Sendo assim, seu voto não será contado, mas temos certeza que os ouvintes estarão se perguntando por que a senhora gostaria de votar no Caboré, Dona Adalgisa.

— Porque ele é muito gente, por isso! Porque ele ajudou a gente quando começou o nosso bairro, que naquele tempo era chamado de assentamento, como se a gente viesse aqui sentar, e a gente vinha era morar porque não tinha onde, não tinha como pagar aluguel, ou ia morar debaixo de viaduto ou vinha pra cá, que era um pasto abandonado coberto de capoeira e a gente roçou até com faca de cozinha! E o primeiro jornalista que chegou foi o Caboré, um pouquinho antes de chegar a PM pra querer tirar a gente, dizendo que era fundo de vale, aí o Caboré falou peraí, a gente tá aqui no meio da encosta, até onde vai esse fundo de vale? Ele discutiu com o chefe da tropa, quase foi preso mas aí chegou mais jornalista, chegou promotor, e a gente não teve de sair, só prometendo não arranchar perto do riacho! Então é por isso que eu quero votar no Caboré!

O radialista disse que, diante de tanta vontade, o voto dela ia ser computado. Então outros ouvintes ligaram para votar em Caboré, e o diretor de pesquisa, na verdade um estudante fazendo estágio de Estatística, perguntou o que fazer com esses votos, iam fazer Caboré disparar na liderança. O radialista falou ah, ainda não é tempo de eleição, não tem juiz eleitoral vigiando, então mete bala, guri, tabula isso e pronto! Assim Caboré empatou com o deputado "até agora considerado candidato imbatível, mostrando que muita surpresa vem por aí nessa eleição que começa a esquentar com nossa pesquisa, um oferecimento de..."

No mesmo dia, Caboré começou a receber cumprimentos: parabéns, prefeito! Dá-lhe, Caboré! Vai firme, mermão! No dia seguinte, disse que até estava com vontade de tirar férias, fazia anos que não tirava férias.

— Também pode pedir licença da rádio pra fazer campanha, sabia? — Joana perguntou como se casualmente, mas ele esbravejou:

— O que?! Agora até você vai querer que eu seja candidato queira ou não queira?! Eu sou é capaz de dar queixa na polícia contra esse Ari, isso deve ser algum tipo de crime, querer forçar alguém a fazer o que não quer!

Joana falou sentaí, chefe, vou te dizer umas coisinhas:

— Você pode achar que o Ari é metido, e ele é mesmo, porque é muito inteligente e muito sensível, é um geniozinho mesmo, e pode ser o novo tipo de político de que a gente precisa, já pensou nisso? E pode estar muito certo de querer você prefeito, você já se olhou bem, Caboré Pessoa? Tudo o que aqueles dois radialistas falaram de você é verdade!

Ora, resmungou Caboré, radialista elogia todo mundo, mas Joana mexeu o dedinho como um limpador de pára-brisa diante do nariz dele:

— Mas você não é todo mundo nem qualquer um, Caboré Pessoa, você é um patrimônio moral desta cidade, sempre dizendo o certo e fazendo o certo, eu trabalho aqui faz quatro anos e nunca vi você sair fora da linha, aceitar uma jabaculê, deixar de ouvir os dois lados, não, você é um profissional que ganha pouco, trabalha muito e faz tudo certo e bem-feito!

Ele passou as mãos pelos cabelos, mas ela não deixou que falasse:

— Além de ser um tipão, sabia? Um tipão eleitoral, melhor dizendo, entenda, chefe, com essa cabeleira branca e esse sorriso... — ele estava sério — É um tipo muito carismático, sabia? Sem falar na voz!

Ele sorriu com olhar de piedade, ela silenciou, ele lhe pegou as mãozinhas nas mãozonas:

— Joana Mandona, não queira mandar em mim. Você falou do cabelo, da voz, mas esqueceu do coração. Eu não quero ser prefeito, não tenho saco pra política, já me dava aflição só ter de lidar com pedreiros na reforma da escola lá do bairro, imagine lidar com milhares de funcionários e centenas de milhares de pessoas!

O olhar dele agora era humilde e a voz pedinte:

— Não faz isso comigo, menina, deixa eu tocar minha vida em paz. Isso não é coisa pra mim, não, pelo amor de Deus, entendeu?

Pegou o microfone, mas ainda estava no meio da música, e ela disse tá bom, chefe, não vou mais abrir a boca, mas já emendou:

— Candidato pode mesmo pedir licença remunerada do trabalho, viu? E já que falou em Deus, já pensou que pode ser vontade de Deus? Um "anjo", o Ari, vindo de fora, com uma visão avançada, chega e convoca você para uma missão e você diz não, tenho de continuar minha rotina... Mas eu, meu amigo, eu gostaria de ir pra frente, sabe, não quero me ver nesta rádio fazendo a mesma coisa até ficar velha... Desculpe.

Pedrão acenou, Caboré passou a mão na cara, como botando ou tirando uma máscara, e sorriu para as pessoas espremidas no sofá:

— E então? Quem vai nos contar seu caso primeiro?

Uma velhinha miúda levantou se apoiando com o braço trêmulo no braço da poltrona, foi até a mesa, sentou com muito cuidado, mas falou alto quando ele perguntou o nome:

— Maria do Socorro Rocha, uma pessoa que vai votar no

senhor, porque a gente precisa de gente como a gente pra governar, sim-senhor, prefeito Caboré!

Com voz cansada ele falou que não queria ser candidato.

— O senhor pode não querer, mas precisa ser, queira Deus, e Deus vai fazer o senhor mudar de idéia pra servir ao seu povo, que é a melhor forma de agradecer a Deus pela nossa vida!

Caboré ficou engasgado, olhando a velhinha, reparando no broche, no vestido de baú, então disse que ela falava muito bem, tinha sido professora?

— Com muito orgulho! E fui também a primeira vereadora desta cidade há quarenta anos, no tempo em que vereador não ganhava um tostão e não faltava a uma sessão! Só vim aqui para lhe trazer o meu apoio e o meu apelo para que, finalmente, um homem honesto e trabalhador se candidate! Conte com meu voto, senhor Caboré!

Ele pousou a cabeça entre as mãos; Pedrão botou Raul Seixas:

...mesmo se um profeta vier lhes contar
que o nosso tempo está pra se acabar
vocês ainda têm, vocês ainda têm
a velocidade da luz pra alcançar!

Uma quarta diferente

Na quarta-feira seguinte, ele não foi comer feijoada no Carlão, foi para casa. Vaslinda disse ué, tá doente? Ele disse não, mas vou pra cama. Ela botou a mão na testa dele, não estava com febre, embora parecesse doente, olhando baixo, tirando a roupa como quem tira os pecados do corpo.

— O que foi, Caboré?!

Ele deitou, fechou os olhos. Quando ela pensou que tivesse dormido, sem abrir os olhos ele perguntou:

— Linda, algum dia você já me imaginou político?

No silêncio da casa ficou ecoando a ausência dos filhos.

— Parece que foi outro dia mesmo — ela falou com a voz longe — Os meninos jogavam bola no quintal, você queria dormir quarta de tarde e eu falava: é o único dia que o seu pai pode tirar pra descansar, então escondia a bola e dali a pouco eles estavam fazendo barulho de novo brincando com outra coisa...

Passarinhos cantavam no quintal, e ouviram também o tropel dos meninos pelo corredor, os gritos, a matraca do bijuzeiro e a buzina do sorveteiro passando na rua, e eles pedindo dá dinheiro, mãe, dá, pai.

— Tudo passa, muda tudo... — ela suspirou, esfregando as costas dele, um homem tão alto que tinha de dormir com a cabeça quase colada na cabeceira para os pés não saírem fora da cama, mas naquela hora era só um menino precisando de carinho.

— Eu tinha tanto o que fazer quando eles viviam com a gente, e hoje não sei o que faço do tempo...

Estamos ficando velhos, ele disse baixinho. Começando a ficar velhos, disse ela baixo, mas sempre dá pra mudar...

— ...fazer coisa nova — suspirou — enquanto ainda temos saúde e vontade.

Ele abriu os olhos:

— E você tem vontade de fazer o que?

— Sei lá, abrir um negocinho...

— Não vai querer botar uma lanchonete na frente de casa, vai? Com banquinha de jogo do bicho, vai?

— Não, eu estava pensando em botar umas máquinas de costura no quarto dos meninos... Você sabe que eu sei costurar e sei ensinar, quanta costureira não aprendeu aqui comigo o que aprendi com meu pai...

O sogro alfaiate olhava do porta-retrato.

Ele perguntou se ela estava falando sério, ela só balançou a cabeça, e, conhecendo a espanhola Vaslinda Ortense, ele sabia que era o suficiente. Murmurou bem, espero só que você não perca dinheiro tentando ganhar dinheiro...

— ...que-nem eu quando abri aquela loja de antenas, lembra?

Estava até ganhando dinheiro mesmo, quando os satélites e as máquinas evoluíram, as antenas diminuíram e baratearam, fechou a loja com prejuízo que levou anos para pagar.

— Eu não vou abrir nada — ela falou — Nem vou ter de pagar salários, vou pagar por serviço.

Já tinha duas máquinas de costura, compraria mais uma a prestações. Só precisaria de dinheiro para os panos do primeiro mês, depois o lucro é que pagaria mais panos. Ele lhe pegou as mãos:

— Linda, lembra da história da menina com os ovos... Nem todos os ovos viram galinhas, nem todas as camisas vão ser vendidas, e...

— Não vou precisar de nada, só quero te pedir pra usar minha poupança.

— Não precisa pedir, é sua, só tome cuidado, tá?

— Tá. Prometo não enriquecer demais pra não melindrar você — e levantou num pulo — Esqueci água no fogo!

Correu para a cozinha, depois o cheiro de café coando se espalhou pela casa, ele foi tomar. Estava de pés no chão e ela estranhou: ué, tinha perdido o medo de ficar resfriado, o terror dos locutores? Ele tomou o café pensativo.

— Você não respondeu: algum dia me imaginou político?

— Pra tudo chega o tempo. Se eu vou ser camiseira, por que você não pode ser vereador?

— Vereador não, prefeito.

Ela balançou a cabeça como se os pensamentos chacoalhassem dentro, então falou:

— Por que não?

Ele passou a mão nos cabelos. Tomou café com leite e comeu pão com queijo, como se fosse de manhã, e voltou para a cama. Levantou no meio da tarde, botou uma camiseta antiga e um boné.

— Menos parecido com político, impossível — e foram para a caminhada semanal nas estradinhas do vale, onde acabava a cidade e começavam as lavouras. Ela apontava árvores floridas, frutas nos pomares. Um dia, disse, se Deus quiser e as pessoas continuarem usando camisa, vou ganhar dinheiro bastante pra ter uma chácara.

— Eu não sabia que você tinha essa vontade.

— Eu também não sabia que você tinha vontade de ser prefeito.

Ele ia explicar, ela foi colher flores de mato. Na igreja do bairro, deixou as flores num vaso no altar. Depois sentou e disse apenas:

— Reze, ou fique quieto, que Deus fala com você.

Ele fechou os olhos e ficou ouvindo os passarinhos da igreja. Abriu os olhos, estava ali o padre, que deu nele um grande abraço dizendo que bom, que bom será ter um prefeito do bairro.

— Até o senhor, padre? — Caboré levantou os olhos para o céu.

— Eu principalmente, meu amigo — tinham se tornado amigos mesmo, no mutirão para reformar a igreja — Pois não foi Jesus quem disse que em vida é preciso renascer? Renovar-se, encarar desafios, ser cristão também é isso, não é, Dona Linda?

— Desde que seja o que o coração mandar.

Voltando para casa através do bairro, gente acenava, homens gritavam dos bares — Vai firme, Caboré!, Tô contigo, Caboré! — e alguns vinham abraçar. Uma velha lhe fez uma cruz com os dedos na testa — Pra iluminar, meu filho — e um aposentado bêbado, que vivia pelos botecos, foi fazendo discurso atrás deles. Em casa, na caixa de correio, tinha telegrama do Sindicato dos Jornalistas, parabenizando o prezado associado pela pré-candidatura.

Era quarta, à noite tinha futebol, mas telefonou para a rádio, avisando que não ia, escalassem o substituto.

— Falou, prefeito!

Bateu o telefone, ela perguntou que foi, ele resmungou que ia dormir. Deitou antes do telejornal, que ela viu com o volume bem baixinho. Quando foi deitar, ele estava acordado, então o que estava fazendo na cama?

— Pensando. Sabia que tem pesquisa com o Caboré como o mais votado?

— E por que você pensa que tirei o telefone da tomada? É toda hora gente ligando pra cumprimentar o futuro prefeito!

Ela dormiu, ele continuou acordado.

Café na cama

Ari Chimite ainda estava na cama quando Caboré entrou e acendeu a luz. Bom dia, disse Ari. Caboré se curvou com as mãos nos joelhos:

— Você invadiu minha vida, então agora estou invadindo a sua. Seguinte. Minha vida virou um inferno e sei que você está por trás de tudo. Você pode ser muito inteligente, cara, mas não é Deus e não vai mandar em mim!

Ari continuou deitado com cobertas até o pescoço.

— Vou te avisar uma vez só. Se eu desconfiar que você fez mais alguma armação pra mim, te pego pelo cangote e levo pra polícia, entendeu? Posso ser preso como agressor, mas vou ter o prazer de te dar uns tapas, Jesus também expulsou os vendilhões do templo a pontapés, não foi?!

Ari balançou a cabeça.

— E se veste logo que precisamos conversar.

— Posso saber sobre o que?

Da porta Caboré falou ué, sobre o que podia ser? Quando Ari chegou à mesa do café, Caboré elogiava os biscoitos de Dona Helena, e ela agradeceu mas disse que agora tinha de regar a horta antes do sol alto. Mal ficaram sozinhos, Caboré falou que tinha umas perguntas:

— Seu plano é ser vice-prefeito, é um direito seu, mas por que encafifou de querer logo *eu* pra prefeito?!

— Primeiro, por eliminação — Ari falava entre sopradas e bicadas na xícara — Você era o único, da diretoria de um partido sem candidato, que tem o perfil do novo tipo de político que o povo quer. Segundo, já te falei, você tem história de vida e serviços prestados à comunidade, é reconhecido profissionalmente, tem carisma, é honesto e criativo.

— Mas não pesou em nada o fato de eu não ser político e não querer ser político?! No partido ninguém disse que nunca fui a uma reunião, que só assinei aquela maldita ata de dó, porque me pediram com jeito, e, me pedindo com jeito, conseguem tudo de mim, mas mandando e querendo que eu engula prato feito, rapaz, não! Sabe o que é não?

Sei, disse Ari soprando a xícara:

— *Não* é o contrário de *sim*, à primeira vista. Então você não quer mesmo ser prefeito?

Caboré deixou o olhar afundar na xícara vazia:

— Não sei — suspirou — Não sei — encarou — Vou analisar a conjuntura, consultar as bases, como dizem os políticos...

Levantou e foi para a porta.

— Não me procure mais. *Eu* procuro você, se for o caso.

— Mas há prazos legais a cumprir para a candidatu... — a porta fechou, e Ari fez da última sílaba uma risadinha, ra-ra-ra...

Na rua, Caboré entrou no seu velho carro e o motor demorou para pegar, ele disse entre os dentes como é que pode ser prefeito quem não consegue nem ter um carro decente? O motor pegou e ele pediu desculpa, companheiro. Saiu do bairro, foi pela rodovia marginal, de um lado favelas, do outro lado a cidade, e dois meninos iam pelo acostamento, um deu com a mão de brincadeira, mas Caboré parou. Vieram até o carro desconfiados. Caboré falou oi, querem carona? Sou radialista, não precisam ter medo de nada. Os meninos entraram, um sentando no banco da frente, outro no de trás. Caboré perguntou o que iam fazer na cidade, o da frente falou passear.

— Vão passear mesmo ou pedir dinheiro por aí?

O menino de trás, que já queria correr quando o carro tinha parado, aproveitou um sinaleiro e saiu deixando a porta aberta. O outro menino, com cara de anjo, esticou o braço, puxou a porta, falou ele é assim mesmo, meio matusquela. O sinal abriu, Caboré dirigiu em silêncio até outro sinaleiro:

— Hoje a vida não tá fácil mesmo pra quem tem estudo. Será que nem meio dia vocês podem ficar na escola?

O menino falou sério como um homenzinho:

— Escola é muito apertada, tio, e a gente aprende muita coisa que não serve pra nada — metendo a mão na maçaneta e saindo quando o sinal abriu.

Caboré chegou à rádio pensando que, se fosse pra ser prefeito, seria pra fazer escola pra essa meninada, com esportes, informática, oficinas... — e foi estacionar no seu lugar de sempre, lá estava o fusca verde de Ari Chimite. Tinha ligado para Joana comprar os pães e, quando entrou, deu com os convidados do dia e os funcionários da rádio diante de um bolo com velas acesas, batendo palmas e cantando parabéns. Joana explicou:

— Dez anos do Café com Caboré!

O segundo a abraçar foi Ari Chimite, falando no ouvido:

— Não armei nada, hem, fui convidado!

Dez anos! Uma foto na parede lembrava o começo do programa, ainda grisalhos os cabelos que se tornaram todos brancos. O senhor é um santo, diria uma mulher ao microfone. Ele encerrou o programa com uma música de Gonzaguinha, dedicando a todos que também morreram sem cinto de segurança, e saiu pelos fundos pela primeira vez em tantos anos, querendo tomar ar, ficar sozinho — mas, no estacionamento, sentado no fusca estava Ari Chimite abrindo a porta:

— Entra, escuta.

Outra rádio noticiava que, devido a denúncias de corrupção, o prefeito podia ser cassado pelos vereadores. Ari desligou o rádio.

— É corrupção pipocando pelo país todo! E o povo, ou melhor, a parte honesta do povo, passou a achar que todos os políticos profissionais são corruptos, daí a grande chance pra nossa candidatura.

— Você acha — Caboré pausou antes do ponto sem retorno — ...acha que dá pra fazer educação integral decente nesta cidade?

Ari Chimite abriu devagar um grande sorriso, estendeu a mão:

— Parabéns, candidato! Não é fácil nem barato, mas é possível implantar gradativamente a educação integral, começando com as primeiras séries, em quatro anos podemos ter toda a rede escolar em regime integral... É só aparelhar melhor a escolas e...

Não, disse Caboré:

— Nada de criança espremida em escola apertada. Sabe por que as escolas não têm reciclagem de lixo? Porque o terreno é tão pequeno que o barracão do lixo teria de ficar muito perto da escola, e lixo fede... Chegamos a tentar na escola do bairro.

Ari sorria, Caboré falava triste:

— Me incomoda muito essa meninada de rua. Porque eu fui menino de rua, sabe, num tempo em que ainda nem chamavam assim, chamavam de moleque mesmo. Minha mãe era lavadeira, ficou doente do pulmão, foi pro sanatório e eu fiquei na casa de um vizinho que batia na mulher e começou a querer bater em mim também. Fui pra rua, com doze anos, dormi debaixo de viaduto e pedi comida pelos bares, tomava banho em torneira de jardim e só tinha na vida um cobertor.

Ari não sorria mais.

— Comecei a cuidar de carro, fui um dos primeiros flanelinhas da cidade, ainda no tempo da cafeicultura. Corria dinheiro, então comprei uma caixa de engraxar, fui engraxate dois anos, até a voz começar a engrossar, e um radialista me perguntou se eu queria fazer um teste na rádio. Disse que eu tinha uma voz muito boa, era uma dádiva, e nunca mais esqueci a palavra, uma dádiva, mas também perguntou se eu sabia ler. Falei que sabia, e a voz no microfone disseram que ficou muito boa, mas, por tropeçar na leitura fui reprovado no teste, voltei pra banca de engraxate e chorei. No dia seguinte, fui procurar escola, queria aprender a ler, ler bem, só isso, mas era preciso estudar também as outras matérias, passar metade do dia na escola, em turma onde eu seria sempre o mais velho... Então procurei um professor particular e falei olha, quero só aprender a ler e ler bem, expliquei pra que, ele falou que então era preciso aprender mais algumas coisas. E me ensinou dicção, respiração, impostação, inflexão, além da língua, da gramática até literatura, li de Camões aos modernistas. Dois anos depois, voltei à rádio e pedi pra fazer teste de novo. Comecei como locutor da madrugada, dizendo o prefixo e as horas depois de cada música...

Sorriu sem jeito:

— Desculpe tanta falação de mim mesmo, é que... Eu acho que pra tirar essa meninada da rua, só trabalho, esporte, recreação, comida, mas em escola grande, com tanto espaço que...

— ...que nem sintam saudade da rua. A prefeitura tem terrenos grandes na periferia, onde estão os bairros com mais carência de escola, terrenos tão grandes que escolas neles poderão ter até trilhas ecológicas...

— ...e horta, pomar, oficinas...

— ...teatro, vídeo, informática...

— ...e não um campinho de futebol de salão espremido entre paredes, mas vários campos de futebol mesmo...

— ...e quadras de vôlei e basquete e handebol...

— ...e piscina, minha maior mágoa de menino foi só ver piscina de longe, mas não será sonhar demais?

— Não, pra coisa grande e avançada, tem verba até internacional. Podemos fazer parceria com o Estado e o ministério, com um projeto modulável, para ampliação programada, com parte do terreno em fundo de vale, para educação ambiental, os bancos internacionais adoram projetos ambientais... Mas que nome a gente daria a um bichão desses? Centro de Educação Integral, CEI?

Sei eu, disse Caboré, precisa ter nome? E nome bonito, disse Ari. Passarinhos cantavam nas árvores do estacionamento, Ari olhava longe:

— Uma escolona assim em cada região da cidade... pois a bandeira municipal não tem quatro estrelas?... Cada uma com um posto de serviços informatizado, para receber também impostos, pedidos, reclamações, um posto de... cidadania! Centros de Educação e Cidadania! Meu amigo, acabamos de criar os CECIs, carros-chefes da nossa campanha! Mas precisamos de programa de governo também para segurança, emprego, saúde, habitação, zona rural, já tenho algumas idéias anotadas, a que hora podemos ter uma reunião que não seja no meu quarto?

Caboré chacoalhou a cabeça e disse nossa, hoje de manhã eu ainda achava tudo isso uma loucura, agora...

Ari lhe bateu a mão no joelho:

— Agora preciso ir. Se tiver mais idéias, anote!

O fusca verde se foi, Caboré ficou pensando se os passarinhos queriam lhe dizer alguma coisa, e pareciam dizer sim. Voltou para a rádio e alguém falou, e aí, prefeito, vamos lá? Sim, respondeu, vamos lá!

Programa pra valer

Ari Chimite convenceu de vez Caboré com o programa de governo:

— Primeiro, acabar com a caixa-preta e o saco sem fundo na prefeitura! Com transparência total: contabilidade diária na internet, mostrando de onde veio e para onde vai cada tostão público!

Estavam na varanda dos fundos de Helena Schmidt, no quintal ela podava canteiros de ervas, e a brisa trazia cheiros das plantas feridas. Caboré e Vaslinda ouviam, Ari falava rabiscando papéis:

— Vamos também perseguir perda zero! Nada de desperdício nem excessos, com meta de redução de custo em cada secretaria. Ou o custeio cai vinte por cento, ou os funcionários não ganharão aumento de produtividade no salário e o secretário cai!

Joana anotava.

— Quanto aos excessos, os cargos de confiança são quase 200 e podemos reduzir para 50, apenas os secretários de governo e seus chefes de gabinete, pois são 25 secretarias. Como as secretarias e chefias são cargos indispensáveis, acabando com os outros podemos dizer que acabamos com os cargos políticos na prefeitura!

Fim da mamata, Joana falou anotando. Caboré perguntou como ele sabia tanta coisa da prefeitura. Li o balanço, respondeu Ari, e continuou:

— Vamos também garantir que em seis meses dá pra consertar o caixa da prefeitura sem demitir ninguém.

Caboré perguntou como: a prefeitura estava quebrada, nas escolas faltava até giz, nos postos de saúde faltavam remédios...

— Vamos rever todos os contratos de serviços e compras, da assistência técnica para os computadores aos alimentos para a merenda escolar, tudo! São setecentos fornecedores regulares e, conforme a promotoria, está tudo superfaturado, por exemplo a coleta de lixo. E nós vamos limpar a sujeira no lixo, falou Joana anotando.

— É isso aí, Programa Lixo Limpo! Grande nome, menina!

Ela baixou os olhos sorrindo, ele falou como locutor:

— *Lixo Limpo: do preço justo à justiça social!* — e explicou — Vamos fazer parceria com os carrinheiros! Uniformizamos todos, padronizamos os carrinhos, cada um com sua placa de trânsito como um veículo, e obedecendo às leis de trânsito também, que aí ganhamos votação do povão e também da classe média! Criamos cooperativas, para que eliminem os intermediários e ganhem mais renda: justiça social!

Meu Deus, disse Vaslinda:

— Esse rapaz é capaz de cortar bife com a língua!...

— Calculo — Ari continuou — que podemos cortar até trinta por cento do custeio atual da prefeitura, inclusive renegociando dívidas. Falta dinheiro para as creches, mas sempre sobra para pagar altos juros bancários...

Juros justos, disse Joana anotando, e Ari continuou:

— A prefeitura também tem grandes devedores, por exemplo quem é dono de muitos imóveis deixa de pagar o IPTU, mesmo podendo pagar, para esperar anistia ou descontos. Vamos acabar com isso! Tanta gente economiza até na comida para pagar o IPTU em dia, e esses, esses...

Tubarões, anotou Joana, e ele continuou:

— ...esses tubarões deixam de pagar porque sempre contaram não levar multa e ainda ganhar descontos como prêmio! Então eu estava pensando em dar descontos é ao contribuinte que pagar em dia: dois por cento de desconto a cada ano, até o máximo de dez por cento, além do tradicional desconto de dez por cento para quem paga à vista.

— Contribuinte Nota 10 — Joana anotou.

— Mas para encostar os tubarões na parede, é preciso moral, mostrar que não somos os corruptos da vez, só fazendo encenação de austeridade para depois fazer acerto... Vamos criar um conselho fiscal, com representantes da OAB e dos sindicatos dos contabilistas e dos jornalistas. Será garantia de transparência e chave da credibilidade para receber mais impostos!

Tem mesmo um árabe em você, disse Caboré, e Joana murmurou anotando:

— Conselho Fiscal Social, Conselho Social Fiscal... Seria bom se formasse a sigla Confie, hem...

— Conselho Fiscal Especial — Ari disparou — Com o Confie damos o golpe de morte na caixa-preta e no saco sem fundo na prefeitura, para voltar a ter dinheiro sobrando para obras e serviços sociais!

Meu Deus, disse Vaslinda, vou votar em vocês! Ari esticou e estralou os suspensórios.

— *Confie: vamos arrumar a casa! Quatro CÉCIs em quatro anos!* Já temos dois dos quatro carros-chefes de um bom programa de governo. Tem de convencer desde o jovem que acha eleição uma babaquice e vai votar nulo até o ancião que por idade nem precisa mais votar, mas vai votar só pra depois dizer que votou nulo...

Joana olhava Ari com olhos moles de admiração. A criação de empregos, disse ele, é o que mais quer o eleitorado, conforme as pesquisas:

— A prefeitura tem uns cem milhões em impostos atrasados por receber, de grandes devedores esperando descontos, ou de gente honesta esperando prefeito honesto. Disso podemos destinar digamos trinta por cento a um fundo de capital para criar ou ampliar pequenas empresas, que geram muitos empregos!

Joana anotava freneticamente.

— Em vez de receber descontos que desmoralizam quem pagou em dia, os devedores receberão cotas de capital de pequenas empresas que eles mesmos poderão escolher, e que deverão ter seus projetos de expansão aprovados pela prefeitura. As cotas poderão ser vendidas depois de três anos, no mercado livre, ou compradas pelas próprias empresas, aumentando o fundo de capitalização para novas empresas sempre!

Nossa, balbuciou Vaslinda, ele fala como quem escreve! É que já pensei muito nisso, disse Ari, estou com a coisa na cabeça. Caboré chacoalhou a cabeça:

— Pode funcionar, mas o povo vai achar que é só enrolação, se isso não for explicado em linguagem de gente. Pelo que entendi, é transformar impostos em capital para empresas que criem empregos, dinheiro na mão sem juros nem aval, certo?

— Emprego na Mão — Joana anotou — Porque o dinheiro nem passa pelas mãos da prefeitura...

— ...vai para as mãos do empresário criando empregos, emendou Ari...

— ...e acaba nas mãos do trabalhador que consegue emprego... — completou Joana. Ari continuou:

— Também podemos criar empregos contratando estagiários, que são mão-de-obra barata e sem encargos sociais, para ajudar nos serviços públicos, dando a eles o começo de currículo para futuros empregos! Em vez da tradicional dupla de fiscais, um ameaçando e outro achacando, imaginem um fiscal de carreira e um estagiário, temporário e cheio dos bons sentimentos da juventude!

— Um fiscal do fiscal — Joana anotou — Fiscalização *pra valer*!! Pode ser a quarta estrela: *Educação Integral, Arrumar a Casa, Emprego na Mão e Governo Pra Valer!*

Certo, continuou Ari:

— Podemos incluir no *Governo Pra Valer* desde o SIM, Serviço Informatizado Municipal, até a contratação de estagiários, até o Servir, Serviço de Estagiários *Remunerados*, senão podem pensar que é serviço voluntário e aparece muito louco e candidato a vereador.

Helena Schmidt olhava o filho com orgulho.

— Dizem que o governo Collor nasceu num jantar em Pequim, então eu sinto orgulho e alegria do nosso governo nascer aqui, na casa da minha mãe, uma mulher trabalhadora, com ajuda já da juventude, né, Joana, e com a participação da sociedade, né, Vaslinda, podendo somar a minha vontade de melhorar esta cidade, Caboré, com a sua experiência e humanidade, para o povo de novo ter orgulho dos políticos e pagar impostos com gosto, recebendo serviços dignos e de qualidade!

Vaslinda apertou a mão de Caboré, que esperou lágrimas descerem lentas pelo rosto de Helena, só então falou:

— Tudo bem, mas posso te perguntar uma coisa? Por que você usa suspensórios?

Ari respondeu sério:

— Primeiro, pra segurar as calças. Segundo, o cinto constringe a cintura, causando tensão muscular e problemas de coluna. Além disso, suspensórios duram mais que cinto, não é?

Deve ser, respondeu Caboré aturdido.

— Também conferem respeito, duas vezes mais que a gravata, porque suspensórios são duplos! E as pessoas lembram mais de alguém que tenha algo marcante, sem esquecer que a democracia não é só para consagrar a maioria, mas para garantir também as minorias, então uso suspensórios justamente porque quase todo mundo usa cinto.

No portão, Helena disse que o importante era conservarem a amizade, fosse qual fosse o caminho das coisas:

— Porque Deus cria a gente e a gente cria as coisas, depois as coisas começam a mandar na gente. E importante também é não deixar a criança morrer na gente, ser sempre um pouco criança pra não sofrer muito e se contentar com pouco... Sejam sempre meninos!

Natal e ressurreição

Naquela noite, Vaslinda notou que o marido, que dormia bem, agora ficava rolando insone na cama. Naquela semana, na missa de domingo lembrou de perguntar:

— A Joana tá apaixonadinha por esse Ari, notou?

— Tá, é? — ele olhava o Cristo lá no altar como se a estátua pudesse falar.

Naquele final de ano, várias vezes Joana pegaria Caboré com os olhos perdidos no microfone. No jantar de Natal do pessoal da rádio, num restaurante, viu que Pedrão olhava Joana dançar com Ari Chimite, que mal olhava para ela, cumprimentando e brincando com todos. Pedrão bebeu que bebeu e começou a dançar tipo Michael Jackson. Sempre bebendo, acabou dançando sobre uma mesa, miúdo e macacóide, cantando em *ingreis*, conforme Joana, até despencar e bater a cabeça, ao mesmo tempo entrando em coma alcoólica, conforme o pronto-socorro. Mas voltaria ao serviço em três dias, com curativo na cabeça e sem dançar mais nem mesmo na sua salinha.

Naquele dezembro, cobrindo para a rádio a festa de aniversário da cidade, entre japonesas de quimono, gaúchos e tiroleses, Caboré seria saudado pelo locutor da prefeitura, *registramos também a honrosa presença de Caboré Pessoa*. Mas por que, se cobria a festa fazia anos. Vaslinda lhe responderia:

— Acorda, Caboré! Pra todos os efeitos, você é candidato a prefeito! E não adianta dizer que não, porque todo candidato no começo diz que não é candidato...

— Quer dizer que sou sincero e pensam que é o contrário?

— Então por que não diz logo que é candidato?

— Você tem algum interesse nisso, é?

— Sim: prefeito, além de um belo salário, tem verba de representação, pode pagar lavanderia, eu me livro da máquina de lavar roupa...

Ele ficou em dúvida se ela brincava; perguntou como ela sabia da tal verba, Ari decerto, não? Ela apenas sorriu.

Antes daquele Natal, ela contrataria as primeiras costureiras, uma mocinha grávida e uma viúva recente, comprando a prazo mais uma máquina. Costuravam as três, ela mostrando como queria as costuras, os arremates, roupas bem-feitas para butiques. Venderia as camisas também a sacoleiras, para venda de casa em casa, com plano de fazer um barracão nos fundos para abrigar uma dúzia de máquinas e costureiras. Até que Ari passou na véspera de Natal para deixar um embrulho em papel de presente — e:

— Por que fazer um barracão aqui para as costureiras, quando cada uma pode costurar em casa com máquina própria? Você dá o pano e o molde, elas te dão as roupas feitas. A Itália se levantou assim, com a pequena economia informal.

O embrulho era uma caixa de bombons para, conforme o cartão, *um casal que encarna o ideal cristão de viver desafios.* Vaslinda achou bonito, Caboré achou palavrório de político, ela retrucou:

— Mas a idéia dele pra camisaria é muito melhor que a minha.

Ele ficou olhando para a mulher que mudava depois de conhecer Ari Chimite. E ele também mudava! Em todo lugar era chamado de prefeito e nem reagia mais, aceitava com sorriso, com aceno. Mas, naquela noite, ela acordou com ele se revirando; ouviu um rangido, eram os dentes dele rilhando.

Naquele Natal, de tão tenso ele teve um torcicolo que durou até o Ano-Novo.

No dia primeiro, como sempre, a Folia de Reis de Seo Belarmino apareceu na casa deles, e cantaram "especialmente para o prefeito". Ela riu, falou que a festa de Reis é mesmo para pensar em vida nova:

— Já criamos os filhos, temos saúde e, se tivermos algum sonho também, podemos renascer em vida como queria Jesus, não?!

Depois de beber e cantar com os foliões, ele dormiria tão solto que ela chegou a pensar se ele estaria mal, mas quando levantou era outro, ou o mesmo de antes de Ari, alegre e falando com ela, falando com a geladeira, com o carro na garagem, do quarto ela ouvia: vamos, companheiro!

Naquele mesmo dia, que era uma quarta, telefonou para ela e marcou de almoçarem em casa. Então olhou bem sua mulher, das varizes das pernas até as rugas do pescoço, e apesar de tudo ainda era e sempre seria uma bela mulher, principalmente pelo que não se via, e ela perguntou: pensando em mim? Sim, disse ele, e ela sentou no seu colo:

— Que bom, então parou de pensar naquilo.

Acho que resolvi o assunto, disse ele beijando a orelha, e ela se arrepiou, acabaram indo para a cama. É a ressurreição, disse ela, antes mesmo da Páscoa.

(Num daqueles dias chuvosos de janeiro, quando não pôde voltar a Brasília por falta de avião, o deputado chamou para uma conversa o secretário do PPT. O encontro foi na chácara de um assessor, e o secretário telefonou quando estava chegando; o portão foi aberto e o carro entrou rápido, a piscina reluzia azul no verde do gramado. O uísque era escocês, a picanha argentina e o charuto cubano, mas antes do charuto o secretário, na vida real dono de uma rede de farmácias, contou como Ari Chimite tinha se enfiado no partido, como vice-secretário, rapidamente controlando tudo porque sabia desde fazer atas até coordenar reuniões e tudo mais.

— Pois é — o deputado alisava os bigodes antes de falar — Pra vencer a eleição pra prefeito, tenho de tomar cuidado com aventureiros... Como vai a farmácia, meu amigo?

Antes da sobremesa, acertaram que, eleito prefeito o deputado, a prefeitura passaria a comprar remédios da distribuidora do amigo, respeitada a lei das licitações, claro, isso se arranjaria.

— Em troca, quero saber tudo que esse Ari anda tramando.

— Ele é liso que só, deputado, escapa de tudo, só faz o que quer, é... é político mesmo, né.

O deputado sorriu:

— Ouvi dizer que ele já tem até equipe de campanha... Então sonda se tem alguém precisando de uma graninha agora e depois um empreguinho bom na prefeitura...

O secretário tossiu, fumando charuto pela primeira vez, que graça tinha aquilo? Mas ao final do licor e do café, já estava achando charuto uma delícia e perguntou quanto custava uma caixa.

Comício diferente

Naquele janeiro, Caboré perguntaria a Ari se não era proibido fazer campanha ou comício antes das convenções partidárias que seriam ainda em junho. Claro que é proibido, disse Ari:

— Só que não vamos fazer exatamente comícios, mas reuniões a céu aberto.

— Se tudo for questão de trocar nomes pra encobrir malfeito, tô fora — Caboré falou sério e Ari sorriu largo:

— Meu amigo, você vai ver.

Ari bateu a favela a pé com Joana, tomando guaraná em vários botecos, puxando conversa, até se fixarem num que pareceu o mais movimentado. Sentaram numa das mesas de lata, Ari pediu cerveja, Joana bebeu com gosto; tinha deixado o emprego da tarde para trabalhar na campanha, ganhando o mesmo salário. Ficou admirando Ari descobrir, com cinco minutos de conversa com o dono do bar, que chamavam o frigorífico de fábrica, e que aquela árvore lá embaixo era chamada do Tonhão porque lá tinha vivido um catador de papel que sumiu quando começou o fedor.

Logo Ari também soube que o principal problema da favela não era água, tinham torneiras públicas onde pegavam água em baldes; nem era luz, que puxavam dos postes lá longe, e de vez em quando a companhia cortava mas eles religavam. O problema era o fedor:

— Uma catinga da peste, de barrigada dos frangos que matam aí, caminhão e mais caminhão de frango todo dia.

Quando saíram da sombra quente do bar para o calorão da favela, Ari disse que o comício seria debaixo daquela árvore lá, com sombra e talvez até alguma brisa. Já que vai ser uma campanha diferente...

— ...por que não começar debaixo duma árvore?

Depois voltariam para entregar de barraco em barraco um cartão:

Vamos acabar com o fedor da fábrica! Reunião sábado 10 horas da manhã na Árvore do Tonhão.

Agora estavam ali, e Joana via que não era um comício tão pequeno, gente continuava a chegar, já deviam ser mais de cem pessoas na sombra da grande árvore. Ari falava trepado num caixote, o fio do microfone serpenteando pelo chão entre pés descalços e sandálias finas de tão gastas, o som saindo ranheta, ranho escorrendo do nariz de vários moleques menores, e alguns maiores cochicharam quando chegaram os dois meninos. Um apontou para eles, então os dois foram para dentro da roda de gente. Ficaram ali, já pressentindo na nuca um tapa a qualquer momento, olharam para o chão ao mesmo tempo procurando, arma de moleque é pedra. Mas acabaram esquecendo de tudo, ouvindo o baixinho do microfone:

— Gente não é só pra sobreviver, ganhando hoje o feijão de amanhã, gente é pra viver a vida que Deus nos deu, com dignidade, com dor às vezes, sim, que a vida já começa em dor, mas também com alegria, que uma vida sem alegria já seria morte em vida!

Várias cabeças balançaram concordando.

— Mas que alegria se pode ter vivendo numa fedentina assim?!

Alguns olharam na direção da fábrica, a branca e ajardinada fonte do fedor, com a cerca alta de arames farpados e as guaritas com guardas de óculos escuros, a caixa-d'água alta; Ari apontou:

— E sabem por que essa fedentina continua, chegando até a outros bairros, por que? Porque a fábrica é forte! Olhem lá: tudo que vocês aqui não têm, ela lá tem de sobra! Só na cerca tem cimento e ferro que dava pra fazer muita casa! E olhem o tamanho da caixa-d'água, vocês que não têm água em casa!

A brisa mexia a árvore; a fábrica lá quieta e fedida como sempre.

— A fábrica pode ser poderosa mas nós também temos um grande poder! Nós temos votos! E repito que não viemos aqui pedir votos, mas resolver o problema antes! Vamos resolver como cidadãos, usando nossos direitos, entrando na Justiça se for preciso!

— E quem vai pagar *adivogado*? — perguntou uma velha banguela.

— Advogado, dona, a Justiça tem de graça pra casos assim, sabia?

Ela balançou a cabeça, não sabia.

— Então, gente, é com a ajuda desses advogados, chamados promotores, que nós vamos dar um jeito nisso! Vamos dedicar desde já nossa vitória ao Tonhão, primeiro morador deste vale, e que daqui saiu expulso por essa fedentina!

Olhou longe por cima das cabeças.

— Nós vamos te vingar, Tonhão.

Muitas cabeças balançaram.

— Aí vamos voltar aqui e pedir votos para o Caboré ser prefeito desta cidade e, além de ar limpo, trazer também água, luz e dignidade para este bairro!

Alguns levantaram a cabeça ao ouvir a favela ser chamada de bairro.

— E vamos agora ouvir o Caboré, que vai fazer uma promessa pra vocês!

O combinado seria Caboré pegar o microfone e prometer que só voltaria ali depois de resolvido o problema da fedentina, mas ele pegou o microfone, passou a outra mão pelos cabelos e disse boa-tarde, eu nem sei o que dizer...

— ...pensam que a gente, por ser radialista, tem o dom da palavra mas...

Reconheceu os dois meninos ali, eram os da carona, parecia coisa de Deus, diria depois a Vaslinda; e então resolveu ser candidato mesmo, botando para a frente o pé que ainda mantinha atrás e firmando a voz:

— Eu tinha a idade desses meninos aí quando resolvi mudar de vida e mudei. A gente pode mudar a vida, se quiser!

Outros meninos entraram na roda.

— Então a nossa idéia é fazer o seguinte. Vamos sentar ali — apontou duas mesas trazidas do bar — e pegar nome de quem quiser entrar na Justiça pra acabar com esse fedor. É um abaixo-assinado, e vamos deixar folhas com quem quiser ir de casa em casa pegando mais assinatura. Quem não souber assinar, fala o nome pra ser escrito.

A velha banguela falou que era bobagem:

— A gente já fez *baixo-sinado* pra prefeito, jornal, vereador, nunca adiantou.

— Agora vai adiantar, dona, ou eu não me chamo Caboré! A senhora não quer ser a primeira a assinar?

Os outros meninos agora cercavam os meninos por trás, formando uma meia-lua a cuspir ameaças.

— Quem quer ajudar é só levantar a mão, gente!

Ninguém levantou a mão, Joana suspirou, Ari murmurou povo é assim mesmo:

— Mas ele não seguiu o roteiro, tinha de ter um crescendo antes da convocação!

— O Caboré, é bom você aprender: o Caboré só faz do jeito dele!

— Não querem ajudar? — Caboré agachou estendendo a mão para os dois meninos, e um deles deu um passo adiante, meio empurrado pelos de trás, o outro menino foi junto.

Ari puxou palmas que só alguns acompanharam. Caboré agachou para falar com os meninos:

— Como é seu nome?

— Joaquim.

— E o seu?

— Abelardo.

— Então vamos começar?

Largou o microfone, sentou na cadeira de lata, a mesa balançou, alguns riram, Ari falou no ouvido — Vão dispersar! — e já ia pegar o microfone, Caboré segurou pelo braço:

— Deixa assim, é mais honesto. Quem quiser vem assinar.

Os primeiros foram os meninos, que continuaram ali com ele, um de cada lado da cadeira, e depois a velha banguela levou um tempão desenhando o nome letra a letra. Outra mulher assinou também, depois um homem, enquanto muitos já voltavam para a favela. Ari bufou, entrou no carro e ficou olhando longe. Mas logo voltou os olhos para as pessoas que ficaram, quase a metade delas afinal; foram chegando e assinando, alguns demorando porque só tinham aprendido a assinar para votar. Quase todos tinham título de eleitor, garantiu a velha banguela a Caboré:

— O povo, quanto mais pobre, mais precisa do *titro de eleitô*, pra *ganhá* um dinheirinho na eleição...

Pedrão colocou no som Raul e Gonzagão, mas Caboré, depois de pegar assinatura de todos, acenou para Pedrão cortar o som e falou sem microfone:

— Gente, isto aqui é só o primeiro passo de uma caminhada. Vamos precisar de mais assinaturas, vamos formar uma comissão, ir pros jornais, ir falar com o promotor. Quem for se destacando vai fazer parte da primeira diretoria da associação, é, vamos começar uma associação! Povo só tem poder se juntando, então repito que esta vai ser uma campanha diferente, porque vocês não vão participar por dinheiro, pra segurar cartaz na rua, nem pra ganhar camiseta ou sanduíche ou dentadura, não, esta é uma campanha pra começar a ter vida de gente, vocês que recolhem o lixo de tanta gente, limpam a cidade e têm de viver na fedentina! Não têm, não!

Alguns balançavam a cabeça concordando, outros olhavam para o chão, Caboré continuava olhando nos olhos dos poucos que encaravam:

— Vamos lutar! Nós vamos estar com vocês, ensinando o caminho das pedras, indo junto! Já vi tanta injustiça, tanto descaso contra o povo, e também vi que o povo reage muito pouco, a gente se acomoda, talvez por tanto trabalhar pra ganhar a vida, a gente tem preguiça ou cansaço de lutar por um direito, e vai levando uma vida torta, de fedor, de buraqueira, de poeira, de doença, porque não tem força pra reagir.... ou porque não sabe como reagir... Pois juntos nós vamos descobrir! Porque eu já criei meus filhos, e a forma de agradecer a Deus por ter filhos criados e com saúde é ajudando outros filhos de Deus!

Agora quase todos olhavam o homem de cabelos brancos.

— Meus irmãos, eu consultei muito meu coração antes de resolver me candidatar a prefeito, e só aceitei porque combinamos, eu e o vice-prefeito, que será uma campanha diferente, levantando os problemas e levantando o povo pra resolver os problemas! Obrigado.

Estava com os olhos molhados e a maioria aplaudiu, a velha banguela enxugou os olhos no avental sujo, abraçou:

— Vou trabalhar e votar de graça no senhor.

Um homem disse que era pastor, tinha uma igrejinha no bairro vizinho:

— Pode contar comigo, o fedor chega lá também — e pegou várias folhas do abaixo-assinado.

Outros também pediram mais "papel". Joana anotava nomes e endereços tipo virando-no-poste-terceiro-barraco, as ruelas da favela não tinham nome nem os barracos numeração. Mas todo mundo tem *titro*, repetiu a velha, e Caboré lhe perguntou o nome.

— Estrela — ela abriu o sorriso banguela.

— Então a senhora é a estrela de anunciação da nossa campanha.

Alguns voluntários se apresentaram, além dos dois meninos. Joana lhes deu as folhas em grandes envelopes plásticos, e marcou dia de voltar para recolher. Pedrão recolheu as caixas de som, devolveram a mesa e as cadeiras para o bar, entraram no fusca com caixas de som no colo e Ari dirigiu sem falar nada até o pátio duma churrascaria na rodovia, onde não chegava mais o fedor. Estacionou e falou bem, vamos fazer uma avaliação.

— O caminho do sucesso é criação, ação e avaliação permanentes. Antes de tudo, parabéns, Caboré. Você não fez o planejado, improvisou mas deu certo. A massa dispersou mas a nata ficou. E, além disso, não importa a quantidade de nomes para acionar a promotoria.

Mas vamos de barraco em barraco, disse Caboré:

— Foi assim com a associação lá do meu bairro. Muita gente só começou a participar depois que foram convidados de casa em casa. O povo é pobre mas cheio de consideração...

Certo, disse Ari, mas...

— ...quem vai passar de barraco em barraco pegando assinaturas? Joana e eu temos de ir fazer a preparação em outro bairro...

Caboré coçou a cabeça:

— Eu vou. Tenho três anos de férias acumuladas na rádio. Acho que aqueles dois meninos vão ser meus guias.

Ari estendeu a mão, Caboré apertou, Joana olhando com olhos úmidos, Pedrão olhando os cabelinhos da nuca de Joana

Na cama, Vaslinda perguntou como ia Joana, ainda apaixonada pelo Ari?

E ele nem percebe, resmungou Caboré.

— Ou não quer perceber. No quarto dele só tem foto de homem, notou? Desde menino até moço, depois já formado, viajando, em festa, sempre só com homem, notou?

Mas Caboré já ressonava.

As convenções

Um advogado do capeta

Caboré foi de barraco em barraco com os meninos Abelardo e Joaquim, Bel e Quim como se chamavam, juntando assinaturas nas folhas amassadas. Na semana seguinte começaram a "trabalhar" outro bairro, como dizia Ari; cada problema ambiental era um filão eleitoral:

— São esgotos clandestinos, despejos e fedores industriais, poluição sonora, terrenos que viraram lixões, coisas que dá para as empresas ou a prefeitura resolverem logo se a promotoria intimar, então vamos centrar fogo nos crimes ambientais!

Nas favelas, pessoas assinavam como num pequeno parto, agarrando a caneta, amassando o papel, em mesas feitas de caixotes empilhados. Será que não estamos iludindo a esperança dessa gente, perguntou-se Caboré em voz alta, e Joana falou não, Caboré, se a gente faz de coração, não:

— Eu estou acreditando numa nova política, você não?

— Quero acreditar — passando a mão nos cabelos — Quero acreditar.

Em casa, contava a Vaslinda que nunca tinha visto tanta miséria e ignorância, e gente louca presa pela família num quartinho, igual porco criado ali num chiqueirinho sem janela, ao lado do barraco de um só cômodo, sala-quarto-cozinha com cheiros de urina e mofo e fritura misturados, crianças com ranho escorrendo do nariz, nenês carregados pelas mães como fardo morto nos braços, homens de olhar mole de pinga já de manhã, baldes de buscar água, a latrina cavada no chão coberta por tábuas, bacias e panelas com grande visitação de moscas.

— Eu achava que tinha visto de tudo, mas agora descobri que o povo se arruma pra ir na rádio, em casa é que a miséria se mostra e fede, e baba, e grita, e xinga, e bate e bebe e briga só por bobagem, pobre povo... Mas ao mesmo tempo, sabe — falava com a voz mole de sono — nunca me senti tão bem, fazendo uma coisa boa, no meio de tanta miséria e bruteza mas fazendo o bem, tentando ensinar essa gente a lutar direito... — e adormecia, Vaslinda lhe fazendo cafuné e sempre lhe dizendo, depois que ele começava a ressonar:

— Boa noite, meu menino.

Nos meses seguintes, vinte loteamentos ou favelas seriam visitados por Ari Chimite e Caboré Pessoa, assim não por ordem alfabética, mas porque Ari continuava chegando antes, sondando o ambiente e perguntando dos problemas, ouvindo de uns que o *porbema* era o seguinte, de outros ouvindo que ali o maior *pobrema* era tal, ou que o *probema* era outro ainda, e descartavam os bairros sem algum problema ambiental.

— Vamos virar especialistas em meio ambiente — falou Caboré diante da lista de casos ambientais já denunciados na promotoria em março. Cada abaixo-assinado era entregue com recortes de jornais sobre os problemas, fotos, análises de água ou esgotos, pagas por Ari com dinheiro do Tesouro, como chamavam sua conta bancária para a campanha. Para tocar os inquéritos, ia contratar advogado pelo seu partido. Caboré se alertou:

— Peraí, Ari! Você vai contratar advogado pelo seu partido para tocar causas da nossa campanha, que nem é oficial ainda, meu partido nem sabe... Isso tudo não é errado, Ari?

— O *seu* partido?! Mas você mesmo disse que está no partido por acaso! Pois que o acaso sirva ao destino!

Abriu os braços esticando os suspensórios:

— Ora, Caboré, tanto o meu quanto o seu são de picaretas que se reúnem em saletas, torcendo para ninguém aparecer nas assembléias convocadas por editais pequeninhos no jornal menos lido da cidade... São partidinhos sem nada além de um livro de atas, que não registra nada do que acontece de mais importante, os conchavos e os achaques, as vendas de candidaturas, as coligações que, na verdade, são aluguel do tempo do partido no horário gratuito de propaganda eleitoral...

— Mas nem por isso, Ari...

— Por isso mesmo, Caboré! Estamos só usando um truque pra enganar malandro, usando o barco dos bandidos sem vender a alma pra bandidagem! Sem controlar esses partidinhos de aluguel, nossa candidatura não vai existir! Além disso, toda despesa de campanha, desde já, é com recibo de data futura em nome da nossa coligação...

— Mas, Ari, a coligação ainda nem existe!

— E se não vier a existir, o máximo que pode acontecer é eu perder dinheiro. Me dê esse voto de confiança, Caboré!

Os homenzinhos do seu PPT tinham visão tão estreitinha, contou, que acreditavam estar ele querendo ser vereador. Mas no PBT já tinham se alertado, contou Caboré: tinha recebido em casa visita de três da diretoria, cheios de sorrisos e piadas, até que um perguntou, assim como quem não quer nada, como ia a candidatura. Conforme o combinado com Ari, ele respondeu que ainda não era candidatura, mas podia ser com ajuda deles. Claro, disseram os três, claro, conte com a gente, mas ficaram esperando mais, se entreolhando e olhando os próprios sapatos, o teto... Vaslinda trouxe café e a conversa vagueou para cá, para lá, até que o mesmo falou bem, Caboré, e as condições? Que condições, ele perguntou e soube que tanto podia contar com eles só para garantir o partido para a candidatura, ou podia também contar com eles como cabos eleitorais...

— ...dependendo de combinar, né, Caboré.

Conforme o combinado com Ari, ele pediu um tempo para "consultar um pessoal que está me apoiando": pensariam ser financiadores de campanha, decerto empresas fornecedoras da prefeitura, e ficariam esperando felizes, dando tempo de Ari ajeitar as coisas, como dizia. Era preciso, por exemplo, botar no tabuleiro a peça do advogado, que aliás se chamava Bispo.

Bispo era um moço pobre, com dois ternos que alternava na segunda e terça, também usando calças de um e paletó de outro nas quartas e quintas. Mas era tão inteligente quanto pobre, evitando a tentação de se tornar facilmente advogado trabalhista ou de porta de cadeia. Tinha sido indicado a Ari por um escrivão, colega de colégio de Ari, que tinha listas de nomes e telefones atualizados dos ex-colegas de colégio, serviço militar, faculdade, cursos e seminários. Muitos eram apenas eleitores, ele explicou a Joana, mas alguns podiam ser cabos eleitorais, outros podiam dar dinheiro para a campanha e outros ainda podiam prestar serviços, dar informações, mexer os pauzinhos numa coisa ou outra. Então Joana veria Ari contratar João Alfredo Bispo numa mesa do bar do Carlão:

— A publicidade para um advogado é o prestígio, a propaganda boca a boca, depois de anos e até décadas de trabalho... Mas também pode ser através da fama, que vem depressa, através de notícias e entrevistas na imprensa. E, na nossa campanha, você vai cuidar de uma vintena de bombas jurídicas de grande repercussão...

Explicou o plano: antes de tudo, entrar com as petições na promotoria, amplamente documentadas, inclusive com vídeos dos moradores relatando sofrimentos com o problema em tela, conforme a linguagem jurídica; todas as petições em nome de recém-criadas associações de moradores, com toda a documentação com que a burocracia estatal inferniza a vida das associações civis.

Bispo ouvia sorrindo.

— Com uma boa engraxada no fórum, nos próximos dois a quatro meses irão se sucedendo as aberturas de inquérito, notificações e pedidos de exames periciais, tudo gerando notícia.

— Mas você falou em... engraxar o fórum, ouvi bem?

— Engraxar, agradar com presentes os funcionários no caminho do processo. Se preciso, subornar. Isso você deixa comigo, vou registrar cada suborno com uma minicâmera, guardamos a fita e depois detonamos no horário gratuito eleitoral, mostrando como exemplo da corrupção que vamos combater já desde a campanha.

— Tá falando sério?

Ari se inclinou para ele mas agora falando alto para o bar:

— Doutor Bispo, a nossa campanha será um exemplo para o país! Seremos notícia nacional pelo menos meia dúzia de vezes! Nosso saco de surpresas vai se abrir a cada semana, pode contar! Eles se especializaram tanto em manter essa política velha e antipovo, que não é difícil assaltar de surpresa os pontos fracos desse regime injusto e hipócrita, que tem bilhões para gastar com os bancos e tira centavos da boca dos velhos e das crianças!

Uns moços paravam de jogar esnuquinho para ouvir o baixinho de suspensórios já de pé, vibrando com os punhos cerrados:

— Eles vão botar gente desanimada segurando cartaz pelas esquinas a dez reais por dia, enquanto nós vamos estar no noticiário defendendo gente que luta por seu direito de vida decente! A cada semana nós vamos ter um exemplo para contrapor a eles, e quando eles entrarem no ar com promessas, nós vamos mostrar o que já estamos fazendo pela cidade!

Apontou para longe:

— Neste momento, Caboré está batendo de porta em porta numa favela! Este país precisa ser chacoalhado por uma revolução moral, doutor, uma revolução sem violência nem morte, a não ser morte da corrupção, da mordomia, da preguiça, do empreguismo oficial, do clientelismo, do assistencialismo, do nepotismo, da injustiça social, mas tudo morrendo naturalmente, na medida em que se instalem, no povo e nos governos, a honestidade, a sinceridade, a verdade, a produtividade, a qualidade, a solidariedade das oportunidades e das responsabilidades!

Gente virava cadeiras para ver.

— E o jeito de fazer essa revolução é dando exemplo! Fazer o certo e apontar o errado, só com isto este país deixa de ser uma grande promessa e passa a ser uma realidade melhor para todos, em vez de ótima para poucos e ruim ou péssima para o resto! É do chão que nasce o pão, é de baixo que se constrói, é o município que deve começar essa revolução! Então vamos dar exemplos já desde a campanha!

Apontou para o peito do advogado:

— Mas vamos precisar de você com a mente e o coração na campanha! Vamos ser torpedeados de todos os lados, desde boatos e calúnias a denúncias de todo tipo, então vamos precisar de um bombeiro jurídico sempre pronto! E que seja também um bom tocador de causas no fórum... — Ari sentou; Bispo murmurou:

— Sem qualquer adiantamento?

Joana mais uma vez viu que Ari falava alto quando queria que ouvissem, baixava a voz quando não queria, escrevendo ligeiro alguns números num guardanapo e assinando:

— Dois mil de adiantamento, mais dois mil por mês até o fim da campanha. Guarda esse guardanapo, é nosso contrato.

O guardanapo ficou ali na mesa, Bispo foi para o sanitário e Ari foi junto. Urinando, Ari adiantou que os processos renderiam boas indenizações para os bairros, e o advogado teria nisso seus vinte por cento de honorários.

— Você pensa em tudo, não é?

— Mas aceito sugestões.

— Sugiro me pagar o adiantamento já.

Ari encheu um cheque, agachado sobre a tampa da privada.

— Bem-vindo à campanha, doutor! Precisamos de um advogado do capeta, aquele que nem é demônio nem é Deus, transita entre o céu e o inferno, o povo e o fórum! Compre dois ternos nesta loja — deu um cartão — É só assinar nota, mas terno mesmo, com colete! Advogado de pobre tem de andar mais bem vestido que advogado de rico.

VISITAS E VISITAS

Naqueles dias saiu a primeira pesquisa de intenção de votos feita por jornal, Caboré Pessoa com apenas cinco por cento. Caboré voltava à rádio depois de férias e notou o clima de velório, Joana lendo o jornal tristinha, com olheiras. Ela ergueu os olhos para ele, com a pergunta embutida — Você já leu o jornal hoje? — e ele disse já, já na padaria me falaram. Joana falou pois é, chefe, a campanha mal começou. Pois eu acho que começou mal, disse ele:

— Não por causa dessa pesquisa, mas por causa daquela da rádio — lembra? — que me botava em primeiro. Mudou o eleitorado ou mudei eu?

Joana encolheu os ombros, quem podia saber? Ari, resmungou Caboré, foi coisa do danado do Ari. Ao ouvir o nome, Joana arrepiou: andava mudando estilos de vestir, ora hippie, ora yuppie, ou quase-perua, ou displicente-esportiva, e também já tinha mudado o corte e até tingido os cabelos três vezes, cada vez mais bonita na sua mulatice clara, os cachos de cabelos negros caindo pelos ombros.

— Hem, mudou o eleitorado ou mudei eu? Ou aquela pesquisa mentiu, ou essa agora?

Joana voltou a responder com olhar cansado. Andava acordando cedo como sempre e dormindo tarde, depois de passar para o computador as informações do dia, nomes, endereços, telefones, avaliações de pessoas que poderiam trabalhar na campanha, classificadas em cinco categorias conforme Ari: cascateiros, interesseiros, chatos, pragmáticos e indecisos.

Os cascateiros eram todos que apareciam com idéias geniais, apoio entusiasmado, abraços, lembranças de campanhas passadas, prometendo votar em Caboré "ou eu não me chamo Fulano de Tal"!... Os cascateiros passavam, como passa a água pela cascata, davam adeus, não sem um último abraço, e iam embora, depois de prometer que "todos lá em casa vão votar em você", votos em cascata.

Ao contrário dos cascateiros, os interesseiros chegavam discretamente para oferecer ajuda, dependendo de receber também alguma ajuda... E a ajuda podia ser dinheiro ou uma candidatura a vereança, como queria aquele pastor, quando voltou com as folhas do abaixo-assinado cheias de assinaturas e perguntas enfileiradas na ponta da língua:

— Sabia que eu sou do seu partido, prefeito? E que vou ser candidato a vereador? O que acha do lema "Unidos com Deus pelo Pastor Isaías"?

Interesseiros abordavam Caboré já dizendo em casa tenho tantos votos e quero, por exemplo, fazer dentadura, conseguir internação duma tia doente, fazer aborto numa sobrinha, comprar pano para o uniforme das crianças, ou mesmo uma cirurgia, como pedira uma moça olhando nos olhos:

— Uma cirurgia restauradora, Caboré, pelo amor de Deus, pra eu ficar virgem de novo e casar tranqüila com meu noivo!

Dos cascateiros e interesseiros não era tão difícil se livrar como dos chatos, que geralmente chegavam com perguntas e mais perguntas, questões acima do bairro e além da cidade, até questões filosóficas como por que Deus permite tanta miséria; e o pior era que um cascateiro ou interesseiro também podia se revelar um chato, insistindo em pegar no braço, andar abraçando, contando histórias de outros tempos ou reclamando da vida.

Já os pragmáticos eram aqueles que só acreditavam vendo, os São Tomé desta vida de ilusões políticas, de modo que só votariam em quem já tinha feito qualquer obra ou resolvido qualquer problema público. Ganhariam os votos dos pragmáticos conforme os processos fossem andando no fórum e merecendo notícias na imprensa.

Os votos dos indecisos e indiferentes seriam conquistados no final da campanha, já que só votavam em candidatos com chance de vencer, assim muitas vezes os indecisos decidiam as eleições. Agora, mesmo com a pesquisa indicando cinqüenta por cento de indecisos, a eleição já parecia polarizada entre o deputado e um ex-prefeito, cada um com vinte por cento dos votos. Mas, para Joana, os cinco por cento de Caboré eram a grande novidade da eleição:

— É um bom começo, e temos tantos indecisos ainda!

Para encerrar o programa naquele dia, Caboré pediu aquele sambão do Vanzolini, *levanta, sacode a poeira e dá a volta por cima*. Saiu antes da música acabar, levando Joana pelo braço. Foi dirigindo sem falar, entrou na Radioeste e foi direto à sala do dono, o veterano Júlio Moreno, cuja voz grave e profunda de locutor tinha virado uma mistura de chiado e ronco depois de um câncer na garganta. Sem poder mais ser locutor, tinha vendido a casa para comprar uma pequena emissora, que agora era uma rádio de sucesso. Ninguém entrava direto na sala do homem, e a secretária entrou aflita atrás de Caboré. Pode ir, grunhiu Moreno, a mulher saiu atarantada, Caboré nem sentou:

— Moreno, lembra aquela pesquisa que me botou em primeiro? Que aconteceu com aqueles votos todos, Moreno? Alguém pagou por aquilo?

Era penoso ouvir e ver Moreno falar, cada sílaba saindo com esforço, algumas engolidas como grunhidos, outras esticadas como chiados.

— So...mos em-pre-sa... Cabré... Ninguém com-pra noss pesquis... Mas a-acei-ta-mos a-ju-d...

— E quem ajudou, Moreno, foi o Ari, não foi?

Moreno balançou a cabeça, Caboré virou as costas e saiu bufando; rumou para a casa de Ari. Com sua autoridade de mãe e de idosa, Helena Schmidt fez Caboré tomar chá de camomila e erva-cidreira, antes de acordar o filho que tinha ficado até de madrugada na tal internet. Caboré ficou soprando o chá, Ari passou acenando de roupão pelo corredor — Oi — com cara de sono ou de culpa? Joana quase entornou o chá e Helena falou nossa, como você mudou, menina, parece aquela artista — como é o nome? — da novela das oito...

Joana nem ouvia, vendo Caboré a soprar a xícara feito dragão soltando vapor. Mas logo Ari desarmaria aquela ira passando manteiga nas torradas e explicando com naturalidade:

— Mas claro que demos uma ajuda de custo à rádio naquele momento político determinado, Caboré. Nossa campanha precisava de um empurrão inicial.

— Mas eu nem era candidato, como nem sou ainda! Você armou aquilo pra me convencer!

— Te estimular, sim.

— E agora fico com cara de palhaço: cadê meus votos?!

— Uma parte, a rádio inventou naquela pesquisa. Outra parte, o jornal surrupiou nesta pesquisa agora, que, afinal, é paga pelo ex-prefeito, notou que ele subiu sete pontos e empatou com o deputado? Esses sete pontos tiraram de você.

Bebeu chá e encarou:

— Você deve ter uns doze por cento de votos hoje, Caboré, é um ótimo cacife inicial. E não vamos mais pagar pesquisas, fique tranqüilo.

— Tranqüilo!... — Caboré bufou, farelos voaram na toalha — Desde que conheci você, cara, acabou minha tranqüilidade!

O serviço público, disse Ari, não é para todos:

— É para poucos, um caminho cheio de desafios e armadilhas a todo momento, mas se o político sabe vencer os desafios e desarmar as armadilhas, é uma honra, é um prazer e pode ser uma glória. Dedicar tempo a outros é uma forma de dar a vida, e, sendo honestos no serviço público, só ganhamos pequenos salários e grandes responsabilidades, tarefas em penca e perda de privacidade. Não quero te iludir, Caboré, nem quero que você se iluda. Sacode a poeira e dá a volta por cima!

A volta por cima... Caboré murmurou:

— Toquei essa música hoje no programa. Você ouviu?

Ari disse que não, Helena Schmidt confirmou que o filho tinha dormido a manhã toda. Caboré trocou um olhar com Joana e murmurou deve ser Deus, deve ser Deus.

— Tá certo, Ari, vamos em frente.

Saiu com Joana e o gosto bom do chá na boca, calmo, pronto para ir ao bairro do dia e bater de porta em porta, gastando de vez a velha botina de tantos anos. Esse Ari é um demoniozinho, disse para se confortar; e você é um santo, emendou Joana:

— Por isso formam uma dupla forte, Caboré! — e ele ficou olhando para aquela mulher que tomava o lugar da moça que trabalhava com ele a.A., antes de Ari.

No dia seguinte, no meio do programa, saiu pela porta dos fundos para olhar o céu, gostava de completar o boletim da meteorologia com observações pessoais, mesmo que fosse só para indicar uma bela nuvem ou verificar se o céu estava mesmo obedecendo às previsões. Então deu com os dois meninos no estacionamento, já quase rapazolas.

— A gente tá sem fazer nada — disse Bel.

— É férias na escola — disse Quim.

Ficaram olhando para ele, até ele entender que queriam continuar ajudando, tinham gostado daquilo de ir de barraco em barraco, de casa em casa, batendo palmas, comendo aqui um pedaço de bolo que alguém oferecia, ali um doce, lá tomando um refresco. Nas casas com jardim e torneira, mesmo que não oferecessem nada, sempre podiam beber e molhar a cabeça e só isso já era muito bom.

— Mas eu não posso pagar nada.

— A gente não quer dinheiro, não...

— ...a gente quer só ajudar você.

Caboré agachou:

— Mas por que querem me ajudar?

Porque você vai acabar com aquela fedentina, disse Bel com a cara de anjo, e Quim só balançou a cabeça. Ari previa que, quando a promotoria começasse a autuar e multar as empresas poluidoras, apareceriam voluntários para a campanha, cascateiros que seria preciso afastar sem magoar e pragmáticos que seria preciso treinar fosse para o que fosse. Mas decerto nem Ari Chimite imaginaria que os primeiros seriam dois meninos, para quem Caboré estendeu a mão ainda agachado, apertaram sérios como homenzinhos.

Depois ele voltou para a rádio, os dois foram para a rua:

— Vai ser legal — disse Bel.

— E alguma coisa a gente vai acabar ganhando — disse Quim.

Naqueles dias, Joana tocou a campainha de Helena Schmidt, e a mãe de Ari apareceu de avental molhado. Joana só tinha ido levar um disquete para Ari, que não estava, e acabou tomando limonada batida com folhas de artemísia. Sobre a geladeira se postava um pingüim, ao lado de um porta-retrato que fez Joana ficar na ponta dos pés para olhar bem: Ari, menininho, abraçando um grande coco verde com coqueiros ao fundo.

— É do tempo em que a gente morava na Bahia — Helena contou — Um dia na praia, ele falou que queria um coco. O pai comprou, ele pegou e abraçou, e ficou assim com os bracinhos em volta do coco, veja só, até que o pai perguntou se ele não ia beber, falou que não, queria só ficar abraçando o coco geladinho naquele calorão... Desde menino ele faz o que quer.

Joana perguntou se podia olhar as fotografias da casa, e, procurando alguma mulher na vida de Ari, olhando cada foto em cada porta-retrato e quadro e quadrinhos pelas paredes, viu que ele só tinha mesmo fotos com homens. Mas não poderia ser coisa de mãe ciumenta, escondendo as fotos com rivais do seu filho amado? Joana não resistiu, disse que não tinha na casa toda uma foto dele com namorada, e a mãe falou tranqüila:

— Tinha uma foto duma namoradinha na Bahia, acho que a primeira, mas o namoro acabou no tempo em que ele começou a deixar crescer um bigodinho, catorze anos... — Aí um dia, já morando aqui, pegou o porta-retrato e deu sumiço na foto.

Joana saiu pensativa da casa cheia de Ari, Ari sorrindo por todo canto, e foi fazer as tarefas do dia passadas por Ari. No fim da tarde, horário de verão e o sol ainda alto, foi para o clube, coisa que não fazia desde mais de mês e, de biquíni, comprovou que não devia ser de jogar fora: os homens olhavam furtivos, e ouviu um dizer a outro "mulatinha gostosa", antes de mergulhar e ver, para onde quer que olhasse debaixo da água, Ari, Ari, Ari.

Os homens do partido visitaram de novo Caboré, e desta vez foram direto ao assunto enquanto Vaslinda foi fazer um refresco; era uma noite quente de fevereiro, os cachorros latiam molemente pelo bairro. Os três falaram um depois do outro:

— Caboré, o negócio é o seguinte. Parece que você quer mesmo ser candidato a prefeito, vai precisar do partido e tudo na vida tem um preço.

— E não adianta falar de nova política e campanha sem dinheiro.

— A gente sabe que o seu vice tem equipe trabalhando.

— Mas são dois meninos — Caboré riu — Ganham um lanche, coitadinhos.

Os três trocaram olhares.

— Caboré, se não abrir a mala pra gente, não vai ter a candidatura.

— O seu vice já costurou acordo com várias empresas fornecedoras ou concessionárias da prefeitura, do transporte urbano e do lixo, por exemplo, devem até já estar contribuindo pra campanha, não?

— Mas, sem o partido aprovar a candidatura, vai ser dinheiro gasto à toa...

Caboré recitou conforme o combinado com Ari:

— Companheiros, veremos o que o tempo traz.

Os três se foram. Vaslinda voltou com a jarra suada de gelo e se espantou, cadê os homens?

Ele tomou o refresco e falou que Ari tinha lá uma estratégia para a convenção. Ela olhou aquele homem que começava a falar em estratégia e falou ah, vocês parecem meninos brincando de política. Voltaram a ver um filme com as pernas erguidas sobre banquinhos, cansadas de tanto andar, ela visitando as costureiras no bairro, ele percorrendo bairros inteiros, levando de casa em casa boletim com texto adaptado para cada bairro: *Prezados moradores do (nome do bairro ou favela). Começamos a solucionar (o problema ambiental do bairro). A promotoria já indiciou a (empresa ou prefeitura) e determinou (análise da água poluída, ou medição dos decibéis, ou visita de peritos ao local, ou...). Mas precisamos continuar vigilantes para que a justiça seja feita! O próximo passo é formar associação de moradores, para continuar lutando! Venha para a reunião (dia tal, tal hora, tal local).*

Assembléia típica

Uma assembléia típica começava com uns perguntando a outros que diabo era aquilo, o bairro já não tinha associação?

Uma assembléia típica também teria crianças assanhadas e crianças parvas, mulheres grávidas e mulheres amamentando, moças e moços a se olharem ansiosamente, pedreiros e mecânicos ainda com a roupa do trabalho e cheiro de cachaça, um ou outro cachorro farejando e ao menos um bêbado, encalhado ali de passagem de um boteco para outro, falando alto, balançando o corpo como num barco, abraçando fragorosamente os conhecidos. Ari lhe apertava a mão, deixando uma nota bem dobradinha e o recado ao pé do ouvido: — Pra você beber mais umas, meu amigo!

Para atender a pequenos pedidos ou mordidas, como dizia, e também para as inevitáveis rifas, levava várias notas dobradinhas em vários bolsos, a carteira levava na cueca.

A assembléia geralmente era um tumulto de conversas e discussões, num bar ou num salão ou mesmo debaixo de um poste para clarear o livro de atas, eles de pé atrás de uma mesa emprestada, Caboré rodeado de crianças a cutucar o homem da rádio para ver se era de verdade.

A cada assembléia, Pedrão aparecia com menos penduricalhos de metal pela roupa de couro, mas sempre ainda com coturnos militares enfeitados de etiquetas e bandeirinhas como uma mala muito viajada. Para garantir gente no começo da assembléia, primeiro chegavam Joana e Pedrão com o som, depois chegavam Caboré e Ari, que ia direto ao microfone no pedestal:

— Boa noite, gente, sou Ari Chimite, e este é o Caboré. Nós sabemos que o bairro tem associação de moradores mas não funciona. Se funcionasse, não teriam deixado se arrastar durante anos esse problema que tanto castiga vocês e, pela primeira vez, está sendo atacado como se deve! Então nós vamos criar uma associação que funcione para acompanhar o caso na promotoria! E quem quiser perguntar por que Caboré e eu, que não moramos aqui, estamos metidos nisto, nem precisa perguntar que o Caboré já vai dizer!

Caboré pegava o microfone:

— Eu digo que estamos aqui não para tentar ganhar votos, mas para merecer os votos de vocês, fazendo da campanha eleitoral já uma amostra de que poderá fazer um prefeito interessado no povo e não em negociatas!

Mães estapeavam moleques barulhentos, velhos meio surdos chiavam pedindo silêncio.

— Queremos mostrar que é possível o povo se organizar e lutar pelos seus direitos, mesmo sem ajuda da prefeitura! Eleito prefeito, vamos mostrar que se pode lutar e conseguir muito mais!

Aplaudiam fraco.

— E vamos já eleger a diretoria da associação, a ata já está sendo feita ali — apontava Joana — Quem indica quem para formar a diretoria?

Se só o silêncio respondia, Ari indicava as pessoas que tinham ajudado a correr o abaixo-assinado, até chegarem a nove, seis para a diretoria e três para o conselho fiscal; e Caboré continuava:

— Em vez de votar quem deve ficar com cada cargo, pra ganhar tempo e agilizar, gente, vamos dar um voto de confiança a essas pessoas, para escolherem os cargos entre si, conforme o gosto e a disposição de cada um, para a associação funcionar pra valer!

A diretoria era eleita por aclamação, Caboré agradecia, Pedrão botava um som de dançar e, geralmente, o bêbado aparecia de volta e puxava um bailinho em que moças e moços acabavam dançando enquanto, em redor da mesa, os eleitos escolhiam os cargos e assinavam o livro de atas, depois ouviam instruções de Ari meio gritadas por causa do som. A ata seria registrada em cartório, aonde o presidente iria com Ari. Depois, já como entidade, iriam os nove se possível, em comissão, visitar as redações dos jornais, falando sobre o problema do bairro e a ação na promotoria.

— Nós levamos vocês até o jornal, depois lá é com vocês. Mas vamos conversar antes sobre o que falar e como falar.

Joana anotava nomes e endereços, enquanto Ari e Caboré conversavam com cascateiros, interesseiros e chatos. Depois, em casa, ela passava tudo para o computador. Lidava todo dia com seu próprio computador, com o computador da rádio e cada vez mais com o de Ari, e cada um tinha uma linguagem e teclado diferentes, mas ela nunca reclamou. Como não reclamou por ter de pedir demissão na rádio, para dar conta da trabalheira crescente da campanha, ganhando metade do que ganhava antes. Ia às assembléias, à média de duas por semana, com calças jeans e camiseta, e, entre uma assembléia e outra, usava decotes baixos e saias curtas, mas Ari continuava apenas a lhe dar mais trabalho.

Ao final de uma assembléia, quando ela entregou o livro de atas ao secretário eleito, Ari apontou para seu peito:

— Sabe o que ficaria bem numa camiseta assim? Uma caboré, que é uma corujinha. Vamos precisar de um símbolo de campanha, e um bichinho pode ser muito melhor que estrela, sol, coração, esses símbolos manjados. A coruja caboré é pequena, não é animal poderoso, e vive pelo chão, como a gente, conhece o nosso chão, olha só...

Joana anotou. No dia seguinte, quando foi copiar um arquivo no computador de Ari, notou que ele já tinha criado um arquivo novo chamado caboré. Abriu o arquivo e lá estava: *Joana: orçar camisetas por centena e milheiro.*

Joana passou o dedo em seu nome na tela, arrepiando, depois copiou o que precisava copiar, botou o disquete na bolsa e, antes de sair, ouviu o silêncio da casa. Helena estava no quintal; então abriu a cômoda devagar, pegou uma cueca e cheirou profundamente.

Vaslinda foi a uma assembléia e depois, na avaliação no Bar do Carlão, achou deprimente:

— Vocês manipulam o povo!

— Mas o povo brasileiro é infantil — Ari rebateu — Quer pai, quer que alguém diga vá por aqui, faça isto ou aquilo! Se fosse depender do povo, ainda seria monarquia! As lideranças são o sal da massa! Se a gente não mostrar o rumo e clarear o caminho, a massa é como farinha que não se junta e nunca vira pão!

Vaslinda sorriu:

— Ah, não dá pra discutir com esse homem.

Eu acho que ele tem razão, disse Caboré:

— Pra fazer o salão social da igreja lá no bairro, quem trabalhou mesmo foi meia dúzia, não foi? Pra reformar a escola, também, quase que os mesmos. Ele tem razão, quase sempre tem razão.

Ari dissertava para a roda de fregueses do bar:

— Cidadania só se conquista com organização civil! O povo tem de vigiar, participar e orientar governo, senão é democracia só de fachada, de araque, só eleitoral, e democracia tem de ser social!

Algumas pessoas cumprimentavam Caboré pelo excelente candidato a vice, Caboré sorria passando a mão na cabeça.

Mudança de ritmo

Em maio, uma dúzia de petições já tinham virado inquérito, e Ari falou bem, é hora de destampar a panela e mudar o ritmo. Pedrão botou no alto do fusca um suporte para as caixas de som e gravou uma fita com Caboré convidando para a segunda assembléia *da nossa associação, que já vai resolvendo o problema do...* Em cada assembléia, agora uma por noite, as pessoas recebiam o segundo boletim, já com o desenho duma corujinha, dando conta das providências da promotoria, audiências, peritagem, notificações e prazos. Fosse qual fosse o problema ambiental do bairro, pela primeira vez viam uma providência ser tomada e, já enquanto Ari fazia o relato ao microfone, começavam a cumprimentar Caboré, formando uma roda de abraços, apertos de mão e tapinhas nas costas.

Uma noite, quando Ari passou o microfone ao "nosso futuro prefeito, Caboré Pessoa", ele não pegou, disse gente, já que estamos assim numa roda, vamos conversar sem microfone. Chamou com as mãos e uma roda se fez, a cabeça alta e branca acima de todos. Ari murmurou ah, se a gente já tivesse câmera...

— ...esta seria uma cena emblemática da nova política!

Caboré explicava que agora é que a luta começava; era preciso vigiar o processo, senão pararia e seria arquivado. Era preciso ir à imprensa, falar do problema, mostrar para a cidade a decência e a carência do bairro.

Mais gente começava a querer "fazer alguma coisa", dando os nomes a Joana. Eram homens e mulheres precocemente enrugados, rústicos e toscos como seus barracos ou suas casinhas populares. Falavam alto entre eles, baixavam a voz com gente "de cima", como diziam.

As visitas à imprensa seriam uma maratona logística, conforme antecipou Ari. Sempre à tarde, teriam de pegar no bairro ou favela uma diretoria, levando de redação em redação nos carros de Ari e Caboré, mais uma kombi alugada para uma dúzia de acompanhantes:

— Imprensa só respeita pobre se for de monte.

Deixavam perto de cada redação aquela vintena de pessoas mal vestidas com suas melhores roupas, muitas com os pés empoeirados nas mesmas sandálias de sempre, e desejavam boa sorte. Lá iam eles, atrás das lideranças que surgem no processo de luta política, disse Ari, que nem cogumelo no pasto depois de chuva, mas só onde boi cagou, cogumelo é flor da bosta do boi...

— ...como a cidadania é flor da política.

Depois saíam rindo das redações os cidadãos que tinham entrado sérios e tensos. Tinham sido fotografados, tinham sido ouvidos, alguém tinha anotado seus nomes e seu problema, alguém tinha anotado a lei, soletrada aos tropeços, que lhes dava direito de viver sem fedentina ou barulho ou lixo ou água envenenada ou... Lá pela quinta ou sexta visita às redações, todas devidamente noticiadas ou registradas pelos jornais em fotos com legenda, um editor menos sonolento percebeu que todas as novas associações de bairros, que pareciam pipocar pela cidade, levavam o nome de Nova Associação de Moradores do bairro tal ou qual. No dia seguinte, rodando pelo centro à procura de vaga, o mesmo editor viu dois carros e uma kombi despejando gente perto do jornal, Ari e Caboré despachando o povinho com últimas recomendações.

O editor ligou para o jornal. Depois a repórter que atendeu a comissão de moradores da Favela São Benedito perguntou por que, com tantos problemas no bairro, como insegurança e falta de esgoto, por que a associação nascia lutando contra a fuligem duma fábrica de cimento?

— Porque tá na lei e dá pra resolver, é só querer, moça — alguém resumiu por todos, e ela falou com voz inocente:

— Parece que um radialista da cidade está criando associações de moradores, com objetivo eleitoral, quer dizer, pra ganhar votos, não é? A associação de vocês também, não?

Sim, responderam vários, e para espanto dela confirmaram que sim, Caboré tinha falado isso mesmo:

— Mas melhor é alguém que chega fazendo alguma coisa do que só prometendo...

— ...e até hoje ninguém nunca chegou or-ga-ni-zan-do a gente, né?

A repórter foi ao fórum, voltou com a confirmação de duas dezenas de petições sobre crimes ambientais. Uma semana antes, Ari tinha avisado ao advogado Bispo que o "pessoal do fórum" já estava "ajeitado", e, quando a repórter pediu, escrivães rapidinho apresentaram cópias das petições, onde ela viu que todas tinham o mesmo advogado. No escritório de Bispo, ele confirmaria:

— Claro que se trata de um plano político — recitando Ari — A política é o meio de cultura para florescer a cidadania. Nossos candidatos defendem uma democracia participativa e transparente já desde as campanhas eleitorais. Em vez de usar o povo, contratando cabos eleitorais, estamos ajudando as pessoas a se organizar para lutar por seus direitos.

A repórter só anotava o que queria.

— Então assumem que fazem campanha antes do prazo legal?

— Não, estamos praticando cidadania, não é proibido, é? Quer o telefone de Caboré para falar com ele?

No dia seguinte, com uma foto de arquivo de Caboré com fones de ouvido como repórter de futebol, o jornal publicava na página de política: *RADIALISTA ABRE CORRIDA ELEITORAL.* A notícia dava detalhes das ações no fórum, uma biografia de Caboré em cinco linhas, algumas frases do advogado e, ao final, uma revelação: *Essa estratégia teria sido planejada pelo advogado Ari Chimite, secretário do pequeno Partido Popular Trabalhista, revelando a intenção de coligação com o Partido Brasileiro Trabalhista de Caboré Pessoa.*

A partir daí, os jornais deixaram de noticiar ou mesmo registrar as visitas das associações, mas as rádios abririam os estúdios para as visitas em série. Uma equipe de tevê entrevistaria Caboré e Ari, botando no ar, como sempre, apenas algumas declarações selecionadas:

Caboré: — Passei a vida ouvindo lamentações do povo. Cansei, acho que é preciso parar de se lamentar e agir.

Ari: — No Brasil o sistema é corrupto mas o povo também. Omissão e indiferença são formas de corrupção.

Caboré: — O déficit será resolvido se a prefeitura parar com compras superorçadas e renegociar as grandes dívidas, em vez de atrasar salários e pequenos pagamentos.

Ari: — A prefeitura é como uma casa que foi aumentando sem planejamento nem bom senso, com imensos salões que servem para poucos, saletas apertadas que servem para muitos, já nisso mostrando que precisa ser arrumada.

Caboré: — Nós vamos arrumar a casa na prefeitura, não

gastando mais do que se arrecadar, como a minha mulher faz em casa.

Uma dupla diferente, concluía o âncora, e o telejornal encerrava com os letreiros passando sobre um clipe de Caboré com seus cabelos brancos, agachando para falar com criança na rua, falando a roda de gente, e Ari de camisa azul-celeste e suspensórios vermelhos, congelando a imagem em Caboré acenando e sorrindo. Pronto, disse Ari, agora a candidatura ganharia as ruas, divulgada pela rádio-peão, a conversa no lotação, no trabalho, nos bares, o boca-a-boca, o nem-te-conto, o diz-que-diz.

O prefeito acabava de ser cassado pela Câmara, depois de longo processo. Ari analisou:

— Sempre teremos muito noticiário sobre corrupção, favorecendo a candidatura de quem nunca participou do sistema como nós. O povo passou a achar que todo político profissional é corrupto.

Os outros prováveis candidatos eram um deputado, um ex-prefeito, um empresário de obras públicas:

— Só nós poderemos dizer que estamos fora desse sistema corrupto!

Mas nem tudo era caminho florido: o promotor deu entrevista dizendo que pararia com os inquéritos "até depois da eleição, por receio de favorecer uma campanha política que, inclusive, já começou desrespeitando os prazos eleitorais".

Ari marcou reunião em cada bairro, três por noite, indignado:

— É dever do promotor tocar as ações, gente, não engavetar, que a Justiça não é patrimônio dele! Existem prazos legais que é preciso cumprir! Essa Justiça cega precisa respeitar quem lhe paga o sustento, que somos nós! Mais uma vez lembro que a gente paga imposto embutido em cada coisa que compra, pra sustentar os poderes públicos, mas eles querem funcionar só para os poderosos! Então a gente pode fazer o seguinte!

Uma semana depois, na praça do fórum juntou-se de repente multidão de umas quinhentas pessoas. Chegaram pontualmente, juntaram-se e ergueram cartazes, cujos dizeres, se juntados, formariam um pequeno discurso, que também seria gritado nas palavras de ordem: A JUSTIÇA NÃO TEM O DIREITO DE PARAR! CHEGA DE PROTEÇÃO PARA A POLUIÇÃO! QUALIDADE DE VIDA É DIREITO DE TODOS! PAGAMOS IMPOSTOS, QUEREMOS JUSTIÇA!

Caboré não estava ali, prevenção sugerida por Bispo para evitar problemas com a Justiça Eleitoral, mas Ari comandava o coro de palavras de ordem. Passou o megafone a Abel e Quim, que continuaram ensaiando o povo como tinham sido ensaiados por Joana, cadenciando as frases para gritar juntinhos.

Ari foi com Joana para os telefones públicos da praça. Ligaram para os jornais, as rádios e as tevês, com o corpo fora dos orelhões para que nas redações ouvissem a gritaria de fundo:

— Ei, vocês sabem que protesto é este aqui no Centro Cívico?

Imprensa gosta muito mais de descobrir do que de saber, Ari tinha explicado a Joana: se ligasse dizendo ser o secretário do PPT, talvez nem mandassem reportagem... Depois voltaram para o meio da gritaria, Ari pegou o microfone:

— Gente, fiz minha parte, Caboré fez a parte dele, não pode estar aqui hoje pra não arriscar a candidatura, então agora é com vocês. Na prefeitura e na Câmara, alguém deve falar por vocês, escolham quem.

Cabeças se entreolharam com perguntas mudas: mas quem? e como escolher? Mesmo os de cada bairro mal se conheciam e, até aquela manhã, desconheciam os de outros bairros, riachos se juntando em rio mas as águas ainda sem se misturar. Mas já começavam a chegar carros da imprensa, e Ari saiu fora da multidão, que continuou se divertindo naquela brincadeira de gente grande, banguelas rindo abertamente, velhas batendo palmas e gritando como meninas, as meninas sérias como pequenas mulheres repetindo o que gritavam os dois meninos ao megafone.

Cercado por repórteres e câmeras, com a multidão ao fundo gritando e agitando cartazes, Ari falou sem pausas onde pudessem cortar na edição:

— Protestamos contra essa Justiça que se julga acima do povo que sustenta seu alto custo e seu lerdo serviço! Falam tanto em cidadania mas, quando o povo se organiza, dizem que pararão com nossas ações na Justiça, que assim se comporta de forma ditatorial. Esperemos que ao menos o Legislativo se manifeste, pois daqui iremos até a Câmara Municipal!

Os cinegrafistas adoraram a marcha com dois meninos puxando as palavras de ordem, os cartazes ao vento no trânsito engarrafado, a invasão da Câmara, as galerias se enchendo e os vereadores fazendo fieiras de discursos de apoio às lutas dos cidadãos que prestigiavam aquela casa de leis. Entre cada discurso, as galerias gritavam — *A Justiça não tem o direito de parar!* — e cantavam — *Chega, chega de tanta moleza...* Alguns vereadores pensaram que se referiam a eles, reclamaram da tribuna, afinal tinham sabido do problema naquela hora mesmo, que é que podiam ter feito antes? Teriam de ter adivinhado ou o que? — abriu os braços na tribuna um vereador, a voz magoada e esperançosa diante de tantos votos.

O presidente tinha interrompido a sessão para conceder meia hora ao movimento civil, e quando acabou a fila de vereadores inscritos para discursar, também fez seu discurso e aí restavam só cinco minutos para um representante do movimento falar. O presidente tornou a chamar alguém para falar na tribuna — com a imprensa ali com seus flashes e luzes como um bando de urubus eletrônicos, quem falaria no meio daquilo?

— Esta casa aguarda um representante do movimento para usar a palavra — o presidente repetiu.

Ari espiava lá do alto da galeria, Joana ao lado:

— Ari, você tem certeza que...

— Sim, não vamos fazer nada, fique quieta.

Bel e Quim começaram a repetir as palavras de ordem, o povo respondia forte, mas, gritada a última, o silêncio voltou, se era silêncio o vozerio dos radialistas. Alguns vereadores bocejaram, outros olhavam longe e, mesmo recebendo a carga quase elétrica da multidão agitada, alguns lutavam com o sono.

— No senado romano os bancos dos senadores eram de pedra e não podiam usar almofadas — Ari falou quase no ouvido e Joana arrepiou — Assim ficava difícil dormir e os discursos eram curtos...

O presidente chamou mais uma vez um representante do movimento, a tribuna vazia parecia um precipício onde ia se jogar o trabalho de meses. Joana cobriu o rosto com as mãos mas, quando olhou novamente, lá estava Dona Estrela subindo para a tribuna, procurando os degraus com as sandálias como se eles fossem fugir. Uma seqüência de flashes iluminou a velha banguela sorrindo com seus poucos dentes, acenando para as galerias a gritar e aplaudir, até que pararam e ela começou a falar mostrando as mãos, a voz reboando no ótimo sistema de som:

— Eu cato papel pra vivê, gente, a mão tá calejada de puxá o carrinho, de modo que vivo penando mas vivo no bem, sem fazê mal a ninguém. Intonce acho que num mereço, ninguém merece, nem bandido nem ladrão acho que merece vivê naquela fedentina onde a gente vive! Muito candidato a vereador já passô lá, falando que ia ajeitá, e a gente dava o voto pra dispois eles dá jeito, mas dispois de eleição nenhum nunca vortô!

Os vereadores imóveis como estátuas.

— A única coisa que a gente tem e que vale arguma coisa é o voto, e sempre levaro de graça, ou em troca de bobage, camiseta, buné, um dinheirinho pra segurá cartaz o dia inteiro com sanduíche e guaraná de armoço e olhe lá. E dispois da eleição, ganhô ou perdeu, adeus!...

Alguns vereadores se mexeram.

— Inté que um dia chegô lá o Caboré e falô ó, vamo lutá na Justiça pra pará essa disgraça, pruque o povo num pode sofrê assim! Primeiro vamo tentá resolvê essa disgraça, pra vê se merecemo o voto docês! E isso acaso é ruim? Será melhor acreditá de novo em promessa e dá o voto pra dispois ficá chupano o dedo?!

Ela abriu os braços:

— Se é assim intão, se o Caboré tá fazendo coisa ruim...

Fechou os braços diante do peito:

— ...eu, que sempre fui do bem e da bondade, vô passá também pro lado da ruindade, que intão a ruindade é que funciona!?

Os fotógrafos evoluíam ligeiros feito felinos soltando seus golpes de luz.

— Vamo sê ruim, mas ruim com aquela fábrica mardita de fedentina, isto sim! Vamo sê ruim com ela, e não com o povo que paga imposto em tudo que compra pra sustentá essa Justiça que num vale o feijão que come!

Joana viu os olhos de Ari umedecendo e se sentiu também líquida, boiando num mar de hormônios ao lado do cheiro dele suado. Sentiu até tontura quando ele lhe pegou o braço:

— Se lá estivesse o Caboré, talvez nem filmassem, e, se filmassem, botavam só quatro ou cinco segundos no ar, jornalista detesta jornalista que vira político. Mas a nossa Estrela é capaz de pintar até em rede nacional...

O RITMO ACELERA

Foram para o estacionamento arborizado, um oásis no calorão de quase meio-dia, e, quando as crianças fizeram fila para beber na torneira, Ari Chimite bateu palmas:

— Gente, agora tem uma surpresa pra vocês! — e apontou, Caboré abria a porta lateral de uma kombi, e Abel adivinhou gritando ao megafone:

— Caboré trouxe lanche pra gente!

A palavra *lanche* deu um choque na massa cansada, muitos já sentados ou mesmo deitados na grama, e de repente todos se levantaram, velhas semi-surdas perguntando que foi, velhos semicegos de catarata ou glaucoma perguntando onde, onde? Aqui, respondeu a voz grossa de Caboré no megafone:

— E tem pra todos, não precisa correria! Vamos mostrar pra imprensa que a gente tem educação! — embora só restasse ali um ou outro repórter de jornal ainda assuntando — Primeiro as crianças e os mais velhos!

Ari sorria, criador olhando a obra, falando baixo para Joana ou pensando em voz alta, ela não conseguia saber por que ele sempre falava sem olhar para ela:

— O povo precisa de pai, e o Caboré tem vocação pra pai-do-povo... É um achado eleitoral...

Os líderes ralhavam com os afobados, cada um chamava sua gente para fazer fila, e Caboré já ia dando, a cada um, um tabuleiro de sanduíches para distribuírem. Um último cinegrafista subiu na carroceria duma caminhonete para filmar. Quando os líderes passaram a distribuir garrafas de tubaína e copos de plástico, Caboré procurou Ari:

— Ari, quanto você gastou nessa coisa toda?

Ari respondeu olhando a massa:

— Mil passes de lotação ida e volta, dois mil reais. Os pães são doação de colega de faculdade, é, hoje tem padeiro com diploma de Direito... Mais dois mil reais de mortadela e queijo, total quatro mil.

Ari sorria; disse que melhor só se tivesse vindo mais gente.

— E por que você acha que só vieram quinhentos, desinteresse?

Ari respondeu que uma parte não teria vindo por desinteresse, preguiça, trabalho, e outra parte porque os líderes deviam ter embolsado passes.

— E você acha isso certo, Ari?

— Caboré, nós não vamos reformar o povo numa campanha.

— Mas não acaba mal tudo que mal começa?

— O contrário é Shakespeare, sabia? "Termina bem tudo que bem começa."

— Não, não sabia, Ari Chimite. O que sei é que a idéia era fazer uma campanha diferente, mas você me telefona pra passar numa padaria, e é o padeiro quem me conta que vou distribuir sanduíches pro povo, igualzinho político tradicional!...

— ...que dá sempre um sanduíche por pessoa, Caboré, nós demos dois. E a outra opção seria mandar essa gente de volta pra casa com fome e com sede... Não compramos ninguém, Caboré, só ajudamos o povo a se organizar, isso é assim desde que existe classe média, Lenin, Fidel, Perón, é sempre gente de classe média que organiza o povão!

— Você é comunista, Ari?

Ari riu:

— Não, Caboré, pelo amor de Deus! Podia ter citado também Getúlio Vargas, Juscelino, Tancredo, os heróis do povão são de classe média, é isso que quero dizer.

— Você quer ser herói, Ari?

Joana mordia a caneta vendo Ari acuado pela primeira vez, um ratinho rosado diante duma grande coruja:

— Hem, Ari, você tá fazendo tudo isso pra ser herói?

— Não! — Ari tentou rir — Esquece o que eu falei, não consegui me expressar. O que eu quero ser, Caboré, é vice-prefeito, pra ajudar você a fazer um governo decente pra nossa gente, só isso.

Não sei ao certo, disse Caboré olhando o imenso piquenique.

— Me sinto como um pai dos pobres...

— E que mal tem isso, companheiro? Jesus não multiplicou pão e peixe pro povo?

Caboré ergueu as mãos:

— Por favor, não me compare com ele!

— Não, mas desconfio que nesta campanha, meu amigo, você ainda vai fazer cego ver e aleijado andar... — e pegou sacos plásticos para os líderes recolherem os copos usados, chamando cada um pelo nome.

— Como ele consegue lembrar o nome de todo mundo? — Caboré se perguntou alto, Joana respondeu:

— Ele nasceu pra isso, para convocar os outros.

Caboré ficou sozinho olhando a massa a mastigar e arrotar.

Dona Estrela apareceria em dois telejornais nacionais e em todos os regionais, todos os jornais e rádios, e alguns até bisaram sua última frase:

— Essa Justiça que num vale o feijão que come!

Antes de dormir, Caboré contou a Vaslinda com voz mole de cansaço:

— Às vezes me sinto um boneco nas mãos do Ari, fico pensando por que fui me meter nisso.

— Porque a mosca azul te picou, meu amor — ela falou depois que ele dormiu.

Na manhã seguinte, ele estava no meio do programa na rádio, acabando de tocar um xote para falar com a próxima pessoa, abriu-se a porta e Vaslinda entrou apalpando o ar como a pedir desculpas:

— Posso?

Claro, ele falou surpreso, e mais surpreso ficou quando ela sentou e pegou o microfone no justo momento em que terminava a música.

— É só falar? Tô no ar?

— Estou recebendo aqui a visita de alguém que não vejo desde hoje cedo — Caboré falou — A minha mulher, Vaslinda.

Os ouvintes ouviram a voz quente e calma da mulher de Caboré:

— Bom dia, gente, eu vim aqui agradecer. A gente precisa agradecer de vez em quando. Agradecer pelo ar que respiramos, que ainda é de graça. Agradecer pela chuva que cai do céu, pela nuvem que encobre o sol e dá um refresco pra gente, eu vinha andando nesse calorão e isso aconteceu comigo agorinha. E quero agradecer também pelos filhos que tivemos, todos com saúde e encaminhados na vida. Agradecer ainda por meu marido ter recebido uma missão nessa idade madura, como José recebeu, e espero que tenha paciência e perseverança e, vencendo ou perdendo a eleição para prefeito, cresça como ser humano e continue a nos orgulhar como pai e marido. Muito obrigada.

Caboré não conseguiu falar, com os olhos molhados, e Pedrão aproveitou para botar Raul:

E quando algum profeta vier lhes contar
que o nosso mundo está prestes a se acabar
vocês ainda têm, vocês ainda têm
a velocidade da luz pra alcançar!

No dia seguinte, o promotor também estava nos telejornais, entrevistado no jardim do fórum, a voz tremida, dique contendo fel:

— Temos de cuidar para que a Justiça não se transforme em trampolim eleitoral!

Voz do repórter:

— Mas esses problemas ambientais existem, não? E a população vai continuar sofrendo até depois da eleição?

O promotor abriu a boca, fechou, o dique a ponto de romper, mas virou as costas e se afastou, o repórter ocupou a cena:

— Pelo jeito, então, a população terá de continuar esperando indefinidamente pela continuidade dos inquéritos na promotoria, já que, como vimos, o promotor... virou as costas!

Tudo soma, disse Ari no Bar do Carlão, tudo soma: o trabalho formiguinha nos bairros, a notoriedade de radialista, a repercussão do protesto contra a promotoria, e até o discursinho de Vaslinda na rádio. O fato era que uma pesquisa acreditada, de jornal da capital, deu Caboré empatado com o deputado, 17% cada um, o ex-prefeito com 8%, o empresário com 2%, e 46% de indecisos, além de 10% de votos nulos.

— Mas com tantos indecisos — Ari alertou — não há razão para comemorar, podemos perder ainda no primeiro turno.

A turminha do bar tinha se tornado uma mistura de torcida e fã-clube, fregueses que, à custa de tanto ouvir Ari planejando a campanha ali, começaram a dar palpites e se envolver. Seus nomes também já estavam no computador de Ari, e a todos Ari começou a procurar pessoalmente, no trabalho ou em casa, à média de uma dúzia de pessoas por dia, os líderes dos bairros, o pessoal do bar, os ex-colegas de colégio, de Tiro de Guerra e de faculdade. A todos convidava para ajudar na campanha:

— Filie-se ao partido de Caboré ou ao meu, nós vamos precisar de cada voto na convenção pra garantir as candidaturas, é só assinar uma ficha. Conhece nosso programa de governo?

Falava encarando com os olhos azuis brilhando, o entusiasmo saindo pela pele, e pegava no braço a restaurar um elo perdido com o ex-colega, e cada um então se lembrava dele intensamente, o baixinho que questionava o sargento ou os professores, o orador da turma, o inventor de rifas para ajudar os colegas pobres. Então quem negaria um favor a Ari? Se algum ainda tinha dúvidas, ele garantia:

— Não precisa ter qualquer receio, os partidos no Brasil são uma farsa, você não vai receber tarefas nem responsabilidades. Só precisa ir votar na convenção. Precisamos de você pra ganhar a candidatura e mudar essa política! Aí decerto vamos precisar de gente competente como você, meu amigo, pra ajudar a arrumar a casa e governar decentemente... — e uma luzinha acendia nos olhos da pessoa...

Na últimas semanas de abril, quando encerrava o prazo para filiações, os dois pequenos partidos, funcionando em casas quase sempre vazias, onde só em algumas noites as luzes se acendiam para alguma reunião de poucos, passaram a receber visitas de gente da classe média querendo se filiar. Tanto uma como outra recepcionista eram filhas de alguém da diretoria, ganhando seu salário para atender telefonemas e anotar recados, e foram entregando a ficha de filiação a quem pedia. Uma pilha de fichas de novos filiados foi a novidade na reunião de cada diretoria — e que diabo, perguntaram-se também igualmente, dúzias de gente se filiando de repente, por que seria?

Na última semana, mais gente continuou se filiando, professores, advogados, comerciantes, industriais, engenheiros, já recebidos por algum diretor de plantão, as diretorias alertas com aquela invasão. Perguntaram a alguns por que queriam entrar no partido. Eles respondiam (conforme orientação de Ari) que tinham visto propaganda na tevê, os programas anuais gratuitos dos partidos tinham ido ao ar fazia pouco tempo...

No PPT, o secretário era Ari, e a recepcionista ficou feliz quando ele disse que deixaria alguém ali para receber filiações: Joana. No mesmo dia, em vez de gente de classe média, começaram a aparecer grupos de gente de sandálias de dedo, velhos tênis encardidos, roupas de tamanhos diferentes na mesma pessoa, doadas pela assistência social no inverno ou no Natal. Quando a diretoria se deu conta, as fichas de novos filiados formavam pilha de mais de palmo, e então soou o alarma, como resumiu o presidente do partido:

— O baixinho quer ganhar a candidatura no voto, que danado!

Procuraram Ari, mas a mãe disse que tinha ido pescar em algum lugar do Mato Grosso, nem tinha levado o celular.

Ari tinha saído de casa com tralha de pesca para a mãe acreditar, mas foi para um hotel esperar o que chamou de ebulição dos acontecimentos, como contou a Joana por telefone. O primeiro acontecimento foi que a diretoria mandou Joana parar com as filiações daquela gente, o prazo estava encerrado. Ela saiu e telefonou a Ari no hotel, pouco antes de Caboré também ser impedido de filiar mais gente no PBT. Caboré fez como o combinado, aceitou bovinamente e telefonou a Ari:

— E agora, cara? Que é que vamos fazer?

— Nós, nada. A Justiça, sim!

— A mesma Justiça que nós escrachamos faz alguns dias?

— Não, outra, a Justiça Eleitoral, que tem prazos rápidos.

Ari ligou para Bispo:

— Advogado? Tá de gravata?

— Tem sempre uma no carro.

— Então me encontra agora na frente da sede do meu partido.

Ari desligou e começou a ligar para os editores dos jornais, televisões e rádios, tinha os números na cabeça.

— Aqui é o secretário do PPT. A diretoria está querendo impedir a filiação de pessoas, que é um direito assegurado por lei. O juiz eleitoral está indo efetuar o flagrante do delito. Sabe onde é?

Por último ligou para o juiz eleitoral:

— Doutor, desculpe incomodar, mas a imprensa está varejando aqui o PPT, porque alguns companheiros estão querendo impedir filiações, alegando que acabou o prazo, que no entanto acaba no fim de abril, não é? Nós gostaríamos de contar com a presença do senhor aqui, juiz, para esclarecer isso, porque, como secretário do partido, ficamos sem saber o que fazer!...

Em seguida, foi de táxi até a sede do partido e desceu já falando a repórteres e câmeras:

— O juiz eleitoral diz que não pode vir pessoalmente, mas já está mandando um fiscal com a legislação. Se os companheiros do PPT insistirem em recusar filiações, teremos de registrar o flagrante delito, chamando a polícia para encaminhar os infratores ao plantão policial.

No carro, Joana telefonou para a PM conforme combinado:

— Sou vizinha de uma sede de um partido político e tá dando rolo aqui, muita gente, muita confusão. Não dá pra mandar uma viatura?

Em poucos minutos chegaram mais repórteres, enquanto na casa se alertavam dois diretores do partido, ali dando plantão de palavras cruzadas depois de despachar aquele povinho desaforado, e agora disparando telefonemas para advogados e vereadores, o baixinho estava armando alguma! Estavam tranqüilos, achando que o danado estava longe pescando, ali estava ele dando show numa roda de imprensa, apontando para a casa. Viram chegar um conhecido oficial de justiça, e o baixinho sempre apontando para a casa, esticando o braço num gesto heróico que os fotógrafos não perderam — e lá veio a imprensa com ele na frente e o maldito povinho atrás.

Manchetes no dia seguinte: *FILIAÇÃO PARTIDÁRIA VIRA CASO DE POLÍCIA / PBT E PPT OBRIGADOS A ACEITAR FILIAÇÕES.*

Imagens de telejornais: a triunfal entrada na sede do PPT, Ari à frente e o povinho atrás aplaudindo e comemorando, rodeando os diretores a dar explicações ao fiscal, e as falas indignadas das pessoas.

— A gente veio se filiar nesse partido confiando no que disseram na televisão — Joana sorria vendo uma estudante, freguesa do Bar do Carlão, a repetir palavras de Ari — Disseram que é preciso um país mais justo com participação social, então viemos participar e bateram a porta na nossa cara, querendo enganar com essa história do prazo! Mas isso é um partido que não quer crescer por que?! Têm medo de povo?!

Ari cercado de microfones:

— Confiamos na Justiça, para retomar a confiança e a esperança na democracia! Estamos tomando as medidas legais — apontando Bispo ao lado — para defender os direitos políticos de todos que queiram se filiar. Não há democracia sem partidos democráticos!

Em outro canal, Caboré na sede do PBT, ao lado do mesmo oficial de justiça e também rodeado de microfones:

— Tudo isso é reação à possibilidade de coligação dos partidos para a chapa Caboré-Ari disputar a prefeitura. Mas já acionamos a Justiça para garantir o direito das pessoas. Não existe democracia sem partidos democráticos!

No Bar do Carlão, aplaudiram e brindaram ao futuro prefeito. Ari:

— Com malandro, a gente tem de ser malandro e meio! E agora vamos ter convenções pra valer! Ou o Caboré não se chama Caboré!

Caboré tinha deitado a cabeça sobre os braços na mesa e cochilava. Nunca tinha trabalhado tanto na vida, de manhã na rádio, à tarde política, à noite política, e, às vezes, acordava de madrugada pensando. Para onde estava indo? Até onde podia confiar em Ari Chimite, tão cheio de tramas que podiam se enredar. E até onde iria esse caminho feito de barreiras? Vencia-se uma, já se via outra, até onde? Até sempre, respondera Ari tranqüilo, política é luta constante:

— É guerra civil sem armas de fogo, Caboré.

Mas seria de seu coração viver em guerra? Vaslinda ali do lado ressonando lhe dava tranquilidade, então tentava pensar com calma naquele turbilhão. Jesus; por que Jesus discute com os doutores no Templo de Jerusalém e depois só reaparece, nos testemunhos dos quatro evangelistas, já homem feito, com mais de trinta anos e pronto para cumprir sua missão? Por que não contaram de sua juventude? Teria viajado para onde? Ou teria se conformado em ser aprendiz de carpinteiro do pai, depois de menino discutir com os doutores? Ou teria sido mais um galileu comum até o dia em que recebeu o Espírito Santo e resolveu ser o Messias? Ou Maria há muito lhe teria contado o que um anjo contara a ela? O que acabava tendo de certo era a voz de Ari Chimite na memória:

— Se o seu mestre é Jesus, lembre-se primeiro que ele disse dai a Deus o que é de Deus, a César o que é de César. Separe a religião da política. Mas se você procura uma comparação com sua própria vocação tardia, sim, você está certo, antes tarde do que nunca, e afinal você não será político profissional, apenas vamos arrumar essa cidade e dar um exemplo de política bem-feita e feita para o bem, só isso. E, sim, houve um anjo que anunciou Jesus a Maria, mas eu não sou anjo — Ari sorria para Caboré na escuridão — Prefiro ser comparado a João Batista, que batizou Jesus e disse a todos "este é o verdadeiro Filho de Deus".

Caboré arrepiou lembrando do que o baixinho tinha lhe confessado:

— Eu tenho vontade de ser prefeito, mas não tenho idade ainda, Caboré. Vice-prefeito é candidato natural a prefeito, se depois você não quiser se reeleger ou se candidatar a deputado, quem sabe me candidato?

Outro calafrio percorreu Caboré só de pensar em morar em Brasília. Mas era isso aí, ele sabia: entrou na roda, tem de rodar. No entanto, era isso que queria aos 55 anos, ser barco levado pela correnteza? Nem podia mais comer uma feijoada em paz, sempre cercado de gente, tapinhas nas costas, acenos, sorrisos, e pais apontando para as crianças, olha lá o Caboré. Vaslinda se mexeu, ele ficou olhando a mulher na escuridão, deitava cansada, com dúzia de costureiras a produzir roupas que era preciso embalar e distribuir, o quarto dos meninos tinha virado depósito. O que ela faria em Brasília?

Não, não queria fazer carreira política, ser pau na correnteza. Seria prefeito e só. Um chamado, uma missão. E Ari que seguisse seu caminho; fosse com Deus. Vaslinda se mexeu resmungando e aninhou-se nele.

— Vai ser só um mandato, meu bem — ele falou baixinho — Não vou deixar a mosca azul me picar.

Almoço de campanha

Ari montou acampamento na sede do PPT, ocupando a mesa de secretário e recebendo todos os pedidos de filiação, cercado pelo rancor da diretoria e seus cabos eleitorais, depois que os diretores começaram também a filiar gente. Agora Joana trazia novas turmas dos bairros distantes, pagando ônibus e lanche, e o partido crescia a cada dia mais que no dia anterior. Formavam-se filas, e um diretor disse só Deus sabe o que vai virar isto aqui. É um perigo, disse Ari:

— Pode até virar um partido de verdade, né?

Joana lambia Ari com os olhos, já sem qualquer pudor, se, afinal, ele nunca olhava mesmo diretamente para ela.

Um jornal traria uma série de perfis de candidatáveis a prefeito, começando por ordem alfabética com Ari Chimite, *que ganhou notoriedade recentemente ao denunciar irregularidades no PPT.*

Caboré chegou quando Ari almoçava na varanda; até então a sede do partido fechava para o almoço feito repartição pública, mas ele tinha adotado o almoço na varanda, comendo no joelho marmita de casa. Novos filiados comiam ali seu lanche, sentados na escada, no peitoril, no chão, com a naturalidade com que comem os pobres, quando Caboré chegou tenso que-nem corda de viola:

— Quero falar com você, vamos dar uma volta.

— Não pode esperar? A comida vai esfriar.

— Deixa esfriar — Caboré falou duro mas olhou bem, só agora via que comiam ali na varanda, cego de raiva, então passou a mão pelos olhos, contou até dez, como ensinava Vaslinda, amansou a voz: — Ou então posso falar aqui mesmo.

— Fale — Ari sorriu mastigando — Na nossa campanha não temos segredos.

— Não *temos* segredos?! Ora, Seo Ari Ibrahim Chimite, o senhor é cheio de segredos! A começar que esconde o nome do pai e muda o nome da mãe!

Até pararam de mastigar os novos filiados, na melhor hora daquele dia de turismo político, quando recebiam aquela fineza de dois sanduíches e tubaína, e então...

— Você mente e engana o tempo todo, Seo Ari! Veja! Eu te chamo de mentiroso e você continua comendo normalmente!

Ari engoliu.

— E queria que eu comesse como?! — tomou um gole — Se você me ensinar outro jeito de comer... E eu não queria falar de boca cheia, não é?

Caboré encheu o peito e ficou olhando Ari com os olhos bem estreitos — um, dois, três — parecendo que ia pular no pescoço do baixinho — quatro, cinco, seis — mas bufou — sete, oito, nove — e falou duro:

— Escute bem, guri! Esta noite pensei até onde devo ir nesse caminho onde você me botou, e então, pra começo de conversa, lhe aviso desde já que o senhor não vai mais me manobrar pra direção nenhuma, não vai mais me lançar candidato a nada, não vai usar meu nome para nada mais além desta candidatura a prefeito que eu já nem sei mais se quero!

Ari abanou a mão, uma mosca voou, ele colocou um jornal sobre a comida.

— Você pode enganar a imprensa, que já anda achando o senhor um paladino da democracia, mas a mim não engana mais!

— Vá aos fatos.

— Primeiro! — Caboré foi enumerando nos grandes dedos — Pagou pesquisa, igualzinho os políticos tradicionais que o senhor tanto critica! Segundo! Pagou pra gente do fórum andar ligeiro com os processos! Terceiro! O senhor mente quando diz que me quer candidato a prefeito, o senhor me quer é pra vice-prefeito, achando que vai me fazer engolir isso na última hora!

Ari sorriu frio:

— Você está delirando, Caboré.

— Eu estou é enxergando direito finalmente!

Os sanduíches em volta voltaram a ser mordidos e mastigados, mas agora bem devagar, os olhos arregalados para aquilo, Ari encolhido e Caboré enraivecido:

— E tome colega do Seo Ari por todo lado! É uma mafiazinha, não é?! Você já tinha o esquema armado, só precisava de um trouxa pra forçar a coligação dos dois partidos, um joguinho lance por lance, certo? E o otário aqui ia sabendo do plano aos poucos, na prática o último a saber!

Ari tentou falar, Caboré continuou:

— Três pessoas já me procuraram, três, pra agradecer o convite feito pelo Doutor Ari para trabalhar na prefeitura, já aproveitando pra pedir também uma "colocação" pro filho, ou pro genro ou pra nora... Ora, Seo Ari, o senhor já está loteando a prefeitura antes mesmo de ser legalmente candidato!

Ari declamou de olhar perdido, como cansado de repetir a uma criança:

— Estou apenas motivando pessoas a participar da vida pública.

Caboré ergueu os olhos, passando as mãos pelos cabelos.

— Ari Chimite e Os Quarenta Colegas!

Ari levantou falando com os braços germanicamente nas costas:

— Senhor Caboré Pessoa, o senhor não tem o direito de concluir que estou formando quadrilha quando chamo ex-colegas para participar da campanha e do futuro governo!

Ergueu os braços e deixou cair, olhar ferido e desarmado.

— Política é um jogo com muita trama, companheiro, e se a gente não tramar, não chega lá! Ninguém precisa morrer, é uma guerra sem violência, mas é uma guerra, uma seqüência de provações — mordendo o lábio na procura da palavra — um calvário, sim, um calvário para merecer o poder! E nessa luta há generais e soldados, estrategistas e porta-bandeiras, cada um com sua função, e a minha função é mesmo tramar, urdir, preparar, espionar, prevenir, contra-atacar, conjeturar, fingir — mas fingir para os adversários, não entre nós, companheiro! Se tem detalhe que você não fica sabendo, é só porque é impossível mesmo ficar sabendo de tudo a todo momento numa campanha que cresce todo dia!

Cabeças balançaram concordando, e mais gente chegava com Bel e Quim, formando uma meia-roda em torno da varanda.

— Nós formamos uma dupla, companheiro, e temos de funcionar como dupla. No basquete, o armador pode ser baixinho, mas quem encesta é o pivô altão, certo?

Caboré sorria amargo, Ari já discursava:

— Nossa campanha não é para um grupo chegar ao poder usando o povo, como sempre, mas para o povo chegar ao poder usando pessoas bem intencionadas como nós! Pois você achou que nós íamos governar sozinhos, companheiro? E quem melhor que as pessoas que conheço e admiro, por seus talentos, para nos ajudar na missão de governar a cidade onde fomos meninos? E quem melhor que um ex-menino de rua, representando todos os desvalidos desse sistema injusto, para nos liderar nesta marcha?

Caboré sorriu balançando a cabeça:

— Como você é falso, Ari Chimite, você...

— Não ponha sua paranóia na minha conta, companheiro! — pegando o jornal — Não estou te enganando, nunca pensei em ser candidato a prefeito *agora*, depois pode ser, já te falei. Agradeço por aceitar o convite para ser o líder de uma nova política, mas, se não se acha capaz, pode jogar a toalha. Só peço que faça isso agora, antes das convenções, para não matar o sonho de outros com a sua falta de crença! Você fala muito em Jesus mas esquece que a maior lição dele foi a coragem! Política é coisa humana, companheiro, a gente joga com as virtudes e as fraquezas humanas! E consulte seu coração se não está é com ciúme porque o seu candidato a vice de repente começou a aparecer mais que você! — mostrando a própria foto no jornal.

Caboré abriu a boca para falar, fechou, fechou os olhos, sentou devagar na escada, abriu os olhos para ficar olhando uma formiga no chão. Sabia que todos olhavam para ele. Levantou os olhos e viu Joana de olhar ferido, dividida, a mocinha que um dia lhe pedira emprego com a voz tremendo, "eu posso fazer qualquer coisa, até o café"... Suspirou fundo, levantou devagar, falou olhando através de Ari:

— Um mandato, cara, mais na-da! E, se for eleito, vou fazer só o certo, não vou agradar ninguém nem vou mentir a ninguém! Se me pedirem emprego, vou dizer que a prefeitura precisa é demitir gente em vez de inchar mais!

— Eu não prometi cargo a ninguém — Ari voltou a mexer na comida — Só acenei com a possibilidade.

— Só?! — Caboré soltou uma risadinha amarga — A promessa vaga é pior, deve ter muita gente já sonhando em ser secretário de governo...

— Escolheremos os melhores. Quer almoçar?

— Não, nem sei ainda se quero mesmo ser candidato.

Desceu pesadamente a escada, um velho a caminhar olhando os pés, e Joana quase foi atrás, mas Ari falou deixa:

— Só ele pode resolver isso com ele mesmo. Vamos ensaiar.

Depois de comer, foram todos para um barracão no fundo da casa, e logo a vizinhança começaria a ouvir palavras de ordem gritadas por Bel e Quim e repetidas pelo coro: *É, é, é / a gente quer / o Caboré!*

Pedrão apareceu no ensaio, apenas para ficar por ali, passeando a jaqueta nova no friozinho de outono, sem os metais e penduricalhos da velha jaqueta, como também tinha aposentado os coturnos em troca de sapatos de camurça, combinando com a cor canela das calças novas. Mas Joana nem olhou, só olhando Ari que, volta e meia, olhava o vazio, até desabafar com ela ou com ninguém, como se falasse a um fantasma:

— O cara tem 55 anos e, de repente, parece uma criança enciumada...

Pedrão saiu de cabeça baixa, o coro esgoelando: *é, é, é, é Caboré!...*

O padre e o pardal

No domingo Caboré foi à missa com Vaslinda, andando de mãos dadas até começar a falar com as mãos:

— Ontem numa favela uma mulher me perguntou se sou católico praticante mesmo ou só da boca pra fora, e eu engasguei pra responder, que eu mesmo não sei. Praticante? Sim, o que eu gosto na religião é a prática. Rezar é uma delícia, me faz um bem! Rezar agradecendo, uma oraçãozinha, nada de ficar horas rezando, você sabe. E participar duma boa missa, animada, ah, eu canto e até danço! Comungar também só faz bem, entrar numa fila sem pressa, ajoelhar diante do padre e abrir a boca, receber a hóstia com os olhos fechados, eu sempre faço questão de fechar os olhos desde menino.

Vaslinda ia sorrindo e acenando para gente que ele nem via.

— Depois de receber a hóstia, o melhor de tudo é voltar pro lugar sabendo que, enquanto aquela bolachinha estiver derretendo na sua boca, ninguém vai falar com você, você não vai precisar pensar em nada, faz um bem tão grande ficar sem pensar e sem querer, naquela paz que chamam também de Deus, de Espírito Santo, dê o nome que quiser, catarse como diz a Joana, êxtase, bobeira, aquela paz entrando em você, te perdoando e te abençoando, faz um bem!

— Então — Vaslinda sorriu o mesmo sorriso maroto com que ele tinha se encantado três décadas antes — ser religioso praticante, pra você, é só procurar a própria paz?

Já viam a igreja engolindo gente, e ele parou:

— Peraí, quer dizer o que?

— O que já disse, ué, que religião deve ser mais do que pensar só em si, né? Porque, se não fosse assim, que diferença a gente tinha dos bichos que só conseguem no máximo pensar nos filhotes e só até desmamar, não é mesmo?

Na igreja, ele continuou olhando aquela mulher com quem vivia e às vezes não conhecia. Depois, confessionário. Comunhão. Os pardais piando, a hóstia dissolvendo entre a mundana língua e o céu da boca. E, reboando na cabeça, as palavras do padre no confessionário:

— Caboré, você nem precisa me contar seus pecados. Entrou na política, deixa de pecar no varejo, então te perdôo no atacado e pronto, a fila está grande.

Sábio padre, ele nem saberia mesmo como começar a confessar os pecados, se nem sabia se estava cometendo algum ou quantos. Estaria se candidatando por vaidade, teria aquele baixinho lhe passado o vírus da política, do só-pensar-em-si? Estava a serviço do povo ou se servindo do povo?

— Padre, nem sei se tenho pecados, não tenho tempo mais nem pra pecar, mas será que um cristão não deve é ficar longe da política?

— Não, filho. A política é que devia ser mais cristã.

Agora, com a hóstia quase sumindo na boca, viu um pardal pousar diante de seus pés, não inquieto e voraz, bicando migalhas invisíveis como fazem os pardais; um pardalzinho quieto que olhou para ele, como a dizer olha, vim no lugar da pomba, mas o espírito é o mesmo.

Saiu da igreja com uma decisão:

— Vaslinda, vou mesmo me candidatar.

— De novo?! O padre te convenceu?

— E um pardal também.

Ela ficou olhando aquele homem com quem vivia e, às vezes, no entanto... Tinha ido para a igreja sem ver nem responder a cumprimentos e acenos, e, agora, ia ao encontro a cada um, apertando mãos, dando tapas nas costas, agachando para crianças e pegando nenês no colo... Vaslinda parou com as mãos juntas, como se rezasse em pé, olhando Caboré já a falar do programa de governo no meio duma roda de gente.

Ai, Deus, não permita que ele vire um político como os outros, já está até parecendo, embora ele sempre tenha sido assim, né, de falar com todo mundo, e isso não deve ser mau nem fazer mal a ninguém. Mas que não sorria sem querer, que não aceite sem gostar, que não engula se não quiser, que não seja um boneco na mão de outros, que não tenha medo de procurar nem de dizer a verdade, e continue fazendo o certo sempre, até para que eu continue tendo orgulho desse companheiro tão bom que me deste, Deus.

— Vamos, Vaslinda?

— Hã? Vamos pra onde?

— Como pra onde? Vamos pra casa, os meninos não vão almoçar lá hoje?

Meninos. Vaslinda ficou olhando os dois homens casados, com as mulheres, uma grávida, a outra dando de mamar ao primeiro neto, naquela moleza de depois do almoço, enquanto eles comiam com gosto de infância os pêssegos em calda, e logo estavam enumerando nos dedos os doces inesquecíveis da mãe, o bolo de fubá e o de chocolate, o pavê de bolacha, a bala de coco, pé-de-moleque, geléia de mocotó, pudim de leite condensado, queijadinha, pamonha, curau e brigadeiro.

— Às vezes no meio da tarde — ela lembrou — eu queria saber desses meninos, porque sumiam por esse bairro, então batia a colher na frigideira e lá vinham eles correndo, sabendo que era pra comer doce, geralmente trazendo uma molecadinha junto.

Levantou o olhar para o marido, a procurar parceria para as lembranças, mas o olhar dele estava longe, e ele só voltou à mesa depois de suspirar fundo e passar a mão nos cabelos. Meus filhos, falou, tenho que perguntar uma coisa a vocês:

— Talvez eu saia candidato a prefeito. Quero saber se isso incomoda vocês, se acham bom ou ruim, enfim...

Os dois irmãos se olharam, tão parecidos que pareciam gêmeos, e no entanto tão diferentes:

— Ora, pai, só o senhor pode saber se é bom ou ruim — disse o primeiro — e acho que não vai me incomodar nada... até porque moro em outra cidade.

— Acho que vai ser muito bom pro senhor, pai — disse o caçula — E pode até ser bom pra mim trabalhar na campanha e, quem sabe depois, né, na prefeitura...

Caboré olhou Vaslinda procurando ajuda.

Mas que sei eu, homem de Deus? Eles meninos comeram os mesmos doces como agora, a mesma comida, comiam até do mesmo jeito, iguaizinhos, e também mamaram o mesmo leite, vêm do mesmo sangue, mas sabe Deus por que gente sai diferente assim.

— Nossa campanha não vai contratar ninguém, filho. Vamos contar só com voluntários.

— Verdade mesmo? — o filho pegou o último pêssego — Então vão perder a eleição.

— Vai ser bonita uma campanha só com voluntários — o outro filho pegou calda — Venho votar no senhor, pai.

Tão diferentes quanto um pardal e um gato, disse Caboré a Vaslinda depois que eles se foram. E no entanto, disse ela, você é pai dos dois:

— E, como político, se quiser ser eleito, vai ter de ganhar o voto de tanta gente tão diferente, que tenho medo de você acabar virando ninguém.

— Ninguém?!

— Alguém sem personalidade, ninguém — Vaslinda falou e dormiu, cansada da trabalheira do dia; e ele ficou pensando. Mas de manhã nem lembraria mais, mergulhando de novo na correnteza da campanha.

Dias de cão

Descobriu por que falam "dia de cão": primeiro, porque o cão, no caso, só pode ser de rua, desses que não vão a lugar algum, apenas vagam pela cidade, enxotados daqui, chutados de lá, levando pedradas de moleques e fugindo de freada de carro. Dia de cão será então um dia assim, sofrido e suado, correndo para lá e para cá, tocado como um pau na correnteza das ruas, jogando-se na cachoeira duma reunião num bairro, saltando daí para outro bairro noutro lado da cidade, no carro conversando com Ari sobre as providências a tomar quanto aos assuntos da última reunião, Joana no banco de trás anotando. Chegando perto da próxima reunião, Joana folheava seus cadernos e lia os nomes dos líderes, descrevia cada um, Caboré às vezes lembrava, Ari lembrava sempre.

Levavam novidades sobre o inquérito na promotoria, o relatório de alguma peritagem, a convocação de alguma audiência, e murmúrios corriam o salão cheio ou a sombra fresca da árvore no meio do vale, onde ainda se reuniam na favela do primeiro comício. Parecia já um tempo distante, quando as pessoas também ficavam distantes deles. Agora, rodeavam chegando tão perto que nem era preciso microfone. Ari explicava que, logo passando a eleição, o promotor não teria mais como retardar o inquérito, para virar processo, ainda mais com Caboré prefeito, e Joana puxava palmas. Às vezes, alguém tinha vontade de aplaudir e olhava antes para ela como pedindo autorização...

— Que gente, como precisam de liderança, não? — Caboré se espantava — Eu achava que conhecia o povo, mas são ainda mais ingênuos do que eu pensava, e tão sem vontade própria, tão...

— ...tão gente — Ari dirigia com golpes de volante nas ruas emburacadas — Ainda bem que há os líderes, o sal da massa, e a massa caminhante, que quer ir para algum lugar, quer melhorar, aí o resto vai atrás.

— Você fala como um messias...

— Mas todo político é messias, Caboré! Cada eleição é uma provação, cada mandato é uma missão, e estar a serviço do povo é uma glória! Você devia se alegrar! Nós vamos restaurar o templo, que é a prefeitura, vamos expulsar os vendilhões, vamos louvar a Deus como seu filho ensinou, praticando o bem e mostrando o caminho do renascimento em vida! Você é mesmo cristão, Caboré? Pois saiba que eu também sou, e estou nisto em parceria com Jesus! Não freqüento igreja, não rezo e não confesso, não comungo nem bato no peito, mas também tenho minha profissão de fé!

Acabou com os olhos úmidos, quase atropelou um ciclista, assobiou:

— Já pensou o estrago...?

— No carro, no ciclista ou na candidatura?...

Ari riu enxugando os olhos.

A algumas reuniões Ari levava Bispo para explicar o problema juridicamente, e o advogado falava alguns termos técnicos, entregava à recém-criada associação uma cópia de alguma notificação, encerrava confiante:

— Conforme vasta jurisprudência, outros processos semelhantes foram vitoriosos e o nosso será também!

Joana puxava aplausos e Bispo olhava para ela; mas ela, olhando Ari, nem percebia.

Eram uma ou duas reuniões toda tarde, cada uma seguida de reunião menor com as lideranças. À noite, no Carlão, encerravam com meia dúzia de cervejas, que era o máximo que Ari autorizava assinando nota, mas ele mesmo não bebia, ia embora logo. Uma noite, disse que, quando começasse oficialmente a campanha e os adversários ainda estivessem formando equipes, eles já teriam comitês de voluntários em trinta bairros.

— Vamos enfrentar rejeição da classe média por Caboré ser radialista, a classe média gosta de votar em engenheiro, médico, advogado, empresário... Mas vamos comer pelas bordas, da periferia para o centro, contando que o povão tem o triplo de votos da classe média. Chegando ao segundo lugar, vamos para o segundo turno, mas acho que vai dar para chegar em primeiro, dependendo dos programas de rádio e televisão. Caboré, que tal a gente filmar você só em externa? Nada de estúdio. Só externa, Caboré sempre em ação, conversando com as pessoas sobre o que é preciso fazer no bairro, na cidade... hem?

Caboré sorria cansado:

— Você quem sabe, companheiro. Mas quem vai filmar?

Ari apresentou um gorduchinho:

— O Davi vai manejar a nossa arma mais importante.

O gorduchinho tirou de um baú de metal uma câmera de filmar.

— Importei a câmera do Paraguai e o câmera de São Paulo — Ari explicou — O pagamento dele será a própria câmera no fim da campanha, mais salário e estadia, vai ficar no hotel de um colega meu de grupo escolar.

— Até os colegas de grupo você tá usando, Ari? E por que o câmera tem de ser de São Paulo? Na cidade não tem cinegrafista?

— Barato, bom e confiável, não.

— Confiável?...

— Vai ser uma guerra, Caboré, e toda guerra tem espiões e sabotadores. E artilharia: vão lançar contra a gente todo torpedo que puderem criar, boatos, calúnias, mentiras. Vão vasculhar nosso imposto de renda, amanhã vou checar teu contador. Você teve ou tem alguma amante ou coisa que o valha?

— Você está falando sério?! Claro que está falando sério, você é o Ari Chimite. Não, não tenho nem tive amante nem coisa que o valha. Que mais?

Ari disse que queria filmar ali uma típica reunião de campanha.

— Mas tire as garrafas de cerveja da mesa, Carlão, bote de guaraná e tubaína, daquelas grandonas baratas. Vamos enxugar a mesa, espalhar uns papéis. Senta aqui, Caboré. Vamos armar uma reunião, pessoal, todo mundo conversando, planejando, vamos lá! Mas atenção: vamos usar a cena na televisão, então, quem não quiser ou não puder mostrar a cara pra meio milhão de pessoas, não precisa participar, certo?

Antes de tomar seu lugar na encenação, Caboré contou quantos afinal tinham se agrupado ali: doze.

— Temos um time.

— Um time e uma estratégia, o resto é tática — Ari vistoriou a cena — Abre e fecha sempre com close no Caboré, Davi! Ninguém olhe para a câmera! Atenção, gente, filmando!

Caboré sentou e também começou a fazer o seu papel.

Naquela mesma noite, na cama, Caboré diria a Vaslinda hoje pensei nos doze apóstolos. Coisa boa ou ruim, perguntou ela.

— Bem, sem os apóstolos a morte de Jesus teria sido em vão, né? Mas, entre eles, um traiu e outro negou Jesus. E hoje o Ari veio me falar de espiões, imagina. Você acha que...?

Ela ficou esperando o resto da pergunta, mas ele começou a ressonar.

— Eu acho — ela falou para o silêncio — que você vai sofrer muito por ser tão honesto e bom.

Conversa informal

No final de maio o promotor chamou Caboré e Ari para "uma conversa informal".

Caboré foi preocupado, afinal o promotor era uma autoridade. Ari foi assobiando ao volante. Tinha enviado à imprensa fotos de pessoas dos bairros e favelas, com legendas — *Esta gente deve continuar sofrendo porque um promotor se recusa a cumprir seu dever?* — e com cópias das petições de Bispo. Repórteres procuraram as pessoas e as fotos ganharam voz no rádio e na tevê, gente contando do inferno de vida que levavam, e depois os repórteres, como manda a cartilha, tinham procurado o promotor. Uma repórter de telejornal, encerrando a matéria depois de gente da favela falar sobre o fedor da fábrica:

— Agora, estamos aqui diante do fórum, onde passa uma brisa fresca e não há fedor algum, e onde o promotor Lourivaldo Peçan continua se recusando a comentar o assunto.

Agora o promotor olhava para eles com raiva engasgada, nem cumprimentou:

— O senhores estão brincando com fogo...

— Eu sempre quis brincar com fogo desde criança — Ari sorria — mas minha mãe não deixava.

— O senhor sabe que posso chamar um guarda e lhe dar voz de prisão por desacato?

— Faça isso — Ari olhava os diplomas na parede — Então fez mestrado, é? E depois foi ser promotor, por que? Por que, Caboré, um professor universitário brilhante, que podia fazer doutorado e tornar-se catedrático, foi fazer concurso para promotor?

O promotor bufava atrás da escrivaninha:

— O que o senhor está pensando?!

— Estou pensando que como promotor ficou mais fácil manter duas casas, a oficial e a da Rua Chile, 374, certo, promotor? Dois filhos numa casa, dois na outra, o promotor é justo, equilibrado. Por que a amante há de ter menos que a oficial?

O promotor ficou de boca aberta, depois foi para a porta, mas Ari continuou:

— É um caso clássico de bigamia, Caboré, a oficial deve saber da outra porque todo ano ele tira férias com uma família e depois com a outra! E em belos lugares do planeta, Caboré!...

Da porta, o promotor dizia alto a alguém para chamar policiamento urgente, mas Ari continuou:

— Você precisa ver a relação de bens do digníssimo! Tem até fazenda! Dois carros e duas empregadas em cada casa! E claro também que o salário de promotor não daria para tanta despesa! Só os salários dos empregados, nas casas e na fazenda, com os devidos encargos sociais de lei, claro, comeriam o salário de promotor...

— Ari, pelo amor de Deus...

— E isso tudo é pouco, Caboré, quando você sabe que o excelentíssimo tem conta graúda em meia dúzia de bancos, um deles estrangeiro, imagine, por que um promotor de uma cidade média do interior teria conta num banco que só tem agência na capital e sede num país que chamam de paraíso fiscal?...

O promotor foi fechando devagar a porta, Ari continuando:

— Com a impunidade, o excelentíssimo foi ficando ousado, até atrevido, esbanjando que nem herdeiro rico! Sem saber que gente do próprio Ministério Público está juntando provas contra ele há anos!

O promotor fechou a porta, a lingüeta de metal estalou no silêncio, Ari continuou, agora sussurrando:

— Toda indústria grande da cidade paga taxa mensal para o mui digníssimo manter todo processo ambiental em banho-maria, esgotando todos os prazos, pedindo mais peritagem, mandando arquivar...

O promotor voltou para trás da escrivaninha.

— E se formos presos, Caboré, temos direito a um telefonema. Eu acho bobagem ligar pra advogado se a gente pode ligar para um repórter e pedir que avise o advogado e o resto da imprensa, não é?

Alguém deu batidinhas na porta. O promotor abriu, era um sargento com soldado. O promotor falou que o problema estava resolvido, Ari sorriu largo.

Lá fora debaixo do céu, Caboré respirou aliviado; e naturalmente foram para a sombra duma árvore, dali viam a Praça dos Três Poderes, ladeada pela prefeitura, pelo fórum e pela Câmara. Caboré perguntou como Ari tinha conseguido aquelas informações, de outro promotor? Ari chamou com um gesto, apareceu um sujeito de paletó surrado. Ari apresentou dizendo que Sherlock era apelido mas que o nome não interessava mesmo:

— O Sherlock é detetive profissional de São Paulo.

Estava trabalhando ali pago por uma grande indústria, a primeira que o promotor tinha enquadrado nas leis quando chegou à cidade, transferido de outra cidade média onde tinha feito a mesma coisa:

— Primeiro, arrocha uma indústria grande. Depois, passa o boné pelas outras... O Sherlock terminou o serviço dele, vai voltar pra São Paulo. Quero tudo transparente, Caboré, como você quer. Então um colega industrial me revelou isso.

Caboré ficou olhando o homem, suas roupas tão normais, como se visse porém um marciano.

Ari despachou Sherlock — Vai com Deus, meu irmão — e agachou. Olhou de baixo para Caboré, menino chamando o outro menino; Caboré também agachou.

— Quando eu era menino — começou Ari — era assim: pra combinar alguma coisa, só agachado. E pra ganhar uma eleição, Caboré, é preciso cabeça e coração. Coração você tem, o povo sente quando você fala, vêem que você acredita no que fala. Mas é preciso ter cabeça também!

Caboré olhou os três edifícios de concreto dos três poderes:

— Será que vale a pena tanta sujeira pra chegar lá?...

— Sujeira?! Nós estamos é limpando sujeira, isto sim! Quando ele engavetou nossas ações todas, Caboré, depois autorizou umas peritagens e voltou a engavetar, uma luzinha acendeu na minha cabeça: quem será realmente esse cara? Então resolvi perguntar por aí e, soube que ele chantageia indústrias, procurei uma delas, de um ex-colega, apresentei o Sherlock e... bem, passada a eleição, a indústria vai denunciar o promotor à corregedoria.

— E vai continuar poluindo, Ari?

— Não, Caboré, instalaram equipamento contra a poluição, aproveitaram pra modernizar toda a indústria, que agora vai muito bem, então pagaram com prazer o Sherlock e ainda deram uma graninha pra nossa campanha, companheiro. Toma um caldo de cana?

Panela de pressão

Em junho a primeira das convenções seria a do PBT, na Câmara, e normalmente não haveria disputa de candidaturas, tudo acertado antes em pequenas reuniões, cujas propostas seriam aprovadas por aclamação. Naquele ano, porém, no dia da convenção, Caboré postou-se na porta, cumprimentando a todos que chegavam, num velho paletó de linho azul com gravata amarela e camisa verde. Já era chamado de prefeito por muitos, e também muitos abraçavam apertado para fazer pedidos no ouvido. Ele baixava os olhos, dizia baixinho eu vou estudar com carinho, viu, com carinho, conforme a orientação de Ari; e todos entravam satisfeitos.

Chegou caminhão com pessoal de escola de samba, duas equipes de tevê já estavam no plenário e filmaram a entrada do candidato, à frente duma moçada batucando, acenando para as galerias cheias. A batucada continuou até que o presidente do partido pediu silêncio, mas de vez em quando explodia o coro puxado por Abel e Quim: *É, é, é / a gente quer / o Caboré!*

A galeria estava eriçada de cartazes com foto de Caboré e grandes letras: O JEITO É CABORÉ! Um repórter lhe botou microfone na boca:

— O senhor considera renovação política o transporte e alimentação de eleitores, o uso de claques e palavras de ordem?

Foi salvo pelo presidente, que chamou à mesa o segundo-secretário, radialista Caboré Pessoa; aplausos e batuque. Da mesa alta, Caboré viu as galerias apinhadas e agitadas, enquanto no salão do plenário os filiados faziam fila para votar em urnas cedidas pela Justiça Eleitoral, dando um toque oficial ao carnaval da convenção. Lembrou de Ari:

— Partido brasileiro é sanfona que enche e esvazia a cada eleição. Cada candidato enche o partido de cupinchas, pra votar na convenção, e depois, se perde a eleição, essa gente não volta mais. O partido fica sendo só plataforma de embarque e desembarque de candidaturas.

Na cédula eleitoral estavam, por ordem alfabética de cima para baixo, os nomes de outros três concorrentes à candidatura para prefeito; na verdade, segundo Ari, candidatos a vereador querendo se promover ou receber *apoio vivo* (dinheiro) para suas campanhas... Com o grande número de novos filiados, todas as cartas já estavam jogadas, a convenção seria só encenação para referendar a candidatura Caboré...

"...mas sempre há o risco de alguém montar esquema, fazer um belo discurso e se tornar concorrente sério. Então, faça um belo discurso, companheiro! A começar da roupa, que o corpo fala, com que roupa você vai?" — lembrou das palavras de Ari e se aprumou dentro das roupas.

A converseira era geral, a gente pobre se fartando de água gelada nos bebedouros e cafezinho, até que acabassem os copos de plástico. A batucada explodia em arranques curtos, seguidos do coro *é-é-é Caboré*! Com a palavra, anunciou o presidente, o candidato Carlos Alberto Pessoa — e as galerias silenciaram, diabo, quem era Carlos Alberto Pessoa? O presidente emendou: — O Caboré — e a massa explodiu em aplauso e batuque, os pirulitos e faixas pulando, até que ele pegou o microfone, ergueu o braço e a mágica ancestral do líder se fez, a batucada parou e a barulheira silenciou. Então ele deu boa-tarde a todos e botou a mão sobre o coração:

— Me vesti com as cores da bandeira — os cinegrafistas se assanharam — para deixar claro que quem votar em nós terá um governo que será exemplo para a nação, será amostra do renascimento político brasileiro!

Quando o batuque explodiu e as galerias pularam vibrando e urrando, no fundo de tudo ele ouviu a voz de clarim de Ari Chimite no bar do Carlão:

— O povo quer heróis, Caboré! E, de Ulisses a JK, herói tem de propor desafio grande! Não vamos só prometer um bom governo, mas o melhor governo do Brasil!

Ergueu a mão, silenciaram.

— Mas e o branco? O branco da bandeira, cadê? Estão aqui o verde, o amarelo, o azul... mas e o branco?

Silêncio total, até os nenês aquietando, só uma tosse ou outra.

— O branco está aqui nos cabelos brancos de uma vida de trabalho e honradez, estes cabelos brancos que não vou sujar por nada, porque nada paga a honra de ser escolhido pelo povo para fazer política decente!

Explosão, gesto maestro, silêncio de novo; mas, antes que voltasse a falar, um nenê começou a chorar, e então sumiu Ari, Bar do Carlão sumiu, tudo sumiu, ficou o Caboré radialista, improvisador sobre o imprevisto:

— Esse nenê está nos lembrando que este é um momento histórico, gente! É o nascimento de uma nova política, com honestidade! — batuque curto — Criatividade! — batuque — Serviços públicos de qualidade para quem paga por isso todo dia, em cada tostão que gasta, mas os serviços públicos a que vocês têm direito, agora vocês vão ver!

Grande batuque, explosão nas galerias, frigideira solando soberba sobre o batuque dos surdos, *é, é, é, é Caboré*, até que ele ergueu o braço, falou baixo num quase silêncio:

— Uma política nova também deve ser menos discurso e mais ação! Por isso, só vou prometer algumas coisas, é, é, vou fazer algumas promessas, como fazem os políticos tradicionais — erguendo a voz — Mas não vão ser promessas tradicionais!

Falou bem devagar e soletrado:

— Primeira promessa: vou cumprir o mandato de prefeito do primeiro ao último dia!

Explosão. Mais alto:

— A prefeitura não vai fazer propaganda que não seja de utilidade pública!

Explosão menor. Falou bem soletrado:

— Não-vou-em-pre-gar pa-ren-te!

Explosão menor.

— Não vou ser prefeito de gabinete, por isso até vim aqui, hoje, com as botinas com que bati rua a rua os bairros desta cidade durante tantos anos! Estas botinas são a garantia de que vocês terão um prefeito que vai aos problemas, que pisa o barro e come o pó ao lado do povo que mais precisa de governo!

Grande explosão; as galerias estremecendo, a multidão pulando e gritando eriçada de cartazes, muitos entortando o pescoço para tentar ver as botinas que as câmeras focavam. Abel e Quim puxaram os versinhos feitos por Joana, o povaréu repetindo cada parelha:

Meteram a mão
fizeram malfeito!

Chega de ladrão
dá para dar jeito!

E o jeito é, é, é
Caboré prefeito!

Aplausos, alguns cartazes pulando já rasgados, um bumbo furado. Então, dissera Ari no Bar do Carlão, no auge do discurso, você me chama e fazemos o final triunfal, consagrando a coligação dos partidos.

Gesto do maestro. Silêncio.

— Agradeço ao partido a honra desta candidatura, e quero chamar, para agradecer comigo o apoio de vocês, aquele que deverá ser nosso candidato a vice-prefeito na coligação com o PPT, aquele moço que será garantia de juventude e criatividade em nosso governo, Ari Chimite!

Ari foi para a tribuna acenando e fazendo o V da vitória, calças e suspensórios azuis sobre camisa vermelha, boné vermelho com estrelas brancas como a bandeira da cidade, e com os tênis como sempre branquinhos de lavados; e os aplausos cresceram.

— O povo quer visual, Caboré: palavras dizem, as roupas falam!

Ao passar pela batucada, pegou as baquetas da caixa e repinicou um solo — e os aplausos cresceram delirantemente. Abraçou Caboré na tribuna, tudo estremecendo com o tropel das galerias, e as câmeras e flashes fizeram seu bombardeio durante vários minutos, terremoto de luzes, aí Ari pegou o microfone e disse só:

— Obrigado! Vamos à luta, com Deus e com fé na vitória de Caboré! É ou não é?!

O grande coro respondeu *é, é, é, é Caboré!* e Vaslinda e Joana se arrepiavam. O presidente começou a bater numa sineta, mas Caboré e Ari andavam pelas galerias, a receber abraços e aplausos, até que o presidente deu a palavra a outro candidato, que começou a falar murcho e micho, enquanto umas poucas faixas se levantavam com seu nome. Caboré perguntou se não seria melhor sentar e ouvir o discurso do homem, mas Ari continuou a ronda pelas galerias, Joana atrás com o caderninho, soprando a Caboré o nome de cada homem ou mulher mais adiante; Ari lembrava de quase todos.

Quando começou a falar o terceiro candidato, Ari sinalizou a Carlão e Joana para distribuírem os cartões do almoço, de modo que o candidato falou em meio a um quase tumulto. A batucada tinha silenciado desde o fim do discurso de Caboré, e só voltou a batucar para a saída dele, e o povo quase todo foi atrás de seu candidato e almoço. No gramado sombreado abriram-se duas kombis lotadas de caixas de isopor com marmitex quentes ou refrigerantes gelados. Os ex-colegas de Ari juntaram-se naturalmente em torno do baixinho e de Caboré, todos sentando na grama para comer com talheres de plástico, mas o baixinho se levantou:

— Pessoal, vocês são gente inteligente e vão entender: nem eu nem Caboré podemos ficar aqui na roda de vocês, ou vão dizer que escolhemos ficar com os ricos.

Caboré disse ah, vá à merda, Ari Chimite:

— Você não pode querer controlar tudo, cara!

Os colegas riram, Ari foi sentar numa roda de favelados. Ele é assim, disse um colega:

— Ligado em tudo o tempo todo. Um dia, pegou uma carona comigo, fomos conversando. Quando desceu, falou que eu tinha de apertar a bucha da bandeja da roda direita, lembro até hoje, um barulhinho que só ele e o mecânico conseguiam ouvir.

Ele me manda cartão de aniversário todo ano, disse outro, lembrando que, no primeiro dia no hospital depois de um acidente com a mulher junto, também hospitalizada, sem parentes a quem recorrer para cuidar das crianças, eis que chega Ari com flores e com a mãe para pegar as crianças e cuidar até quando fosse preciso.

— Eu, o Ari pode chamar pro que for, a gente vai de olho fechado.

Depois uma brisa passou convidando para a sesta, e o gramado ficou coalhado de corpos estirados, até que Ari passou batendo palmas e convocando, voltaram para a Câmara cantando e batucando. Ari ria, acenava, abraçava, conversava, peixe feliz na correnteza, e Caboré também se viu envolvido e se deixou levar entre abraços e caras e mãos e beijos e nenês e puxões e beliscões de afeto, alguns até bem doloridos. Falou no ouvido de Ari, sempre tinha achado demagogia barata político segurar nenê.

— Eu só acho ruim — Ari falou sério — quando eles choram ou urinam.

Um repórter estudante, da rádio da universidade, perguntou a Caboré:

— O senhor não acha que transportar gente, dar sanduíche, pagar batucada, tudo isso não é coisa de política tradicional?

Ari pegou o microfone:

— Temos aqui uma nova política porque ninguém está ganhando nada! Estamos, sim, começando a lutar juntos na nossa campanha, como trabalharemos juntos durante os quatro anos de mandato! Você mesmo está cumprindo o estágio prático, não? Então. Já pensou que poderá ter seu primeiro emprego na prefeitura, onde vamos precisar de gente de garra e talento para dar ânimo novo aos serviços municipais? Como é seu nome?

Enquanto Ari entrevistava o repórter, Vaslinda pegou Joana olhando o baixinho e não resistiu:

— Você gosta demais desse pestinha, não?

Joana levou um susto mas logo admitiu balançando a cabeça.

— E nem vê quem só olha pra você...

Joana olhou em volta, esperando ver Pedrão, viu Bispo; e ele convidou para irem a um bar depois. Ela disse que iriam ao bar-general, como diziam, onde Carlão esperava com churrasco para os doze apóstolos e mais alguns chegados. Ele sorriu triste.

Votavam os últimos convencionais. Depois da apuração, aguardada em rouquidão e cansaço, a vitória de Caboré reacendeu a gritaria e a batucada, e ele voltou a navegar pela maré de abraços, metralhado pelos flashes, recebendo beliscões e comprovando na carne a predição de Ari:

— O povo gosta de pegar o candidato, se esfregar no candidato, receber e passar energia! Você vai se sentir uma pilha viva!

— Mas como você pode saber disso, Ari, se nunca foi candidato?

— Ah, pra saber qualquer coisa é só prestar atenção.

No Carlão, Joana chamaria a atenção até de Ari, bebendo de falar mole e se lambuzando de comer costela com as mãos. Acabou aceitando carona de Bispo, o advogado ainda engravatado e ela arrotando e resmungando mole. Vomitou no carro. Quando ele a ajudou a sair do carro, vomitou nele. Depois não lembrava mais quando acordou no dia seguinte, mas só o que lembrou foi o bastante para telefonar com muita vergonha:

— Desculpe por ontem, acho que bebi demais.

— Não, foi ótimo, e usei camisinha.

— O que?!

— Estou brincando, Joana. Vamos se ver?

— Claro, estando na mesma campanha a gente sempre vai se ver — e desligou sem dor nem dó, vazia e serena como praia depois de ressaca, pensando em mar, férias, sol, mas abriu o computador e começou a escrever carta para os convencionais do PPT, onde Ari liderava a chapa Política Nova para coligação com o PBT de Caboré. Seo peste, disse baixinho quando digitou o nome de Ari, mas enxugou as lágrimas quando a mãe veio com um copo cheio de vitaminas e consolo.

Na convenção do PPT, um repórter de tevê repararia que parecia réplica da do PBT, até com a mesma dupla de rapazes cantando: *Futuro começa aqui / Ari com Caboré / Caboré com Ari!*

O repórter entrevistou a dupla, perguntou o que Ari já tinha avisado que iam perguntar, quanto eles ganhavam ali, e Abel respondeu conforme combinado:

— A gente não ganha nada em dinheiro, vamos ganhar é vida melhor.

— Desde que a gente lute! — Quim completou e emendou cantando alto: *É, é, é ou não é?* E as galerias responderam em coro: *É! Ari com Caboré!*

A cena sairia em telejornal de rede nacional e, nas ruas, eles ganhariam o apelido de Meninos do Caboré.

A CASA E O BAILE

Abel e Quim passaram a andar de tênis novos, o que até lhes alterou um pouco o andar. A gente parece mais gente, disse Abel se olhando numa vitrine. Eu preferia ter recebido em dinheiro, disse Quim.

Agora os dois andavam também com roupas novas pelo centro, vendo tudo um tanto diferente. Passaram por uma churrascaria, pararam para olhar, continuaram procurando o endereço anotado na palma suada. Se o Ari ganhar a eleição, falou Quim, devia fazer a festa numa churrascaria assim, e Abel falou que o churrasco no Carlão tinha sido muito bom. Quim apontou: queria era ficar assim sentadão com garçom te tuchando carne uma depois da outra, tanta carne diferente...

— Vamé parar de sonhar e achar essa casa antes que o endereço derreta — Bel soprou a mão suada.

Pararam diante de um sobrado que teve melhores dias e agora, com a pintura escorrida de chuva e descascando, pareceria abandonado se não fossem as janelas e portas todas abertas. Ari saiu do casarão desenrolando uma faixa e já foi falando vamos, me ajudem a estender isto aqui. Joana e Pedrão e os doze apóstolos e mais alguns foram saindo lá de dentro para ver a faixa ali com suas grandes letras em vermelho e azul:

VAMOS ARRUMAR A CASA!
Caboré Prefeito — 12 — Vice: Ari

Era a primeira vez que viam o número da candidatura, e Joana disse bem, a sorte está lançada, e Ari disse que com a sorte não se deve contar. Atrás dela, Bispo olhava sua nuca suada, os cabelinhos grudando enrolados como cobrinhas, e atrás dele Pedrão cuspiu no piso que logo em seguida seria lavado com água fervente por um grupo de mulheres comandadas por Helena Schmidt, vanguarda de levas de pintores e encanadores, pedreiros e carpinteiros, latoeiro para as calhas, dedetizador. E chegava o jardineiro com caminhonete de mudas de plantas e placas de grama, além de um marceneiro com um caminhão de bancos compridos de madeira, uns vermelhos e outros azuis, que todo dia o povo misturaria como uma grande tecelagem de madeira, no salão em que seriam transformados os cômodos do térreo.

Gente parava para ver a ressurreição do casarão tantos anos abandonado, com placas de vende-se ou aluga-se, virando mocó de meninos de rua e mendigos, até Ari alugar para comitê central da campanha. Na barulheira dos carpinteiros martelando, o baixinho levava eletricista, encanador, pedreiro e jardineiro, um de cada vez, para acertar preço do serviço trancados num lavabo debaixo da escada. Por causa do barulho, dizia a eles, mas depois confessaria a Joana, era para que cansassem logo da negociação no abafamento do lavabo sem janela. Você é um demônio, Ari Chimite — ela falou e ele rebateu que não, não era demônio, só usava alguns de seus truques.

Parava gente para ver, Abel e Quim convidavam para entrar, contavam que era o comitê do Caboré...

— ...e a gente vai arrumar a prefeitura...

— ...como estamos arrumando esta casa aqui... — repetindo palavras de Ari.

Para a inauguração, a faixa foi trocada por outra maior:

NÓS ARRUMAMOS A CASA
Voluntários Camisa 12

No alto do telhado, onde antes ficava um cata-vento em forma de galo, agora brilhava uma corujinha azul e vermelha de neon. Tudo pobre mas tudo digno, diria Caboré na inauguração, agradecendo aos voluntários, gente que tinha doado tempo e trabalho para ajudar na permanente construção da democracia. Batiam palmas os apóstolos que mais tinham atrapalhado que ajudado os profissionais da madeira e do cimento e do ferro e do vidro e das tintas e dos fios, que tinham feito aquela reforma-relâmpago, recebendo pagamentos que não contavam a ninguém.

— Está tudo na prestação de contas — dizia Ari quando Caboré perguntava — é só olhar no computador.

Caboré arrepiava só de ouvir falar em computador, além de detestar números, então sempre deixava pra lá. Por dentro, agora as paredes eram azul-claras; por fora, azuis com barras vermelhas. O jardim tinha grama aparada e bromélias floridas entre touceiras de taquarinhas. Um saxofonista tocava andando entre as pessoas, e dois palhaços faziam graças. No mural, uma cartolina informava os doadores de material de construção e mão-de-obra, mesmo que a doação tivesse sido um desconto normal na compra. Discursando, Caboré exibiu as mãos:

— Todos nós ganhamos alguns calos estes dias, mas também ganhamos algumas divisas na guerra contra a corrupção, a preguiça, a indiferença, a inércia, a burocracia, o elitismo, a pobreza de coração e a pobreza de espírito que ainda amarram e atrasam este país!

Aplausos, sem batucada nem palavras de ordem; conforme Ari, o comitê não deveria ter clima de festa, mas de quartel, central de guerra.

Os voluntários vestiam camisa de futebol com o número 12, idéia de Carlão; como também seria dele a idéia de, depois da inauguração do comitê, irem para um bailão, assim descansava do bar, também era filho de Deus. E, com aquela sensação de alívio depois das grandes tarefas, foram para o tal bailão, Caboré já bocejando, Vaslinda animada, Bispo sem gravata, Pedrão tão bem vestido que parecia outro, e Carlão com a mulher, mais os apóstolos e agregados; Ari regateou um preço único para entrada de todos.

Vamos beber uma caixa de cervejas, avisou no bar, não mais que uma caixa. Era inverno e Pedrão também pediu conhaque. Caboré dançou com Vaslinda várias músicas, espantando o sono e falando com gente aqui e ali, enquanto Ari dançava com quase todas as mulheres do salão, as acompanhadas, a cujos pares pedia permissão, e as desacompanhadas, balzaqueanas empregadas domésticas que toda semana ali exibiam suas varizes e tinturas de cabelo. Ria o baixinho, às vezes sumindo abaixo das cabeças, ressurgindo a rir e a dançar girando já com outra mulher na mesma música; Joana olhava admirada e também começou a beber conhaque, primeiro fazendo careta, depois sorvendo com o olhar ora perdido, ora preso em Ari a rodar o salão, e só precisava erguer o dedo para o garçom trazer mais uma dose. Quando o garçom trazia, Pedrão também pedia mais. Bispo olhava Joana já sem disfarçar, que ela não percebia mesmo, o olhar perdido em Ari.

Caboré foi tirado para dançar por uma mulher tão enrugada quanto pintada, e Vaslinda sentou, viu Joana olhando

Ari, Bispo e Pedrão olhando Joana, e disse não resisto, vou te dizer uma coisa, menina:

— Conhece aquela poesia, fulano gostava de beltrana, que gostava de sicrano...

Quadrilha, do Drummond, disse Joana — e voltou a olhar Ari girando pelo salão, Vaslinda lhe pegou a mão:

— Por que não tira o Ari pra dançar?

— Ele não está dançando — Joana falou mole e distante — Está ganhando votos — e levantou amparando na cadeira, foi para o salão e começou a dançar mesmo, os olhos fechados e os braços abertos.

O conjunto começou a tocar Jovem Guarda e Pedrão também foi para o salão. Era uma réplica de Michael Jackson, a dançar cada vez mais perto de Joana, que mal via seus passos e volteios, só abria os olhos para procurar garçom, e engolia o conhaque em dois goles para devolver o copo, continuava dançando. O garçom ficou tão acostumado a levar um para ela, outro em seguida para Pedrão, que já levava dois de uma vez.

Caboré voltou para a mesa, chamou o garçom, perguntou quantos ela já tinha tomado, não acreditou:

— Ela não bebe assim.

A não ser em estado de paixão, disse Vaslinda, vendo Ari dispensar com mesuras uma velhota assanhada e parar diante de Joana. Ari precisou tocar no ombro para ela abrir os olhos, tonta, justo quando tocava *quero que você me aqueça neste inverno*, e ela se jogou num passo trôpego lhe abraçando o pescoço. Ele bambeou, pego no contrapé, e caiu sentado com ela no colo. Levantou, dando a mão, e ela, mal levantou, caiu de novo, de joelhos, abraçando os joelhos dele, enquanto o cantor cantava *só tenho você no meu pensamento.*

Pedrão parou de dançar e foi para fora; na porta, alguém disse alguma coisa, ele parou para tomar satisfações, começou a brigar com três bem maiores, no mesmo momento em que Joana começava a vomitar no salão. No pronto-socorro, Pedrão levaria pontos no rosto e Joana tomaria soro, quase em coma alcoólico, coisa comum da idade, mas de manhã decerto já estaria boa. Estão estressados, disse Ari.

— Mas vão ter tempo de descansar enquanto a gente completa a equipe. Afinal, oficialmente ainda nem começou a campanha.

Em casa, Vaslinda perguntaria a Caboré se campanha não afeta demais as pessoas. E ainda estamos no começo do primeiro turno, disse ele dormindo em seguida.

Deus nos ajude, disse ela quando ele começou a ressonar, Deus nos ajude seja em que turno for.

Primeiro turno

Voluntários e otários

Joana sumiria quatro dias, até acabar o último resquício de ressaca, e Pedrão tiraria uma semana de férias na rádio, até tirar os pontos do rosto — e depois teriam a mesma surpresa de ver o casarão comitê com fila portão afora. Era gente de toda idade, de rapazolas e mocinhas até idosos, e estes eram convidados por Abel e Quim a pegar fila menor. No mural, Joana viu recorte de anúncio classificado: *QUER TRABALHAR NA PREFEITURA? Concurso aberto a todos! Avenida Santana, 1.212. Caboré prefeito — 12.*

Lacrimou lembrando o já distante dia em que, em plena reforma do casarão, tinha notado os dois 12 do número, e Ari tinha falado que isso foi a primeira coisa a lhe chamar a atenção. Engoliu as lágrimas, concentrando-se em ler outros recortes. Uma notícia contava que o tal concurso era, na verdade, seleção de pessoal para trabalhar em campanha política, ou como explicava Ari:

"A prefeitura tem 150 cargos de confiança, que vamos reduzir a 50, e não queremos que sejam ocupados por amigos, como fazem os políticos tradicionais... Como pregamos a participação social na administração pública, começaremos escolhendo por mérito o pessoal da campanha, avaliando depois o desempenho de cada um, para termos enfim, na prefeitura, como escolher com acerto auxiliares competentes!"

Novamente a candidatura Caboré seria notícia nacional, os

telejornais mostrando as filas, os atendentes em escrivaninhas, cada um com seu computador, cada computador com uma plaqueta: *Empréstimo da (nome de empresa)*, e a fila dos idosos sentados em bancos. Deve ser a única fila no país onde as pessoas esperam sentadas, reparou um telejornal. Todos, depois de se cadastrar com um voluntário, ganhavam um copo de refresco antes de entrevista com Ari.

O casarão engolia gente esperançosa, devolvia gente sorridente: ganhavam uma carteirinha de Voluntário Camisa 12, um refresco, uma camiseta com a corujinha vermelha no lugar do coração, e a garantia de que seriam chamados brevemente. Caboré se assustou:

— Mas como vamos pagar tanta gente, Ari?

— Vamos pagar só os melhores, peneirando na prática.

— Mas e os outros?! Você está prometendo serviço a todos!

— Não, companheiro, o cadastramento é que é aberto a todos... Além disso, Caboré, a maioria é medíocre mesmo, se contenta com uma camiseta, um sanduíche, um pouco de atenção, uma condução até um comício, uma noite agitando bandeira e sambando e pronto, vão dormir felizes e vão votar na gente com gratidão... São os otários, meu amigo, pra quem eleição é só uma festa...

Joana evitava olhar Ari e Pedrão evitava olhar Joana, quando acabavam no Bar do Carlão à noite; agora com duas dúzias de voluntários e/ou contratados, ninguém sabia direito quem ganhava ou não e quanto ganhava, Ari tratava com cada um num quartinho. Botou ali um dos computadores, e digitava todas as despesas num disquete, no computador nada ficava.

Camisetas com a corujinha apareciam por todo canto na cidade; era só pedir para ganhar uma. Caboré estranhou:

— Como está pagando tanta camiseta, Ari? Ainda não acabou o Tesouro?

— O Tesouro gasta mas também cresce, estamos recebendo doações.

— É?! De quem?

Eram empresários, contou Ari, que tinham formado um grupo para conhecer as candidaturas.

— Fui jantar com eles, até para ver se não era nenhuma armação, e recitei nosso programa direitinho, já ganhei a adesão de mais da metade. Alguns já doaram dinheiro, gasolina e papel, e agora querem conhecer você, companheiro, estão para marcar um jantar.

— Mas o que vão querer em troca, Ari?

— Uma prefeitura limpa, Caboré, que use bem os impostos que as empresas pagam, foi o que disseram.

Preocupado em atender gente que chegava, Caboré esqueceu isso, até porque agora tinha também de gravar para o horário eleitoral no rádio e na televisão que logo começaria. Joana ajudava o câmera Davi nas gravações, depois acabavam num bar vizinho do casarão. No primeiro dia, Joana bebeu uma cerveja; no segundo dia, duas; no terceiro dia, três: no quarto dia, acabou com Davi num motel.

Quando voltou para casa, noite escura sem lua, antes de entrar ela chorou muito, encostada num mamoeiro, um mamão maduro até caiu no ombro, no dia seguinte a mãe perguntaria como ela tinha sujado a blusa daquele jeito.

— É que eu sou uma otária, mãe.

Ari resolveu que deviam fazer um grande comício, para já botar no ar, no primeiro programa de tevê, "imagens fortes de uma candidatura popular e estruturada". Local escolhido: uma praça, na verdade um capinzal onde meninos jogavam bola, entre três dos bairros com casos ambientais. O velho carro de Caboré entrou numa oficina e saiu com um 12 imenso pintado no chassi e uma coruja em cada porta, e com dois alto-falantes novos percorreria os bairros, a voz de Caboré convidando para o comício.

O casarão enchia de voluntários felizes só com ficar ali conversando, brincando, esperando ordens ou acontecimentos, Ari de olho:

— Da massa emerge a nata.

À noite na cama, Caboré diria a Vaslinda que às vezes chegava a sentir orgulho de Ari. E eu sinto gratidão, disse ela:

— A nossa camisaria vai muito bem, sabia? O gerente é ótimo, me alivia de tanta coisa! Estamos com vinte costureiras e...

Caboré já ressonava, mesmo assim ela completou:

— ...acho até que passou da hora de registrar, tirar alvará e sei lá o que mais, vou precisar de um contador....

Registrar empresa neste país, dissera Ari, antes de ter mercado certo e lucro garantido, era ser otário. Registrar depois é risco pequeno, até virar empresa grande, quando passa a sofrer achaques de fiscais. Para isso tinha tempo, pensou Vaslinda; então dormiu; e, no dia seguinte, resolveu não pensar mais no assunto até passar a eleição.

Estava com tantos pedidos que não conseguia atender, até por isso agradecia ter conseguido um gerente. Era um moço tão certinho que já no segundo mês ela estava lhe dando cheques para depositar, o cartão do banco para fazer saques e, na véspera do comício, num dia em que a conta estava cheia de dinheiro para comprar um grande lote de tecidos, o moço certinho lhe surrupiou uma folha de cheque, sacou todo o dinheiro da conta e sumiu. Ela quase teve de fechar a camisaria antes mesmo de abrir oficialmente, como disse chorando a Caboré; depois de ter se prometido que não ia chorar, até porque já tinha chorado muito, tinha ido de casa em casa das costureiras, avisando que receberiam menos serviço até tudo se arrumar de novo, e com cada uma tinha chorado a dor de ter confiado tanto e ser traída assim. Mas Caboré disse que estava tudo bem, tem gente ruim mesmo, era bom para aprender:

— Você ainda é nova no ramo.

— Fui uma otária, isto sim.

O casarão transformou-se numa fábrica de comício. Davi filmava gente chegando com cabos de vassoura velhos, que, no salão agora oficina, viravam suporte para cartazes. Turmas de voluntários recebiam sacolas cheias de convites para o comício. Ari tinha botado ventilador no estúdio do fotógrafo, de modo que, na foto nos cartazes e convites, os cabelos brancos de Caboré esvoaçavam, dando ao herói uma imagem sábia mas desafiante. Os convites eram distribuídos de casa em casa, nos bairros vizinhos do comício, pelos voluntários que recebiam passes para o ônibus, ao sair, e, ao voltar, um sanduíche e um refri.

Ari botou classificado nos jornais: *CABORÉ PRECISA artistas para comício.* O salão oficina viraria também palco por onde desfilariam duplas sertanejas e grupos de forró, de rap, de rock, sanfoneiros, mágicos, malabaristas, palhaços, todos se apresentando para o público de voluntários, que recebiam cédula para votar, em urnas como numa eleição mesmo, escolhendo as atrações do comício. Os cachês seriam pequenos mas democráticos, conforme Ari:

— Em vez de estrelas ganhando muito, muita gente ganhando alguma coisa.

Os concorrentes se apresentavam num pequeno palco num canto do salão, tudo devidamente filmado por Davi. Mas entre os voluntários corria um diz-que-diz-que alguns já estariam ganhando dinheiro, ou pelo menos já tinham feito algum acerto com Ari, que volta e meia chamava um para o quartinho dos fundos, enquanto a maioria nunca nem tinha entrado lá, eram uns volotários, disse alguém, e Ari ouviria se chamarem assim, até um dizer abertamente:

— Sou volotário assumido, chefe!

Um comício clássico

No Bar do Carlão, Ari revelou que o comício deveria parecer claramente voluntário e artesanal, feito pelo próprio povo, quase sem custo, daí filmar os pirulitos feitos de paus de vassoura, os voluntários pintando faixas...

— ...e com artistas do povo ganhando dinheiro honesto em vez de showmício com grandes artistas ganhando fortunas que só Deus sabe quem paga e por que! Vai ser um comício com jeito e cara da gente!

A cara da gente, Joana murmurou anotando.

— No fundo, porém — continuou Ari — claro que é preciso todo um planejamento e uma estrutura profissionais por trás de tudo, para garantir que saia na tevê um comício bonito e vibrante, um comício clássico nesse sentido! Muita luz, muito som, muito rojão, muito tudo, pra mostrar força também! Autêntico, mas forte! Da gente, mas poderoso!

— Até rojão? — Caboré já perguntava com voz derrotada — Não é coisa antiga, não?

— Antiga e popular, o povo gosta, diz que comício sem rojão é que-nem churrasco sem pão. Nem que seja foguetório só de um minuto, tem de ter, e bêbado tem! Se comício não tem bêbado, é preciso arranjar um!

Duas televisões foram filmar o primeiro comício da eleição, *também o primeiro com as próprias contas abertas ao povo em telão*, conforme o convite enviado às redações. Várias rádios mandaram repórteres, para contar que diabo seria *um comício com diversão para as crianças e conforto para os idosos*. No convite, um mapinha indicava o local, e, chegando lá, deparava-se com um caminhão com carroceria aberta de lado, dois microfones com pedestal, uma cadeira servindo de escada, tudo muito simples mas limpo e iluminado; com uma grande imagem de Caboré ao fundo, rindo com uma coruja pousada no ombro, truque de computação gráfica que causou apenas ligeiros sorrisos nos repórteres, enquanto a gente simples se encantava, chegando com carrinhos de nenê e bengalas, os voluntários tinham avisado de casa em casa, podiam ir os idosos e levar até nenê que haveria segurança.

Os seguranças e monitores vestiam camisetas azuis com coruja amarela e recebiam os idosos, levavam até as fileiras de bancos no terreno aplainado e empedriscado. Gestantes e mães com nenês também sentaram ali, nas filas de bancos em arco lateralmente ao caminhão, de modo a deixar um espaço livre diante da carroceria-palanque, com uma coruja de papelão fincada no chão e segurando com as asas uma placa colorida: *CRIANÇAS*. Voluntárias babás davam balas e estendiam lona para brincar com as crianças ali. Os jovens ficavam atrás dos bancos, onde poderiam dançar longe das crianças e idosos. E a voz de Caboré repetia a cada vez que as caixas de som tocavam a música da candidatura:

Boa noite, você está num comício popular, organizado pelo povo e com respeito ao povo! Pais, tragam as crianças aqui para o parquinho da coruja, tem gente pra cuidar. Idosos e gestantes, por favor, sentem-se, os bancos são para vocês. Receba as boas-vindas de Caboré Pessoa, Ari Chimite e Voluntários Camisa 12!

As caixas de som ficavam em pedestais na extremidade dos bancos, de modo a bater forte só nos jovens, poupando idosos e crianças. Um comício organizado, disse um repórter de rádio transmitindo ao vivo:

— Como deviam ser os serviços públicos!

Uma centena de voluntários espalhados por todo lado cantavam: *Você que não mais crê / você que não tem mais fé / vem com a gente para fazer / governo decente pra valer! / É, é, é, é, é pra valer /* (Voz de Caboré meio ritmada:) */ Ou não me chamo Caboré!*

O coro da gravação se juntava ao coro da multidão, provocando arrepios: *Eu tô com você, Caboré / se for pra valer!* (Breque. Voz de Caboré:) */ É pra mudar, é pra valer / ou eu não me chamo Caboré!*

Crescendo instrumental, coral em grande final, os voluntários cantando aos pulos com os punhos cerrados: *Vem com Caboré / pra cidade renascer!*

Sobre um ônibus ao lado do caminhão, um telão acendeu de repente com filmagens e fotos dos voluntários trabalhando, o concurso dos artistas, a distribuição de convites nos bairros, toda a preparação do comício. E o palco ainda tão iluminado quanto vazio. No telão, entre cada seqüência de imagens, começaram a aparecer letreiros: *10 MINUTOS, 9, 8, 7*... criando um clima de expectativa e ordem, conforme Ari:

— O povo gosta de ordem e de bagunça, e age conforme lhe dêem ordem ou deixem bagunçar. Então, começada a contagem, não haverá mais retorno nem pausa no nosso comício!

Um silvo, uma explosão, e uma chuva de prata desceu do alto, daí espocou uma bateria de rojões, até um grande rojão ribombar o estouro final. Cinco minutos antes de começar a novela das oito, Ari consultou o relógio, o fogueteiro tinha sido pontual. Com binóculos, de uma janela do ônibus, olhou longe as ruas mal iluminadas, mais gente ia chegando, depois de resolver que mais valia um comício com tal foguetório do que mais um capítulo de novela. Fez sinal a um homem que bebia duma garrafa.

O homem, de paletó branco, foi cambaleando até a cadeira-escada para o palanque, levantou a cadeira e abraçou, vendo-se então que estava bem bêbado, quase foi ao chão com ela, sempre segurando a garrafa. Um casal de voluntários foi falar com ele, mas ele ajeitou a cadeira e subiu na carroceria-palco, de onde quase caiu, se equilibrando e já chamando a atenção do povo. Conseguiu se levantar, tonto e quase caindo de novo, mas acertou o rumo do microfone e pegou o ar duas vezes antes de conseguir pegar o pedestal.

A música continuava e o bêbado falava ao microfone desligado, ninguém ouvia nada mas viam sua boca abrir e fechar furiosamente, agitando o braço, a garrafa debaixo do outro braço, e ora cerrava o punho, ora esticava o dedo para a foto de Caboré ao fundo. De repente a música parou, Caboré subiu ao palco no silêncio, acenou para um canto da carroceria, onde um biombo se fazia de cabine de som, Pedrão sentado entre teclados e botões luminosos; e o som se fez no microfone, Caboré apenas bateu o dedo, puf, puf, e ouviu-se o bêbado perguntar ué, por que pra mim essa joça não funciona?!

Microfone ainda no pedestal, Caboré se curvou para perguntar:

— O senhor quer dizer alguma coisa?

O bêbado bambeava, pendulando um oito com a cabeça enquanto os pés se embaralhavam quase tropeçando sem, no entanto, sair do lugar, e o povo ria, o bêbado ameaçando falar, soluçando alto, agarrando o pedestal que também começou a rodar em oito, para a frente e para trás, quase dançando, até que finalmente conseguiu se aprumar e falou tenho, sim, hic, uma coisa pra falar! E tirou o microfone do pedestal, quase caindo para trás, rodopiando e conseguindo finalmente encarar Caboré, de pernas abertas para não cair e a garrafa ainda debaixo do outro braço:

— Quero dizer, Caboré — e apontou a foto ao fundo — que você é muito bonito, sô, parece galã de cinema!

O povo ria, o bêbado deu uns passos até encarar a coruja no ombro do Caboré da foto:

— E você deve ser também, hic, uma pessoa boa, né? Bicho gosta de gente boa e, hic, de você até coruja gosta, ói só!

Era uma preocupação de Ari, “dissolver logo qualquer superstição ou preconceito contra a coruja". Então o bêbado cerrou os punhos furioso:

— Tem gente que diz que coruja é bicho ruim, então por que Deus ia criar?! Ruim é gente que só vê ruindade!

Cambaleava entre soluços:

— Cê sabia, Caboré, quic! a corujinha-caboré presta um, hic, grande serviço na roça?

— É mesmo?

— É, a coruja-caboré caça rato, acaba com a rataiada da lavoura ou do paiol, que nem ocê vai acabar com a rataiada na prefeitura, né?! É ou não é, Caboré?! — e os voluntários responderam em coro: *É!... é, é, é, é Caboré!*

E o bêbado, bebadamente solene:

— En-tão con-te com a gen-te, Caboré!

Aplausos delirantes, rojões, no telão o letreiro: *20 HS: COMEÇA PONTUALMENTE O PRIMEIRO COMÍCIO DE CABORÉ!*

Caboré pegou o microfone, abraçando o bêbado oscilante:

— Boa noite, gente, nosso comício começa com arte, começa com o ator Rômulo Fernandes fazendo o nosso bêbado de comício! Não fez um belo bêbado? Disse até que sou bonito!

A um gesto sincronizado de Abel e Quim, sentados um em cada ponta da carroceria, o coro dos voluntários irrompeu com a firmeza de quem tinha ensaiado uma semana: *Bonito é, é, é, Caboré / é o que você vai fazer!*

— Eu vou arrumar a casa na prefeitura, gente, junto com vocês! — Caboré emendou — E a nossa marcha até lá começa aqui e agora, com artistas da nossa terra animando o comício da nossa gente! Um comício sem discurso!

Os voluntários puxavam aplausos rápidos a cada fala, a espantar e divertir o povo, que aplaudia junto, rindo, ou como tinha dito Ari: comício tem de ser festa, gente grande virando criança e vice-versa; e as crianças também batiam palmas imitando os adultos.

— Um comício sem discurso, anunciando uma prefeitura sem dívidas! Vamos arrumar a casa, com conselho fiscal comunitário, sem desperdício nem excessos, sem tantos cargos de confiança, sem superpreços nas compras e sem juros injustos nas dívidas, que vamos renegociar conforme os interesses do povo e não dos bancos! Então vamos ter dinheiro pra melhorar nossa cidade e nossa vida, ou eu não me chamo Caboré!

O coro: *é, é, é Caboré!*

Joana deixava o choro correr, vendo tudo funcionar, ouvindo suas rimas na boca e nos ouvidos de tanta gente. Carlão batia palmas e vibrava, sentado no chão com as crianças. Caboré entregou um cheque ao bêbado:

— Trabalhou-recebeu, e é assim que vai ser também na prefeitura!

Aplausos e o coro: *é, é, é Caboré!* No telão:

CONTAS DO COMÍCIO CABORÉ
Caminhão: emprestado
Aluguel de som: 300 reais
Artistas: 800 reais
TOTAL: 1.100 reais

O bêbado descia cambaleante, Caboré mostrou outro cheque:

— Além do bêbado, o que acham de comício com palhaço? Já viram comício com palhaço?!

Apontou para o ônibus, de onde saíram Corujinha e Corujão, casal de palhaços, na verdade um pipoqueiro e sua filha, animadores de aniversários de crianças, e, depois do tradicional boa-noite da Corujinha, boa-noite do Corujão, Corujinha pegou o microfone e perguntou revirando os olhos:

— Seo Caboré, posso perguntar uma coisinha?

— Perfeitamente.

— Quando o senhor fala que vai arrumar a prefeitura, o senhor tá falando sério ou vai fazer o povo de palhaço que nem faz político em geral?

— Eu nunca quis entrar pra política, viu? Fui chamado para uma tarefa, que é arrumar a prefeitura e dar exemplo de governo, depois vou voltar para a profissão que me deu sustento até hoje. Eu não vou ser mais um político! Eu quero só começar uma nova política, porque não agüento mais ver tanta pobreza no povo e tanta riqueza e desgoverno nos governos!

Aplausos. Corujão pegou o microfone:

— Seo Caboré, eu queria só puxar o saco do senhor, que tá pagando pra gente vir fazer palhaçada aqui, mas não consigo deixar de dizer o seguinte: ser prefeito é um bom emprego que dura quatro anos, mas é uma vaga só, né? E o povo sem emprego? — isso, enquanto Corujinha tentava impedir Corujão de falar, numa seqüência de investidas que ele rechaçava com os gestos exagerados de palhaço.

Quem pode explicar isso bem, disse Caboré, é o nosso candidato a vice-prefeito, Ari Chimite — e Ari subiu ligeiro debaixo de aplausos, pegou o microfone e agachou na beirada do palco, sussurrando alto:

— Eu vou contar pra você, Corujão, aproveitando pra contar também pras crianças ali, que até criança entende como nós vamos fazer pra criar bastante emprego!

Os voluntários pediam silêncio, e no silêncio, agachado ali entre Corujinha e Corujão, Ari contou às crianças como a prefeitura ia ter dinheiro para o programa Primeiro Emprego.

— É isso aí, Ari! — Caboré falou a deixa, Abel e Quim regeram, o coro disparou: *é isso aí / Ari com Caboré / Caboré com Ari!*

Joana continuou deixando o choro correr, vendo que as crianças e até alguns idosos já iam cantando junto. Tinham sido tantos ensaios no casarão que Caboré até tinha brincado:

— Tá pensando que eleição é teatro, Ari?

— É principalmente teatro, Caboré.

Agora Ari regia o coro, o povo aplaudia rindo, os palhaços dançavam com as crianças, Caboré anunciava mais artistas da terra, o grupo de rock-poeira José Maria e Maria José! Saiu do ônibus-camarim um sujeito magrelo de smoking com coturnos e chapéu de palha, violão e uma gaita pendurada diante da boca. Atrás dele veio uma loira vestida de couro negro como motoqueira, com um pandeiro nas mãos. Foram para os microfones e mandaram uma seqüência de rocks que a moçada dançou pulando, os idosos batendo palmas como crianças.

Bel e Quim puxavam o coro depois das falas entre uma atração e outra, e, assim, sem discursar, Caboré falaria de todo o programa de governo e das metas éticas, como dizia Ari — honestidade e transparência ou claridade. Respondeu a perguntas dos artistas e também de quem levantasse a mão, Abel ou Quim levavam microfone. Respondeu até à pergunta de uma criança, a quem os palhaços deram o microfone espalhafatosamente.

— Caboré, a minha escola vai ter parquinho?

— Vai, mocinha, vai ter parquinho, sim, um parquinho do tamanho de dez quarteirões, que vai ser o tamanho de cada centro de educação e cidadania que vamos fazer em cada região da cidade! Chega de crianças espremidas em escolas apertadas! Chega de criança pobre sem chance de emprego porque não sabe lidar com computador! Chega de merenda fraca porque a escola não tem horta! Você vai ter onde brincar, vai ter o que comer, vai ter o que fazer e um dia vai ter emprego graças à escola, menina! Ou eu não me chamo Caboré!

Coro: *é, é, é Caboré!*

— E agora, neste palco da cidadania com alegria, o Trio Coruja 12!

Subiram ao palco um zabumbeiro e um sanfoneiro, um com *1* e outro com *2* enormes pintados nas camisetas, mais uma cantora com triângulo, e alguns casais começaram a dançar, no terceiro baião o comício já era meio baile com poeira levantando à luz das câmeras filmando, repórteres falando numa mistura de excitação e surpresa, Caboré dando entrevistas em série, dançando com voluntárias, Joana engolindo as lágrimas e cuidando de orientar Davi para filmar aquele nenê ali, aquela senhora lá, depois o casal de idosos dançando de rosto colado...

Dez da noite, Caboré desceu do palco, deixando Bel e Quim a reger a massa, agora não só os voluntários mas quase todos cantando com a energia dos possuídos: *Vem! pra campanha do bem /pra cidade renascer!* Caboré foi cumprimentando gente, andando com dificuldade, cercado de meninas, garotas, mocinhas e algumas senhoras tão histéricas quanto as mocinhas, todas falando ao mesmo tempo, pedindo autógrafo em santinhos amassados, puxando a camisa, beliscando.

— Ele faz sucesso com mulher! — Ari falou no ouvido de Joana, ela arrepiou inteira — Podemos encerrar a seqüência do comício congelando Caboré assim no meio de mulherada de toda idade, fica um galã paternal, familiar. E metade do eleitorado é feminino... — falou já mais para si mesmo, na ponta dos pés para uma olhada geral — Não vai anotar?

Ela disse que não era preciso, disso não ia esquecer. Caboré conseguiu voltar para o palco para cantar também o final da música — e em seguida agradecer e encerrar o comício, quando um mulatão em cadeira de rodas, de camiseta e com baita musculatura da cintura para cima, manobrou ali quase na cadeira-escada e levantou a mão gritando por Caboré. Acabou a música, Caboré foi até a beirada da carroceria, agachando para estender o microfone — Diga lá, meu irmão — mas mesmo assim o microfone ficou longe. Caboré pulou para o chão, a massa alvoroçada, até Ari chiar pedindo silêncio, imitado pelos voluntários, enquanto Caboré perguntava o nome do cidadão e se queria dizer alguma coisa. O homem pegou o microfone como quem pega um troféu, e também pegou Caboré pelo braço:

— Dizer, Caboré, eu não quero dizer nada, não, eu quero é pedir. Pedir acesso pros deficientes como eu, rampa em calçada e em prédio, e nos ônibus também, pra poder andar como todo mundo, né, que conforme a Constituição todos têm o direito de ir e vir, mas a gente não pode porque não tem acesso! A prefeitura diz que não tem dinheiro pra fazer tanta rampa, tem lei mandando toda empresa fazer rampa mas não tem, porque não tem fiscalização, ou porque a gente deficiente não tem poder, mas a gente vota igual aos outros!

Ari chegou-se, com o outro microfone, o povo ouvindo no

silêncio, falou com a mão no ombro do homem, que, sentado, era quase da sua altura:

— Meu caro, como o Caboré falou, arrumando a casa vamos ter dinheiro pra fazer todas as rampas que não foram feitas, e com voluntários na fiscalização, fiscalizando e multando pra valer, você vai ver como as empresas vão fazer não só os acessos mas os sanitários e tudo mais para os deficientes. E, pra pegar dinheiro do programa Emprego na Mão, toda empresa vai ter de empregar pelo menos dez por cento de deficientes! É ou não é, Caboré?

Pego de surpresa, Caboré disse é... ou não me chamo Caboré. Começaram a aplaudir mas Ari continuou:

— E agora, Caboré, como um símbolo, uma amostra de nosso governo, a gente pode colocar o nosso amigo aí no palco, com a ajuda dos voluntários, como vai ser no nosso governo!

Quatro moços parrudos levantaram a cadeira e botaram o cidadão no palco, microfone na mão — mas, antes que pudesse falar, o povo aplaudiu demoradamente, Caboré aproveitou para perguntar baixo:

— Isso também foi ensaiado, Ari?

— Mas eu não quis que você soubesse, pra se mostrar surpreso. Os deficientes são dez por cento da população, companheiro! — e foi assim que, com um paraplégico cantando entre os candidatos, todo mundo cantando junto, terminou o comício mais original da história política da cidade, conforme um jornal.

— Funcionou — disse Ari lendo os jornais cedinho no casarão, só com Joana e suas olheiras — Conforme o planejado, um comício clássico mas com a cara da gente.

— Ou com a sua cara, Ari?

Ele ficou olhando para ela, viu as olheiras, pegou-lhe as mãos:

— E a letra da música que o povo cantou, quem bolou? E as palavras de ordem, quem criou? E, na montagem geral, se eu fui diretor, você foi produtora, minha amiga, acredite, aquele comício tinha também a sua cara.

Joana começou a chorar, ele a pegou pelos ombros:

— É verdade, minha amiga!

Ela chorou mais, ouvindo de novo a palavra *amiga*. Ele riu:

— É verdade, não estou querendo te agradar, minha amiga! — e ela foi engolir lágrimas lá nos fundos, Ari Chimite voltou para os jornais.

Câmera na mão

Três mil pessoas tinham ido ao comício, conforme um jornal; alguns milhares, conforme outro jornal; duas mil, conforme a polícia militar; ou 2.687, conforme Ari diria a uma rádio:

— É uma democracia: se todo mundo pode chutar, eu também posso!...

Ouvido por telefone em Brasília, o deputado disse que comício não ganha eleição e que pesquisa, mesmo bem-feita, não revela mais que a realidade de momento — antecipando defesa para a pesquisa de jornal, que, uma semana depois, mostraria empate com Caboré.

— Meu Deus — disse Vaslinda — Estou começando a acreditar que você pode mesmo acabar prefeito!...

— Você tinha alguma dúvida?... — Caboré sorriu com a boca cheia, o dia amanhecendo; ia falar com operários de fábricas, cumprindo um roteiro de visitas organizado por Ari e seus colegas empresários. Ela lhe deu um beijo na boca e ficou com o gosto de manteiga muito tempo depois que ele se foi, até que murmurou:

— ...e eu vou ser primeira-dama...?

No calçadão central, Ari fazia a ronda dos bares, tomando um café aqui, outro ali, ouvindo boatos e intrigas, espalhando iscas e cortinas de fumaça para boateiros, ou lançando balões de ensaio e farpas, transitando entre os corretores de imóveis e de carros, de café e de gado, deixando ironias, olhares, discursos-relâmpago, idéias desconcertantes:

— E se os produtores rurais pagassem seus impostos com mantimentos para a merenda escolar?

Joana e Davi passavam dias inteiros numa ilha de edição alugada, montando os primeiros programas para tevê. Caboré e Pedrão montavam os programas de rádio, com a voz de Ari ecoando na cabeça:

— Criatividade, criatividade é o caminho para chegar ao coração da cidade! Já ouviram falar de análise transacional? Temos de falar à criança que há no povo, convidando pra brincar de governar! *Vem!* Temos também de falar ao adulto que há no povo, argumentando e convencendo, *a campanha do bem!*

Debatiam todas as idéias, até restarem só as melhores. Joana escrevia os roteiros, que ainda eram debatidos, cortados, emendados e alterados por Ari. Davi agora olhava Joana como antes Joana olhava Ari; enquanto Joana e Pedrão não olhavam ninguém, trabalhando maquinalmente como clones de Ari. Iam copiando dele palavras, gestos, frases, modo de falar; arizinhos, conforme Vaslinda.

Quando deram o primeiro programa por pronto, num domingo, todos viram de luz apagada, acotovelando-se na saleta de edição, depois viram-se chorando ao acender a luz; até Ari, que falou baixinho e todos ficaram balançando as cabeças e engolindo lágrimas:

— Podemos até perder, mas vamos fazer uma campanha que jamais vão esquecer!

As filmagens eram feitas com câmera na mão, conforme Ari, podendo trepidar e até tropeçar, andando como gente anda, seguindo Caboré a falar também como gente, não como político; como na cena em que abriu o primeiro programa, favela ao fundo:

— Olá, gente, só temos três minutos, então vamos começar com três garantias. Garantia de que aqui você não vai ouvir mentira, xingação, ironia, calúnia, denúncia, nada disso. Garantia de que vai conhecer um programa de governo pra valer, não de grandes obras que seria ideal fazer, mas das obras e serviços que precisamos e podemos fazer! E garantia de que o que gastamos na nossa campanha será mostrado, até o último centavo, no último programa desta Campanha do Bem! — virando-se para o lado — É ou não é, Ari?

A câmera abria enquadrando também Ari:

— É isso aí, Caboré! E também a garantia de que fazemos o que falamos, como aqui — apontando para a favela atrás — onde nossa campanha começou atacando um problema ambiental de mais de década!

Seqüência de gente falando:

— ...Essa fedentina sempre existiu aqui...

— ...e a gente pediu a meio mundo, mas ninguém nunca fez nada...

— ...até que um dia chegou aqui o Caboré...

— ...e agora a fábrica até já parou com o cheiro, antes mesmo da gente ganhar na Justiça!

Close de Caboré:

— Acredite, é possível fazer o que é preciso, arrumando a casa na prefeitura, para mudar esta cidade até ficar com a cara da gente de bem!

Explosão de chuva de prata no céu. Irrompia a música, cantada no comício, cenas rápidas, encerrando com o cidadão na cadeira de rodas, Caboré e Ari ajoelhados um de cada lado, cantando junto; abrindo zoom, o povo a pular e a cantar também, closes de criança, menina, menino, rapazola, mocinha, mulher, homem, idoso, idosa a falar firme:

— Eu cansei dessa política velha. Eu vou de Caboré!

O trio paraplégico-Ari-Caboré encerrando: *Vem! pra campanha do bem / pra cidade renascer!* Close de Caboré enchendo a tela com o 12, enquanto ecoava a voz da idosa:

— Caboré prefeito, pra cidade renascer!

Trucagem, o close de Caboré virando foto em santinho que idosa beijava ao lado do rosto, sorridente, aí congelando a imagem dela com a voz de Caboré:

— O programa de hoje é dedicado aos voluntários da nova política!

Mesmo nas cenas noturnas de comício, havia claridade e cores, enquanto os programas dos outros candidatos eram descoloridos ou sombrios, com o candidato falando em estúdio, povinho falando só o nome do candidato, na seqüência de depoimentos rápidos que, por isso mesmo, o pessoal de tevê chama de fala-povo, e que Ari chamava de falotário. Crianças em estúdio cantando música de campanha, com trejeitos e gracinhas. Letreiros animados por computação, pencas de truques de imagem, declarações de apoio de outros políticos, o que, conforme Ari, só adicionava mais fedentina à merdolenga usual.

No dia seguinte o programa era dos candidatos a vereador, e, enquanto os outros apareciam falando em estúdio, os da Coligação Renascer falavam em casa, no trabalho, na rua, junto com gente, com naturalidade e convicção. Joana tinha conversado com cada um, e para cada um tinha escrito uma fala, às vezes conversando com o candidato nervoso enquanto Davi filmava.

Os candidatos das outras coligações falavam de si, os candidatos da Renascer falavam da cidade e do que cada um queria fazer para ajudar nos 12 Trabalhos do Caboré.

Filas de novos voluntários no casarão. Caminhonete chegando com mais camisetas. Caboré se espantava, Ari explicava:

— Doação de empresário.

— Ari, Ari...

— Eleição é uma corrida e estão começando a apostar na gente, sem compromisso, por que não? Com o Tesouro do Ari a gente chegou até aqui, mas acabou, Caboré! Amanhã começo a ligar pra empresários pedindo carro emprestado, gasolina, papel, marmitex pra voluntários, vale-transporte, mais camisetas, o povo adora camisetas.

— Mas fique sempre dentro da lei, Ari.

Ari sorria feito filho a compreender tanto cuidado do pai.

Caboré visitava empresas e associações, cerimônias e festividades, cumprindo o primeiro dever do candidato conforme Ari: aparecer. Enquanto isso, Ari sumia às vezes uma tarde inteira, voltava ao casarão despejando ordens e instruções: ir buscar mais santinhos na gráfica tal, cartazes na gráfica qual, camisetas ali, bonés lá, e cadê endereços ou telefones dos voluntários na área do próximo comício?

— Em cada área de comício, os voluntários que quiserem vão abrir Comitê da Coruja em casa, pra receber material de campanha e distribuir no bairro. Liga pro Caboré, avisa pra ele passar nas Balas Delícia, vão parar a fábrica pra ele cumprimentar o pessoal.

Caboré agora andava com celular e motorista, num carro novo emprestado. No começo da manhã ia com Davi filmar a série Os Doze Trabalhos de Caboré. O primeiro filmete mostrava o candidato num casebre, meio encurvado para caber debaixo do teto de tábuas e latas.

— Estamos numa favela. Aqui a Dona Estrela vive neste barraco. A luz é puxada do poste, de vez em quando a empresa elétrica corta o fio. Banheiro não tem. A cozinha é ali, ó — a câmera mostrava uma bacia sobre uns caixotes.

A câmera enquadrava de novo Caboré com Dona Estrela, apareceu braço de alguém segurando o mastro de iluminação, Caboré ajudou o câmera a achar espaço, até que, agachado ao lado de Dona Estrela sentada sobre um caixote, com uma camisa azul-clarinha que parecia iluminar o ambiente, falou com seu olhar que falava tanto, como dizia Vaslinda:

— Sem espaço, sem quintal, sem jardim, sem água, sem

luz, sem banheiro, sem cozinha, mas o pior não é isso! O que é pior do que tudo isso, Dona Estrela?

Câmera ágil para a velha:

— Pior de tudo é... — em voz alta e enojada — a fe-den-ti-na, né!

Corte. Cenas da passeata até o fórum, intercaladas com voluntários fazendo cartazes, cantando, gritando palavras de ordem nas galerias da Câmara. Reprise de Dona Estrela:

— Pior de tudo é... a fe-den-ti-na! Liás, era, num é mais, né, Caboré, pruque dispois quocê falô que a gente pudia lutá, a gente lutô e a fedentina já parô! Brigado, fio de Deus! — tentando abraçar Caboré, que, agachado, ia caindo quando congelou a imagem, continuando os sons da queda, o baque das costas de Caboré contra os caixotes da cama, ruídos de cacarecos e tralhas e voz de Joana acudindo: — Machucou, Caboré? Depois, imagem congelada de Caboré abraçando Estrela, a corujinha piscando trepada no 12 — e a voz de Estrela: *Tudo tem jeito: / Caboré prefeito!*

Corte. Caboré debaixo da árvore, a favela ao fundo.

— Aqui debaixo desta árvore fizemos reunião para unir a gente desta favela, para lutar por uma vida melhor!

Seqüência de imagens rápidas. Dona Estrela assinando abaixo-assinado penosamente sobre caixote, mocinha assinando sobre balcão de bar, antes enxugado pelo dono com um pano sujo. A mesma mocinha gritando na passeata e falando entusiasmada:

— Se a gente nunca faz nada, aí é que nada muda mesmo!

Gente assinando, gente gritando, gente avançando pela avenida, rompendo a fronteira entre a humildade e a vontade, no embalo dos refrões puxados por Bel e Quim, erguendo cartazes os braços acostumados a erguer balde de água ou empurrar carrinho de lixo, gente de sandálias a pisar firme pela primeira vez na vida, a gritar nas galerias da Câmara como se aquilo fosse a casa do povo mesmo. Caboré diante do fórum:

— O primeiro dos 12 trabalhos para nossa cidade renascer é solucionar os problemas ambientais. A-ca-bar com a poluição industrial, sonora, na terra, nas águas e no ar! Acabar com fedentina e esgoto clandestino, até renascer cada riacho desta cidade! Esse trabalho já começamos a fazer (enquanto no rodapé passavam os nomes dos bairros), para mostrar que é possível mudar o que é preciso mudar! Já atacamos duas dúzias de problemas ambientais, já na Justiça, e como prefeito vamos abraçar essas causas até a vitória final, que será uma cidade com respeito à gente e ao ambiente!

Dona Estrela fora do barraco, depois de respirar fundo:

— A gente agora tem gosto de respirá!

Encheu o peito de novo, sorrindo banguela, a imagem congelou com o sorriso e os braços bem abertos, entre os quais surgiu um grande 12.

Os marqueteiros das outras campanhas começaram a se coçar, ou piscar para acreditar; mais ainda quando Caboré abriu o programa seguinte assim:

— Você já viu que com a gente é câmera na mão e, em vez de conversa, ação! Por exemplo: como a prefeitura pode ajudar na criação de empregos?

Ari em fila de jovens, levando o microfone a cada um:

— A chance é pequena, mas a gente tem de tentar, né.

— O pior é que sempre pedem experiência...

— ...mas como vou ter experiência se estou procurando o primeiro emprego?!

Ari para a câmera:

— Aqui entre os universitários, Caboré, é difícil conseguir o primeiro emprego. Vamos ver entre os operários.

Ari diante de indústria, ouvindo homens em fila:

— Aparece uma vaga, chove candidato!

— Tá mais difícil emprego, moço, do que ganhar na loteria!

Ari para a câmera:

— É com você, Caboré!

Caboré no campus da universidade:

— Para os universitários ou recém-formados, a prefeitura vai criar centenas de vagas para estagiários em todos os serviços públicos! Cada estagiário será um fiscal do povo na prefeitura e começará o currículo profissional! É o programa Primeiro Emprego, um dos 12 grandes trabalhos para nossa cidade renascer!

Seqüência de universitários acenando, botando boné da coruja.

— Para os trabalhadores — Caboré continuava — teremos o programa Emprego na Mão. Vamos investir nas pequenas empresas, com crédito fácil, barato e praticamente a fundo perdido. Como? Explica aí, Ari!

Ari explicava rapidamente como transformar impostos atrasados em crédito e empregos, e Caboré concluía:

— É isso aí, gente, é preciso, é possível e nós vamos fazer!

Cena de comício, gente pulando a cantar: *é isso aí, Ari com Caboré, Caboré com Ari!*

Em seguida, nos seus oito minutos o deputado apareceria discursando, depois tomando café com a família, telefonando, fingindo participar de reunião com empresários, brincando com o primeiro neto, ao som de locução aveludada lendo texto exaltatório do grande homem público. Um Camisa-12 resumiu:

— O Caboré fala o que fez e o que vai fazer, enquanto esse aí só fala dele mesmo...

Uma semana depois de começado o horário gratuito, um jornal publicou pesquisa: Caboré 25, o deputado 21, os outros candidatos abaixo de 7. Ari passeou sorridente pelo calçadão fervilhante de boatos, recebendo tapinhas nas costas, daqueles mesmos de quem antes só recebia ironias. A um dono de churrascaria pediu preço de churrasco para trezentos voluntários.

Abel e Quim finalmente comeriam churrasco quente, embora ainda não o rodízio de treze tipos de carne como anunciavam as churrascarias. Com olheiras de um cansaço feliz, Caboré brindou ao vice:

— Ao grande estrategista Ari Chimite.

Ari trepou numa cadeira para agradecer:

— Obrigado pelo "grande", Caboré, mas grande é você, grande candidato, grande amigo, grande homem de grande coração! — virando-se para o salão cheio de mesas lotadas — Mas não vamos nos iludir, gente, a campanha mal começou e eles ainda nem abriram a mala de maldades! Então brindo à nossa união, e à nossa fé na vitória apesar de tudo que virá por aí! Vamos brindar de pé! À vitória!

Com Caboré todos tinham brindado sentados, mas agora todos se levantaram repetindo "à vitória", e Ari fez repetirem mais duas vezes, cada vez mais alto, até que urraram juntos antes de beber e Vaslinda disse baixinho a Caboré que estava toda arrepiada. Todinha? — perguntou ele também com olhar malicioso, mas logo se aprumou vendo acesa a luzinha vermelha da câmera.

De noite na cama

— Desculpe, eu... Acho que ando cansado.

— Tudo bem, não se preocupe.

— Mas nunca aconteceu, né? Ou já aconteceu?

— Não, mas também você nunca foi candidato a prefeito.

Suspiros.

— Você precisa relaxar, vive tenso, o corpo duro...

— Menos onde precisa...

— Não fique se cobrando, você não me deve nada, que isso?

— É, não aconteceu nada mesmo, né?

Riram abraçados no escuro, suados na noite de agosto.

— Vamos ter uma primavera linda este ano.

— Todo ano você fala isso.

De repente a voz dele mudou, saindo do fundo:

— Vaslinda — chamando pelo nome inteiro, em vez de apenas Linda, boa coisa não viria — Tem hora que ainda penso se fiz o certo em aceitar essa candidatura... É um turbilhão, a campanha manda em mim, me sinto um boneco dos outros, levado pra lá e pra cá, cumprimentando tanta gente, sorrindo sem parar, chega a doer o queixo de tanto sorrir, o braço dói de tanto aperto de mão, e eu sempre acreditei que todo excesso é ruim... Eleição é excesso por natureza: excesso de esforço, excesso de promessas, excesso de mentiras...

— Então continue a ser simples, sincero e honesto como você sempre foi.

— Pois é, sempre fui, mas posso deixar de ser, não? Como também nunca tinha falhado na cama, como dizem, né, até hoje... Tenho medo de virar outro na política, ir aceitando uma coisinha errada hoje, fechando o olho um pouco amanhã, até que, quando for ver direito, já virei outro, com outros olhos, outro coração, outro enfim... Tenho medo de me perder, Vaslinda!

Uma coruja piou triste nalgum quintal. Não sei o que te dizer, disse ela; podia dizer para ele ouvir sempre o coração, mas ele já tinha dito que até o coração podia mudar naquele turbilhão. Eu também ando num turbilhão, falou, a camisaria ia bem de novo, com mais pedidos, mais costureiras...

— ...então acho que temos é de tocar em frente nossas vidas.

— Nossas vidas, você falou. Antes falava nossa vida.

A coruja piou mais triste. Abraçaram-se casando suspiros e, quase para adormecer, se separaram, cada um abraçando seu travesseiro como sempre faziam. Mas ela resolveu que dormiria abraçada, abraçou e dormiu também. Acordou com ele sonhando e falando alto:

— Não, Ari, não, Ari!

Ela fez cafuné, ele acalmou resmungando, voltou a respirar compassado, ela ficou vendo o dia chegar na janela. Parece um menino, falou baixinho quando levantou e ficou olhando ele a abraçar o travesseiro:

— Um menino grande. Tomara que não te machuquem demais...

O casarão, agora chamado Casão da Coruja, vivia cheio de voluntários, principalmente voluntárias, que às vezes, por falta de santinhos para panfletar os bairros, saíam pelo centro gritando as palavras de ordem ensaiadas para os comícios. Eram dois comícios por semana, e, no dia seguinte, quinta-feira e domingo, Joana e Davi chegavam depois do almoço. Sempre encontravam o casarão já cheio de gente querendo camiseta ou boné, ou mais santinhos, ou falar com Seo Caboré pra pedir um ajutório ou emprego, ou dentadura ou cadeira de rodas, ou um dinheirinho pra ir visitar mãe doente em outra cidade, ou para consertar o telhado quebrado por vendaval, ou, conforme Ari, não tinha limite a imaginação dos necessitados.

Joana dizia que Caboré não podia atender, fazia visitas pela cidade, mas o vice atenderia, e Ari atendia no quartinho só com cadeiras e frio feito cela.

— Sentimos muito mas não podemos atender seu pedido, nossa campanha não tem dinheiro, a gente faz uma nova política. Nós não vamos fazer roubalheira na prefeitura, para recuperar dinheirão gasto em campanha, como fazem os políticos profissionais. Mas tome aqui esta lista de endereços, são os comitês dos outros candidatos, lá eles têm muito dinheiro. Pegue o dinheiro deles e vote na gente!

Pela manhã, Ari despachava no casarão, atendendo gente, enviando grupos de voluntários para bairros, com sacolas cheias de santinhos, ou mandava motoqueiros com cartazes e impressos para comitês da coruja que pipocavam pela cidade. Às vezes atendia o celular e dizia pra telefonarem depois:

— Na hora de sempre — e Joana calculou que, como ele passava o dia inteiro e o começo da noite na campanha, essa hora só podia ser depois da meia-noite.

— É — ele confirmou — À noite trabalho na cama.

Uma noite, depois do comício, Davi convidou Joana para ir de novo ao motel, ela disse não.

— Você é gamada no Ari, né?

— Como você sabe?

— E quem é que não vê? Mas eu acho ele meio fancho.

— O que?

Fancho, ele repetiu:

— Gay enrustido.

Começou a chover, ela ficou vendo o comício se esvaziar, depois foi para casa andando na chuva. Chegou em casa ensopada e distante, parecendo nem ouvir a cascata de censuras e conselhos da mãe viúva:

— Você devia largar desse negócio de política e arranjar um emprego decente de novo, menina! Desse jeito vai acabar doente!

— Já fiquei doente, mãe. Mas vou sarar — e dormiu cansada e lavada da caminhada na chuva, acordou de alma leve, e no fim do dia se espantou de não ter passado o dia pensando em Ari.

Ressacas e marés

Ari instruiu Caboré para o primeiro debate entre os candidatos na televisão:

— Fale com paixão, Caboré, com o coração, mas cuidado com as palavras...

— Mas é possível juntar paixão com cuidado, Ari? Por isso é que dizem paixão de Cristo, né? Se ele fosse cuidadoso, não acabaria crucificado...

— Mas tome muito cuidado, Caboré, senão te crucificam...

No debate, o deputado perguntaria a Caboré:

— Por que o senhor acha que pode administrar o município se não soube administrar uma pequena empresa, se faliu como empresário?

A câmera pegou Caboré piscando confuso, passando a mão pelos cabelos. Mas lembrou da defesa ensinada por Ari, sair da sinuca batendo alto:

— Eu me admiro que ainda haja políticos que usam esses truques da velha política para atacar os outros. Para nós, ganhar a eleição não é uma questão de sobrevivência, nunca vivi de política como quem me faz essa pergunta, me candidato por uma questão de consciência, para que nosso município seja exemplo de uma nova política, sem truques, sem baixaria.

Suspirou para continuar:

— Quanto a não saber administrar uma pequena empresa, ora, foi uma lojinha de antenas, e duvido que alguém soubesse, naquela época, que o mercado de antenas parabólicas ia diminuir ao invés de crescer, por causa das tevês a cabo e... Bem, o fato é que quebrei, fechei a loja, sim, mas paguei todo o pessoal, não lesei ninguém. Além disso, na prefeitura vou me cercar de gente competente, de modo que...

Seu tempo esgotou, disse o apresentador. Ari mordeu o lábio:

— Vão tentar colar nele o rótulo de fracassado.

O deputado tinha ainda a réplica:

— Apesar de fracassado como administrador, o Sr. Pessoa, no entanto, tem uma campanha de fazer inveja aos poderosos. O comitê é num palacete, cabos eleitorais correm todos os bairros, vemos camisetas dessa coruja por todo canto. Qual é o segredo dessa gastança? Não dá para desconfiar que tem gente graúda por trás do Sr. Pessoa?

A câmera pegou Caboré sorrindo para a tréplica ensaiada:

— Nossas contas estão na internet, para qualquer pessoa conferir. Gastamos muito pouco, quase tudo é doação, de gente que também cansou da velha política e quer governo honesto e produtivo. O nosso sítio na internet mostra tudo, da mesma forma como vamos fazer com as contas da prefeitura, através do SIM, Sistema Informatizado Municipal, para que todo cidadão, lá no seu bairro, possa pedir serviços, reclamar, criticar e ver as contas do seu dinheiro público sempre que quiser!

No dia seguinte, avaliaram o debate no salão cheio do casarão, mães nas janelas, crianças correndo no quintal espremido entre prédios. Davi filmava. Mas Caboré não ia participar, adiantou Ari, para todos se sentirem à vontade em criticar aquele primeiro debate, haveria outros e era preciso afinar o taco. Depois de hora e tanto fazendo perguntas, o baixinho lindo, conforme uma senhora muito pintada, conseguiu tirar da massa a seguinte nata.

Caboré tinha de sorrir mais; devia ter respondido sorrindo até as perguntas mais difíceis. E devia parar com a mania de ficar passando a mão na cabeça, parecia nervosismo. Ter fracassado como comerciante não era ruim, não; metade do povo já tinha feito a mesma coisa, fosse abrindo loja ou tentando vender desde roupa de casa em casa até sorvete em carrinho pelas ruas.

Ari almoçaria na casa de Caboré, falando da avaliação do pessoal e da sua própria previsão:

— O deputado te bateu firme e vai subir uns três pontos, tem gente que gosta de briga. Temos de colar nele a imagem de candidato oficial, nos próximos debates chame ele de deputado do governo.

— Mas, Ari, vou parecer tão falso como ele me chamando de Pessoa...

Vaslinda disse que tais artimanhas realmente não combinavam com Caboré.

— Muito bem, então chame de deputado amigo do presidente, dizendo que, como prefeito, continuará contando com ele para conseguir recursos federais para a cidade...

Vaslinda riu:

— Você é de morte, Ari Chimite — e Ari disse que não ouvia essa expressão desde menino, "ser de morte", e ficou olhando o vazio.

Caboré estava preocupado:

— Seja sincero, me diga se a questão da lojinha de antenas...

— Só as próximas pesquisas vão dizer, meu amigo. E eu sou sincero sempre, viu?

Sorriu lembrando:

— No colegial, inventei de ser poeta. Escrevi até um poeminha chamado *Espelho*, lembro até hoje:

Vou ser sincero
com você, meu amigo:
não consigo ser sincero
nem comigo

Riu:

— Mas é só poesia, hem?

Ficou sério:

— O certo, meu amigo, é que eleição tem marés e tem ressacas. Nós viemos em maré crescente até agora, e cada debate pode ter ressaca, mas depois vem nova maré alta, até a vitória...

— ...ou maré baixa até a derrota — Caboré olhava uma pequena antena sobre a tevê, resquício ainda da loja.

Ari perguntou como ia a camisaria, Vaslinda contou, tanto cresciam as vendas como os problemas. Ari deu alguns palpites, entregou a Caboré mais um roteiro de visitas e, antes de sair, lembrou:

— Também disseram que parece nervosismo você passar tanto a mão na cabeça.

Saiu, e Caboré e Vaslinda se olharam, lembrando da conversa logo cedo ainda na cama:

— Bom dia, quer panqueca?

— Que hora deve ser?

— Esquece hora, você tem a manhã livre, exigi do Ari. E vou fazer de almoço arroz-feijão, bife enrolado e abobrinha refogada.

Era repetição da primeira refeição completa que ela conseguira fazer depois de casada, e ficaram sorrindo em ternura e paz. Ele contou, no ouvido dela, que tinha medo de não agüentar até o fim da campanha, dormia pensando que no dia seguinte teria de repetir tudo de novo, visitas, conversas, discursos... Ela perguntou se sentia o mesmo quanto ao trabalho na rádio.

— Não. O rádio nunca me deu medo ou dor de cabeça.

— Então — ela suspirou fundo, arrepiada com os lábios dele na orelha — você não está fazendo o que gosta. E que coisa dura é essa me cutucando aí embaixo?

Trocaram amor, conforme Vaslinda, que se recusava a falar "fazer amor": "não é coisa que se faz, é coisa que se troca". Depois ficaram abraçados ouvindo os passarinhos, ele disse que pareciam os mesmos passarinhos desde que estavam naquela casa; ela disse que nenhum passarinho duraria tanto tempo. Talvez fossem, sim, passarinhos quaquanetos daqueles passarinhos de então.

— Por falar em tempo e netos... Você não olha seu travesseiro de manhã, né?

Ela acendeu o abajur, mostrou no travesseiro:

— Todo dia tem pelo menos meia dúzia de fios de cabelo. Assim você vai ficar careca, Caboré, e eu acho que é da política...

Passarinhos concordaram, ele suspirou fundo, perguntou com voz quase sumida:

— Você acha que eu devia largar disso?

Ela demorou para responder, antes ouvindo vários passarinhos:

— Sinceramente, não sei.

Depois ele se pentearia diante do espelho e veria as entradas calvas avançando na cabeça, mais de um lado que do outro. Só iria entender por que quando Ari falasse que precisava parar de passar a mão na cabeça: perdia mais cabelos do lado onde passava a mão.

Naquele dia não cumpriu o roteiro de visitas, dispensou o motorista, que perguntou o que devia dizer a Seo Ari.

— Diga que sumi.

Foi à lojinha de vídeos do bairro, pegou três fitas, tirou do gancho o telefone, fechou as cortinas da sala e ficou vendo um velho faroeste, os homens da lei contra os bandidos. Vaslinda corria as costureiras. Quatro costuravam ali mesmo no barracão dos fundos, e lá pelas tantas — ele já num filme de alpinismo — uma delas bateu palmas na cozinha. Queria usar o telefone:

— Meu menino ficou com febre na cama, a vizinha ficou de olhar mas...

Ele disse que ela devia levar o menino a um posto de saúde.

— Mas aí eu não trabalho e ele vai ficar sem comer, que é pior do que ficar doente, né...

Quando a mulher voltou para o barracão, ele viu que estava descalça. Depois Vaslinda explicaria: Maria da Glória, que ironia no nome, era uma coitada, recém-vinda da roça, sabia costurar mas era bronca como só, e, quando chegava, a primeira coisa que fazia era tirar os sapatos.

— Sabe — ele falou com voz funda — Se existe um sentido na política, é o de poder fazer alguma coisa por essa gente que trabalha tanto e ganha tão pouco. Mas não sei se vale a pena entrar numa ciranda de sacanagem pra enfim fazer o bem a alguém... Como disse você: sinceramente, não sei... E, além disso, às vezes olho o povo, em comício, ou no casarão, todos prontos pra obedecer, tantos querendo ganhar alguma migalha agora e abocanhar um empreguinho ou serviço na prefeitura depois... Essa história de voluntários deve ter atraído gente boa, espero, mas também muito malandro...

Ela demorou para falar:

— Mas os apóstolos eram doze, e a gente só lembra de Judas, o traidor, e Pedro, Paulo e João, os três santos das festas juninas... e nem por isso Jesus deixou de ser Jesus.

Ele continuou a ver o terceiro filme, um policial sobre assassinato e corrupção. Já era noite, e Ari tocou a campainha a seu modo, um toque longo e dois curtos. Ele atendeu de bermudas e chinelos, camiseta furada de candidato da eleição passada, usava para dormir.

— Tá louco, Caboré? E se é um fotógrafo e te flagra assim?!

— Não posso ficar à vontade nem na minha casa, Ari?!

— Em campanha, não, Caboré! Candidato já é homem público!

— E um homem público nunca pode ser ele mesmo?

— Não com camiseta de candidato derrotado na eleição passada...

Caboré foi para o quarto, voltou vestido e penteado, falou vamos, preciso falar com você, e Vaslinda viu Ari sair atrás daquele animal bravo que era seu marido quando confuso ou diante de maus-tratos a criança ou animal. No caso, devia ser...

— ...confusão, ele está confuso, coitado — murmurou diante do pequeno oratório na cozinha, juntando as mãos para Nossa Senhora Aparecida pequenina ali com seu pavio queimando no copinho de azeite, e pediu que clareasse a cabeça dele, acalmasse o coração e iluminasse a alma.

— Duas coisas, Ari — Caboré foi falando já enquanto sentavam numa pizzaria quase vazia — Primeiro, me diga direitinho o que você anda prometendo pra essa gente, os tais voluntários, desconfio que todos acham que vão trabalhar na prefeitura e, não me sai da cabeça, isso não é errado? Não é prevaricação a futuro? Ou aliciamento, sei lá!

Ari pediu pizza e vinho branco.

— Não sabia que você gosta de vinho.

— Fui *sommelier*, Caboré. Uma vez, um milionário inventou de querer vinho frisante num jantar de embaixada. Misturei um pouco de água tônica no vinho tinto, e o homem tomou várias taças, eu com medo de que ele pedisse a garrafa...

— Ari, sobre os voluntários...

— Estou falando dos voluntários. Milionários e miseráveis são os mais fáceis de enganar porque se enganam fácil. Vivem iludidos, por terem dinheiro demais ou de menos. Um bom vendedor de ações tira dinheiro de milionários como se tira água duma fonte. E um miserável é capaz de se vender por qualquer mixaria pra comprar comida.

Caboré notou que Ari mordia o lábio entre as frases, no mesmo instante em que se pegou passando a mão nos cabelos; sentou sobre a mão.

— Não tenho culpa se as pessoas se iludem, Caboré, mas, ora, vamos usar essa gente para o bem, senão vão acabar em outras campanhas para ganhar dez reais/dia segurando cartaz em esquina! Com a gente, ganham só lanche, e se pensam que vão ganhar emprego ou serviço na prefeitura, aqui entre nós, Caboré, é proibido sonhar?

Caboré passou a mão nos cabelos, se deu conta e voltou a sentar sobre a mão.

— Não prometi nada a ninguém, Caboré, eu...

— Eu sei, você não promete, só acena com... Por falar nisso, o que você está "acenando" para os empresários? Vi a lista de doadores...

Ari mordeu o lábio e brindou:

— À nova política!

Cheirou o vinho antes de beber, bebeu e ficou sentindo aromas e sabores, Caboré até cheirou também, bebeu e Ari adivinhou seu pensamento:

— É preciso educar os sentidos para sentir o vinho, Caboré, e tem gente que já nasce com superolfato. Minha mãe conta que meu pai era capaz de cheirar uma florada a quilômetro de distância, e eu herdei isso. Já ouviu falar da Confraria do Vinho? São quarenta empresários que se reúnem todo mês para um jantar de degustação, cheios de grana mas, na maioria, com o olfato já estragado por fumo, paladar estragado por bebida gelada e tudo mais, gastando dinheiro grosso pra beber vinhos franceses e italianos de fama, porém muito inferiores aos chilenos que apresentei...

— Quarenta empresários, é? Ari e seus quarenta... vinheiros, vinhateiros, como se diz?

— Enólogos. Apresentei a eles alguns vinhos, ficaram espantados com a qualidade e o preço, e virei consultor da confraria, estão gastando metade do que antes e com vinhos muito melhores. Nem precisei pedir doações pra campanha, ofereceram. Eu nem tinha o direito de recusar, Caboré, dinheiro, gasolina, carros e computadores emprestados, telefones, papel, gráfica, consultas médicas para mais de trinta voluntários até agora, é, não sabia? Agora a campanha tem departamento médico.

— Ari, aquilo vai virar uma porta das lamentações, você não conhece o povo! Quando se espalhar que tem comitê de campanha dando consulta...

— ...e remédios. Amostras grátis dadas por vários médicos e clínicas. E também começou a funcionar hoje a Sopa da Coruja, um sopão feito com comida industrial sobrada do almoço de empresas, você vai ver fila de gente dobrando a esquina!

Caboré passou a mão nos cabelos, sentou na mão.

— Ari, eu tô ficando careca, sabia? Vaslinda diz que eu nunca tinha perdido cabelo assim. Minha vida virou um turbilhão, sabe o que me lembra? Aqueles sujeitos que vão pro mar de prancha...

— Surfistas.

— Isso, e entram surfando naquele túnel de água formado pela onda, então eu me sinto assim, e a impressão é que a onda vai rebentar de vez, e eu vou cair e me ralar na areia. Eu já fali uma vez, Ari, e me fez tanto mal!... — era um menino grande falando — Começo a achar que prefiro perder essa eleição pra me livrar desse turbilhão, me ralar na areia mas voltar pro chão!

Chegou a pizza, Ari tirou um pedaço e partiu em pedacinhos, começando pelo bico, um pedaço; depois dois pedaços; e em seguida três; até a fileira final, na borda, quatro pedaços. Começou a comer pelos pedaços da borda, Caboré apontou:

— Olha só, você corta tudo primeiro pra depois comer, pedaços do mesmo tamanho, cada um com seu pedacinho de aliche, tudo certinho... Espero que também esteja tudo certinho na nossa campanha, Ari, porque...

— Caboré, você está inseguro feito criança. É normal. Você sempre trabalhou na rotina, que é a maior e mais perene ditadura do mundo, e de repente foi jogado no turbilhão, como você diz, e que é apenas a vida de um homem público, que você de certa forma já era como radialista, só que com a bunda sentada diante de um microfone. Agora, vai continuar sendo um homem público, mas com dedicação integral e um bom salário, só isso. Se não consegue deixar de ver isso como um turbilhão, acostume-se! Relaxe e goze, Caboré!

Caboré comeu a pizza, tão gostosa, e bebeu o vinho, tão bom; Ari bebeu só uma taça. Quando pediu a conta, Caboré deu uma olhada e se espantou: era caro não só o vinho como também a pizza, e Ari piscou:

— Por que pensa que tem tão pouca freguesia?

Na saída, os garçons fizeram rapapés para Ari.

— Você vem sempre aqui?

— Só pra comemorar.

— E está comemorando o que?

— O fim da nossa primeira ressaca de campanha, o começo duma nova maré.

Encheu o peito com o ar da noite, falou que estavam florindo jasmim e dama-da-noite na vizinhança. Caboré cheirou o ar, cheirou, não sentia nada; Ari falou vamos, você fumou trinta anos, queria o que?

— Mas como sabe que fui fumante?!

— Você me contou, Caboré, uma vez no Bar do Carlão, outra quando Pedrão começou a fumar no carro e perguntou se incomodava, você "não, fumei trinta anos".

— Desculpe, esqueci.

— Amanhã vou levar a Vaslinda uma mistura de ginseng com ervas, para te dar uma colherada todo dia, melhora a memória.

— Obrigado, Pai Ari.

Diante da casa já apagada, Caboré disse obrigado...

Ari partiu.

— ...amigo.

Não passou mais a mão na cabeça até dormir.

A BATALHA DAS RUAS

A campanha do deputado saiu das gráficas para as ruas como uma torrente de papel e plástico: adesivos em carros, grandes cartazes nas avenidas, faixas nas esquinas, seguradas por mulheres ou moças cansadas e tristes. Caminhão de som, anunciando comício, ia pelos bairros com carroceria lotada de caixas de camisetas e bonés, distribuídos por moças de belas pernas e grandes decotes.

O candidato empresário também inundou as ruas com seu sorriso enorme em out-doors. Diante dessa "polarização visual", conforme seu marqueteiro, o ex-prefeito resolveu também botar o bloco no rua, com passeatas e caminhadas diárias de centenas de Voluntários Camisa 13, gritando o lema: *Ação com Participação!*

— Estão copiando tudo da gente! — Joana se revoltava.

— Vamos dar o troco — Ari sorriu — Deixe todo mundo saber que nosso assunto de amanhã na tevê será Emprego na Mão.

Então Caboré falaria numa pequena indústria de quintal, explicando como a prefeitura ia ajudar empresas a criar empregos, e encerrava chamando a câmera com o dedo, e, com o mesmo dedo, puxando a pálpebra para baixo:

— Você conheceu nosso original programa Emprego na Mão. Original porque outros vão copiar...

Em seguida, o programa do 13 mostrava o candidato falando quase que as mesmas palavras de Caboré, e no Bar do Carlão, onde viam a tevê com os pés sobre cadeiras, para descansar as pernas antes de ir para mais um comício, Ari chamou Caboré e Joana a um canto:

— É claro que tem espião na nossa campanha. Daqui por diante, vamos gravar três ou quatro programas e só na última hora decidimos qual vai ao ar.

Nem seria preciso tanto cuidado. Num comício, quando o ex-prefeito ia começar a falar, alguém gritou — Fala, cópia! — e o apelido pegaria tão depressa que, no dia seguinte no calçadão, Ari já ouviria várias vezes. E iria soltando veneno:

— Pois é, ele copia mesmo. Infiltrou vários espiões na nossa campanha, ganhando bem, mas um deles contou tudo pra gente... Tentaram subornar nosso cinegrafista, mas o moço comprou na quitanda uma banana e mandou como resposta...

Aquilo corria o calçadão, de boca em boca, entrando pelas lojas e escritórios, propagando como vírus pelos elevadores, chegando aos lotações e se espalhando pelos bairros. Caboré tinha recebido proposta de suborno, para fazer corpo mole na campanha, e de resposta tinha mandado uma banana e uma mandioca, cada um aumentava um ponto ao contar o conto.

Os voluntários, na maioria voluntárias, iam para os bairros de lotação e, no caminho, o ônibus emparelhava com kombis ou vans de outras campanhas, os Camisas-12 cantavam: *É, é, é Caboré / eles vão de luxo / a gente vai a pé! / Eles enche' o bucho / a gente toma café! / Eles têm um dinheirão / a gente tem coração / a gente tem Caboré!*

Os bairros eram penteados o dia inteiro por carros e caminhões anunciando grandes comícios do deputado ou do empresário, *com artistas de renome nacional, bailarinas e prêmios para você!* Nenês iam acordando nas casas pelas ruas afora, e, quando voltavam a cochilar, outro caminhão ou kombi passava tocando musiquinhas de candidatos. Então, de repente, no meio modorrento da tarde, naquela hora em que os cachorros até latem mais molemente, ouvia-se vindo pela rua, misturado com palmas de gente batendo nas casas, um coro de vozes femininas, afinadas e tranqüilas, como mistura de canto de lavadeiras e colhedoras de algodão, humilde hino e canção de ninar: *É hora, gente / hora de renascer / é preciso, é possível / e é pra valer!*

O tom subia, o ritmo acentuava: *Chega de eleição suja / vote limpo e bote fé / é a hora da coruja / é, é, é Caboré!*

O coralzinho de três ou quatro, as que cantavam melhor, ia parando aqui e ali, enquanto outras batiam palmas e iam entregando santinhos, pedindo para botar na varanda o cartaz, onde a coruja puxava com a asa a pálpebra do grande olho — e, em grandes letras: *AQUI A GENTE É / 12 — C A B O R É !*

Na batalha das ruas a luta era corpo a corpo, a munição eram as sacolas de santinhos e as caixas de cartazes, as armas eram o sorriso e a civilidade, tinha ensinado Ari, e o coração, falar com o coração, olhar nos olhos, vestir com garra a Camisa-12 — mas nem por isso as voluntárias deixavam de perguntar pelos passes e o lanche, tinha de ser sempre sanduíche? Por que não marmitex?

— A democracia — disse Ari — deve muito a um lorde, o Lord Sandwich, que inventou o sanduíche pra comer sem sair da mesa de jogo. Num sanduíche, você tem uma refeição completa: cereal, proteína animal na forma de mortadela ou queijo, e legume. Nossos sanduíches são de pão integral com muito recheio, valem por uma refeição! No Primeiro Mundo, é comum almoçar sanduíche!

As voluntárias passavam a comer os sanduíches com mais gosto.

Adeus, espião

Durante três dias as brigadas Camisa-12 corriam os bairros vizinhos antes de cada comício, uma velha kombi levando sacola de sanduíches e garrafões de água mineral. No casarão, cozinheiras aposentadas de escolas faziam os sanduíches cantando, filmadas por Davi. Uma delas iria ao ar falando enquanto enfiava mortadela em pães:

— A nossa campanha é assim: gente unida, pão com mortadela e Caboré na cabeça!

Bel e Quim apareceriam cantando na tevê: *Cansei de velhas promessas / cansei de eleição suja / vesti camisa da coruja / com Caboré na cabeça!*

No dia seguinte, o ex-prefeito apareceu na tevê falando sobre seu Confie, Conselho Fiscal Especial, formado por representantes dos advogados, contabilistas e jornalistas...

Ari chamou Caboré e Joana para o seu QG, Quartinho do Grande Ari, como dizia o pessoal.

— Quem sabia do Confie?

Fizeram a lista nos dedos: Davi, Pedrão, Marquinho (o dono do estúdio de tevê), Joana, o próprio Ari e Caboré, e mais ninguém. Ari encolheu os dedos Caboré, Ari e Joana:

— Sobram Davi, Pedrão e Marquinho: algum tem gastado dinheiro ultimamente?

Pedrão tinha trocado o guarda-roupa e comprado um carro usado. Marquinho tinha comprado uma nova câmera.

— Então o espião é um dos dois ou os dois. Vamos gravar Caboré, para o programa do rádio, falando que no Congresso o deputado votou a favor de desconto nas aposentadorias.

Ué, Joana estranhou, por que o deputado? Pois o espião estava vazando informações para o ex-prefeito, não? Ari mordia o lábio:

— Desconfio que nosso querido ex-prefeito está sendo custeado pelo deputado, para torpedear Caboré. Assim, jogamos a isca para os dois.

Se o deputado respondesse ao ataque, seria por ter sido avisado pelo ex-prefeito; e foi o que fez o deputado no rádio, dizendo que, a respeito da calúnia de que seria a favor de desconto nas aposentadorias, na verdade só tinha assinado um projeto de lei de outro deputado para conseguir seu apoio em projetos federais para a cidade. A acusação de Caboré, porém, nem tinha ido ao ar, a fita trocada por outra no último minuto do prazo de entrega. Desde então, dez da manhã, até uma da tarde, quando as fitas foram ao ar, ora Joana ora Ari tinham ficado junto de Marquinho, ouvindo todo telefonema, e depois concluíram: Marquinho não era, só podia ser Pedrão o espião.

Agora Pedrão usava jaquetas sóbrias e sapatos finos, camisas em vez de camisetas e cinto de grife em vez de cinturão. Estava numa mesa lendo os jornais do dia quando Joana e Davi sentaram na mesa ao lado, tão perto que ele ouvia perfeitamente:

— Vamos botar no ar fotos do deputado com a amante de Brasília.

— Não vai ser muita baixaria?

— Não vamos dizer que são amantes, só mostrar as fotos do deputado com ela em coquetel, bebendo e rindo com música clássica ao fundo. Aí cessa a música clássica, entra viola caipira e locução diz que, *para conhecer os problemas da nossa terra e da nossa gente, é preciso conhecer nosso chão*, com imagens de Caboré, certo?

— Certo — Davi anotava.

— E... — Joana baixou a voz, mas não tanto que Pedrão não ouvisse — amanhã, um pastor candidato a vereador vai mostrar as mesmas fotos e dizer que é preciso muito cuidado com o demônio, que às vezes se apresenta na forma de um homem de bem... E vai dizer também uns versículos bíblicos contra o adultério...

Pedrão sairia sem pressa do bar, mas, ao cruzar a esquina — eles mandaram Bel e Quim espiar — apressou o passo para um orelhão, depois pegou um táxi.

À noite, foram ao ar as fotos do deputado em coquetel, a mulher de vestido vermelho ao lado, uns vinte anos mais nova, ao fundo música clássica, depois as botinas de Caboré e tal. Na manhã seguinte, Pedrão ouviria Davi dizer que ia gravar a fala do pastor sobre a amante do deputado. Depois Pedrão iria de novo ao orelhão. À noite, no horário dos vereadores, o pastor apareceria com a gravata apertando o pescoço de veias inchadas:

— Cristãos da nossa terra, aqui é o pastor Vanderlei, Jesus é nossa lei, e, como vereador, serei seu servo a serviço do povo! É preciso votar com muito cuidado, meus irmãos, sem se deixar iludir pelos falsos, os que falam no bem e praticam o mal!

Ao fundo, aparecia uma das fotos do coquetel.

— Às vezes, o diabo vem na forma de um homem de bem! Então amanhã vamos revelar aqui, a serviço de Jesus, coisas que podem abrir os olhos do povo com a luz divina da verdade! Pastor Vanderlei, Jesus é nossa lei, doze-dois-doze!

O comitê central do deputado era também num casarão, que ficou de janelas acesas até alta madrugada. No dia seguinte, conforme o espião que Ari tinha lá, uma equipe de tevê foi ao apartamento dele logo cedo. À noite, em cinco de seus sete minutos na tevê, o deputado falaria da família, desde o pai e a mãe que lembrou com retratos no colo e lágrimas nos olhos, até a mulher, os filhos, o cachorrinho e o peixe do aquário. Encerrou no sofá, cercado por todos, dizendo que a família é a base da sociedade e coisas assim, estimulantes de bocejos, conforme Ari. Em seguida, começavam os três minutos do Programa da Coruja com close em pés descalços, pés em sandálias, sapatos molambos e velhos chinelos, e a câmera subia de botinas enlameadas para Caboré falando no meio de gente:

— A família de um homem público é o povo! Eu já criei meus filhos, graças a Deus e ao trabalho, e minha mulher concordou que é tempo de agradecer, trabalhando para a comunidade! Assim! — e aparecia numa seqüência de lugares, cercado de gente, sempre a partir das botinas. Congelava a imagem quando agachava para abraçar idoso curvado pela idade, de quem se ouvia a voz:

— O Caboré é gente que nem a gente!

A partir daí, todo programa traria alguém falando de Caboré: *é gente como a gente!* No dia seguinte, no horário dos candidatos a vereador, o pastor nada revelaria, nem apareceria mais a foto ao fundo e ninguém disso mais se lembraria, a não ser o deputado, lamentando a perda de um horário inteiro mostrando família, para servir de escada a Caboré e sua "família-povo", como resumiu um marqueteiro despedido poucos dias depois.

Pedrão também seria secamente demitido por Ari:

— Se quer receber o mês, assine recibo. Depois tá dispensado.

— Quero falar com Caboré — Pedrão ergueu o peito, mas Ari apenas lhe entregou um bilhete: *Pedrão: perdôo sua traição, mas adeus. Caboré.*

Ari apresentou o recibo, Pedrão assinou, Ari lhe deu um cheque, Pedrão saiu curvado. Na rádio, seria transferido do Café do Caboré, que continuava com apresentador substituto, para o horário noturno dos iniciantes. No fim do mês, antes da eleição pediria as contas e sumiria da cidade; e Ari espalharia de bar em bar pelo calçadão:

— Todo dia tentam comprar alguém da nossa campanha. O último foi...

Ao final da terceira semana de horário eleitoral, pesquisa daria Caboré somando a votação dos outros.

— Se não houver imprevistos, que sempre há — Ari mordia o lábio — podemos até ganhar no primeiro turno.

Se Deus quiser, disse Caboré, e se o diabo deixar, completou Ari.

Pitadas de pimenta

O ex-prefeito foi à chácara do deputado e concordaram que, continuando daquele jeito, Caboré ganharia no primeiro turno...

— ...a não ser que a gente consiga acertar um torpedo nessa coruja.

— Torpedo não, o homem é limpo, não dá munição. Aquela história das antenas não colou. Torpedo, não, mas um veneno talvez... Sabe, aquele rapaz do som me contou que o cinegrafista deles desconfia que o Ari senta.

— Tenta o que?

— Senta.

— Senta como? Eu também sento.

— Na boneca? Se até você também senta na boneca, então é uma conspiração gay!...

Riram, depois juntaram as cadeiras e continuaram a falar mais baixo.

No quarto sábado de horário eleitoral, depois de mais uma pesquisa indicando vitória já no primeiro turno, Ari foi saltitante para o calçadão. Caboré ia junto pela primeira vez, para se esfregar no povo e transparecer tranqüilidade vitoriosa, conforme Ari; repórteres de tevês e rádios faziam plantão ali nos sábados de manhã, era um grande palco a céu aberto:

— Como foi a ágora em Atenas, a praça onde você podia ouvir Sócrates falando mal do governo...

Já na segunda ou terceira rodinha, apresentando Caboré, Ari sentiria algo no ar, nos sorrisos sem graça e apertos de mão recuantes dos mesmos que antes abraçavam dando parabéns pela vitória certa. Então alguém disse como casualmente: ó, Caboré, já viu? — entregando folhetim. Na capa, caricatura de Ari baixinho olhando para Caboré alto e perguntando:

— *Sabe por que é bom ser baixinho?*

Abrindo, página dupla: Ari abraçando um pinto enorme e gotejante, falando com a boca melecada:

— *Não preciso agachar pra te chupar. E sabe por que uso suspensórios?*

Contracapa: enrabado por Caboré em pé, Ari de quatro, alegre:

— *Uso suspensórios pra baixar depressa as calças!*

Ari enfiou no bolso, foram em frente. Mais adiante, receberam cartão com desenho de um 12, o 1 na forma de um pênis ereto, o 2 um anjinho curvado, com a cara de Ari, de asinhas e suspensórios, a boca tocando a ponta gotejante do número 1.

— E aí, parceiro? — Caboré falou baixinho — Vamos fazer uma retirada estratégica? Ou será tática?

Ari foi atrás dele, de olhos baixos.

Eu já desconfiava, disse Vaslinda. Joana nada disse.

Escolas, sindicatos e igrejas pediam debates com os candidatos, e quase todo dia eles se encontravam e se apertavam as mãos, sorrindo diante da platéia. Num sindicato, o ex-prefeito perguntaria:

— O Sr. Pessoa diz que, apesar de ter dirigido apenas uma loja que faliu, saberá administrar o município com auxiliares competentes, e cita como exemplo seu candidato a vice, Ari Chimite. Mas o que o Sr. Pessoa pensa dos homossexuais, acha adequados para o serviço público?

Caboré aparentou calma e até alguma surpresa:

— Homossexuais, pergunta o vice-prefeito? Bem, eu não tenho preconceitos, e... — passando a mão na cabeça — ...não vou ficar exigindo atestado de macheza de ninguém. E... é só, não tenho preconceito, só isso.

Aquilo iria ao ar na tevê, mas apenas a pergunta e parte da resposta de Caboré:

— *Homossexuais, pergunta o ex-prefeito?*

Em seguida, imagem de Ari e novamente Caboré:

— *Bem, eu não tenho preconceitos*... e de novo Ari, batendo palmas em comício, a imagem congelando com as mãos levantadas...

— ...como quem mostra o tamanho de um pinto — disse Davi — Bem bolado.

— Ofende a honra — Bispo começou a anotar num guardanapo, viam o horário eleitoral no Bar do Carlão — Vou pedir ao juiz para tirar do ar.

Todos evitavam olhar Ari, mas Caboré encarou:

— E aí, parceiro? Acha que isso pega?

Um Ari envelhecido levantou os olhos, sorriu triste:

— Quem sabe? A cabeça do povo é de maré, pode mudar

com qualquer coisa... Candidato pode deitar favorito na véspera da eleição, acordar derrotado por boato ou notícia de última hora.

— Mas não devemos dar uma resposta? — Caboré falou por todos, o apoio foi geral em resmungos e balanceio de cabeças.

Ari continuou olhando o vazio:

— Não, devemos primeiro avaliar os estragos. Toda eleição tem suas pitadas de pimenta.

— Mas chamaram você de veado, companheiro — Carlão não conseguiu se segurar — Pro povão, ou você dá uma resposta, ou vestiu a carapuça!

Ari encarou um a um, Caboré, Vaslinda, Joana, Carlão, Davi, e os doze apóstolos com adesivos da coruja no peito, devotos e expectantes, encarou um a um. Depois falou bem, se é preciso responder...

— ...então vamos responder ganhando votos.

No dia seguinte, Davi levou Caboré de volta ao salão do sindicato, fez Caboré sentar no mesmo lugar do debate, com o mesmo enquadramento da filmagem que tinha ido ao ar, a mesma camisa, e falar:

— Homossexuais, pergunta o ex-prefeito? Bem, eu não tenho preconceitos, e... não vou ficar exigindo atestado de macheza de ninguém. Aliás, não tenho preconceitos também contra mulheres, nem contra idosos, negros, árabes, judeus, asiáticos e mestiços em geral, nem contra evangélicos nem contra católicos, espíritas, umbandistas, muito menos contra portadores de deficiência física, que podem perfeitamente trabalhar em várias atividades com eficiência e dignidade... E agradeço a preocupação do ex-prefeito com nosso futuro governo, mas não lembro de mulheres, nem de negros, nem de portadores de deficiência, por exemplo, em cargos de confiança no seu passado governo. Aproveitamos para lembrar que nosso governo será aberto às mulheres, aos negros, e a gente de todas as raças e religiões, e também aos portadores de deficiência e aos idosos. Um governo democrata não pode deixar de ter representantes das minorias e principalmente dos discriminados. E.. é só, não tenho preconceitos, só isso.

Na tevê, em seguida apareceria a coruja piscando matreira várias vezes, enquanto se ouviria a voz de Caboré:

— Ainda existe quem pensa que em política vale tudo, mas mentira tem perna curta, e a verdade é que a democracia não é só para consagrar a vontade da maioria, mas também para proteger as minorias! Todos pagam impostos igualmente, nosso governo será para todos!

Ficaria parecendo que a fala de Caboré tinha sido cortada e emendada, no horário do ex-prefeito, e agora aparecia inteira, a *verdadeira* gravação, diriam os eleitores pelos bares e lares. E um dos doze apóstolos gritaria:

— Dá verdade neles, Caboré!

Davi buscou a câmera no carro, fez o sujeito repetir, e aquilo iria para o ar como o bordão de Caboré dali por diante nos debates:

— Na verdade... — começava a responder sempre assim, deixando parecer que o outro tinha embutido alguma inverdade na pergunta.

Ari disse que ele era um político nato, incorporava as manhas e artimanhas como quem toma chuva; e Caboré disse é, quem sai na chuva é pra se molhar. À noite, porém, na cama com Vaslinda sonolenta, ele novamente se perguntaria em voz alta se valia a pena virar outro para ser homem público...

— ...aprender tanta artimanha, para se defender das manhas alheias, repetir programa de governo feito um papagaio, sorrir o tempo todo, apertar tanta mão que, se me perguntarem como é o inferno, digo que é um corredor imenso de mãos estendidas...

Vaslinda sentou na cama com um suspiro arfado:

— Caboré, se você ainda sente isso, se você ainda se preocupa em preservar o velho Caboré que toda quarta-feira comia feijoada e tinha tempo pra me ajudar no jardim, é melhor você sair da política já para não se enganar nem enganar o povo! Política, Caboré, é pra quem tem tesão de querer o poder, de fazer e acontecer! Desculpe te falar assim, meu marido, mas estou repetindo em parte palavras de Ari, tive uma conversinha com ele outro dia, sobre o problema dele, e ele me disse que isso não era problema, o problema era a tua cabeça, ou melhor, como ele disse, o teu coração.

— Você falou com o Ari do... *problema* dele?

— E ele disse, olhando nos meus olhos sem piscar, *Vaslinda, eu não sou gay, eu sou apaixonado por uma moça da Bahia desde menino, já voltei lá várias vezes depois que mudamos pra cá, mas ela nunca me quis, e eu não consigo deixar de pensar nela e nem consigo olhar outra mulher. Você acha que eu devia consultar um psicólogo?*

— Ele falou isso? — Caboré também sentou na cama — Ari Chimite te perguntou se deve consultar um psicólogo?!

Vaslinda deitou, soltando agora um suspiro aliviado.

— Pois é, fiquei com dó dele, e com pena dessa moça baiana, pode estar perdendo um ótimo marido.

Torpedo pelas costas

Bispo conseguiu tirar do ar, via judicial, a montagem da mentira, já agora chamada assim. Nos comícios, Caboré passou a dizer que, no desespero da derrota, os adversários inventavam muitas mentiras e calúnias contra sua candidatura, mas a verdade era que mentira tem pernas curtas. Ari dispensou os tênis e passou a usar sapatos sociais de plataforma alta, e paletós de cores sóbrias:

— Pra passar imagem de sério. Não podemos brincar na última semana.

Movidos a sanduíches bem recheados, os voluntários agora já atacavam o centro, conforme o mapa espiral de campanha desenhado por Ari:

— Começamos nos bairros mais pobres e distantes, e fomos vindo para os bairros de classe média, vencendo a rejeição contra o "radialista-populista-inexperiente". Agora, na reta final, as campanhas dos outros podem mixar, com a votação migrando para nós e...

...evitavam falar para não dar azar, mas sonhavam vencer de vez já no primeiro turno, somando todos os outros, se não fosse pelo último programa de tevê.

Não se mexe em time que está ganhando, comandou Ari, e foram até o fim de setembro reprisando condensados os Doze Trabalhos de Caboré, entremeados com cenas de comícios e falas rápidas de pessoas sobre Caboré, na verdade frases de efeito boladas por Ari e faladas por voluntários. No último dia de horário eleitoral, tomavam vinho com sardinha assada no bar do Carlão, numa quase comemoração com os doze apóstolos já transformados em três dezenas de voluntários mais apegados, entre eles Bel e Quim vestidos como homenzinhos e com bigodes embuçados.

Brindaram ao último programa, que Bel e Quim encerraram cantando: *É, é, é, é, é Caboré / pra quem quer mudar / quem quer renascer / é, é, é, é é Caboré / segundo turno pra que?*

Para Caboré, isso podia parecer presunção, mas Ari disse que a grande maioria gosta de ser mandada e gosta de quem manda, procuram rumo e querem caminho e, além disso, muitos já querem ver a eleição liquidada no primeiro turno para não ter de agüentar mais horário eleitoral atrasando a novela todo dia. Ainda brindavam quando o horário do ex-prefeito começou com imagens de Vaslinda. Que que eu estou fazendo aí, balbuciou Vaslinda.

Vaslinda aparecia com Caboré em comício; Vaslinda entrando em várias casas, carregando pacotes e fardos de tecidos; depois imagens de uma máquina de costura num quarto, até enquadrar aquela mulher da roça que tinha costurado algum tempo na casa deles, a mesma que nem sabia discar o telefone, e agora ali na telinha falava com a mesma caipirice:

— *É, essa dona Vaslinda, muié do Caboré, mi pegô pra custurá camisa, mas aí nem mi registrô, nem pagô nu fim dum meis, nem nu fim dotro meis, aí, quandu ia compretá treis meis sem recebê um tostão, cum meus fio cumeno quirera im casa, eu priguntei quandu ela ia mi pagá, ela disse pagá u que, cê come aqui todo dia i vai querê ainda recebê, devia era mi pagá!*

Imagem congelada com letreiro — *Maria da Glória Pereira* — e, num canto, corujinha vexada coçando a cabeça. Locução grave e pausada:

— *Pense bem quem deve merecer seu voto para prefeito!*

Em seguida o ex-prefeito fazia seu último discurso, cercado pela família, falando em Jesus e perdão, a vocação de servir etecétera, com as bênçãos de Deus, música triunfal; até que voltava Maria da Glória: — *É, essa dona Vaslinda, muié do Caboré, mi pegô pra...*

— Mas é tudo mentira! — Vaslinda pulou da cadeira — Essa mulher recebeu cada centavo a que tinha direito!

— Você tem recibo? — Ari mordia o canto inchado do lábio.

Recibo, Vaslinda procurou lembrar, claro, tinha uma gaveta cheia de recibos, pedia ao ex-gerente para nada pagar sem recibo e...

— ...Ari, você acha que ele...?

Certamente, Ari concluiu, o gerentinho era pau-mandado para armar aquele torpedo de última hora, decerto também dando fim aos recibos.

— Mas — Vaslinda custava a acreditar — por que essa mulher fez isso?! Tratei ela tão bem, dava roupa e comida pra levar pros filhos, até brinquedo antigo dos meus meninos dei pra ela levar e... É uma facada pelas costas! Por que?!

— Por dinheiro, ora. Mas hoje é quinta, a eleição é domingo, e podemos conseguir direito de resposta.

Bispo pegou o paletó, ia para o escritório redigir a petição, de manhã já levava ao juiz. Leve Vaslinda junto, disse Ari:

— Eles começaram o ataque mostrando a mulher de Caboré, vamos fazer a defesa mostrando a mulher de Caboré no fórum, lutando pela verdade!

No dia seguinte, às nove da manhã, Davi filmaria Vaslinda e Caboré entrando decididos no fórum, protocolando a petição. Mas o câmera não pôde entrar na sala do juiz, que leu a petição e encarou o advogado:

— Este juizado pode conceder direito de resposta já para hoje à noite, mas quem garante que não usarão para também caluniar?

— Isso — Bispo se aprumou — eu posso garantir.

— É? Como?

— Com minha honra, senhor — Bispo encarou até o juiz baixar os olhos, e, espiando da porta, Joana começou a olhar o advogado com outros olhos.

Ao meio-dia, o centro e os ônibus urbanos foram inundados por um "mosquitinho", um panfleto miúdo: *Devo, não nego, pois é / mas para pagar, o jeito / é meu marido ser prefeito / é ou não é? / As.) Mulher do Caboré.*

Caboré fazia caminhadas, cumprimentando gente onde gente houvesse, com olheiras e já um lado da cabeça com calvície avançando. Me sinto um boneco eleitoral, disse a Vaslinda:

— Sou pegado, apertado, beliscado, cantado, chantageado, adulado, caluniado, tudo isso toda hora. Me botam nenês no colo, todo dia algum me urina nos braços! Ontem uma velhinha me apresentou a família, dizendo que só votam em quem ela manda, e todos concordaram, calculei uns doze votos, eu, que antes só via gente, agora vejo votos... E, bem, a velhinha disse que só vão votar em mim se eu arranjar emprego para um neto que está na cadeia, mas ela garantiu que vai sair logo. Perguntei o que o neto sabe fazer, ela falou que saber mesmo, só sabe roubar, por isso precisa trabalhar na prefeitura, onde dá pra roubar sem ser preso, você acredita?

Mas Vaslinda tinha tomado comprimidos para dormir, e já ressonava.

A véspera e o dia

As armas da República na telinha. Locução: direito de resposta concedido pela Justiça Eleitoral.

Vaslinda e Caboré caminhando para o fórum, entrando numa sala, zoom na plaqueta acima da porta: *Justiça Eleitoral.* A câmera desce para a porta, sai Vaslinda com expressão altiva e indignada, imagem congela; locução:

— *Vaslinda Castro Pessoa, esposa de Caboré, entrou na Justiça para processar seus caluniadores, e já recebeu este direito de resposta!*

Vaslinda em plano próximo, sentada no sofá de casa, Caboré ao lado com braço sobre seus ombros, ela falando com a paixão dos indignados (depois de dar vários pulos pela sala, a pedido de Ari, para a respiração acelerar):

— *Essa mulher, Maria da Glória, que Deus a perdoe até por ter o nome da mãe de Jesus, essa mulher comeu nesta casa, ganhou cada tostão do salário durante o tempo em que trabalhou aqui, até que sumiu... Como diz o Caboré, é uma dessas pessoas pagas pra mentir, decerto sem nem saber o quanto pode prejudicar a toda a cidade...*

Close, Vaslinda engolindo com os olhos úmidos e a voz já molhada:

— *Mas eu te perdôo, Maria, esperando que, seja quem for eleito prefeito, teus meninos tenham a escola, a saúde e a alegria que toda gente merece nesta terra!* — com careta de choro mas os olhos abertos, a cabeça levantada, e a cabeça de Caboré entrando em cena, para lhe dizer no ouvido com microfone na lapela:

— *Calma, calma, tá tudo bem.*

Imagem congelada. Voz de idoso:

— *Não liga, não, Caboré, malvadeza a gente não deve nem responder!*

Voz de Bel:

— *Ou então, vô, a gente de bem...*

Voz de Quim:

— *...responde assim, ó!*

Coro de *é é, é, é, é Caboré*; mão em close apertando os botões 1 e 2 em urna.

Um direito de resposta sensacional, disse Davi, mas Ari mordeu o lábio:

— Não dá pra saber se vai funcionar, a cabeça do povo deve estar um liquidificador, tudo sendo misturado. Pode dar é muito voto nulo. Além disso, quem sabe se o povo do mal não é maior que a gente de bem...

No sábado, as penúltimas pesquisas davam umas Caboré na frente, outras davam o deputado. Com toda publicidade proibida nos dois dias antes da eleição, aos candidatos só restava o corpo-a-corpo, e eles continuaram a ir para as ruas e mercados e shoppings, saída de cinemas, campos de futebol, feiras livres, sorrindo e apertando mãos, recebendo abraços, na esfregação visceral com o povo, conforme Ari, barriga com barriga:

— Ânimo! Gente é fonte de energia, Caboré!

Caboré e Ari iam para pontos diferentes, mas se encontraram no casarão na tardinha de sábado, quando Caboré falou que não agüentaria mais um dia. Tirou os sapatos e as meias, os pés estavam inchados.

— Bem — Ari falou rouco — Se você queria saber como se sentia Jesus no fim do dia, é isso aí!

— Mas cada idéia você tem, Ari Chimite — Caboré também estava rouco — Comparar logo com quem!...

— Ele é mitômano — falou Joana — E o ídolo dele é ele mesmo.

Ficaram os dois olhando para ela, mas ela olhava se, do carro que acabava de chegar no pátio, não descia o advogado. Vaslinda tinha lhe contado sobre a moça baiana de Ari, e, depois de chorar uma noite inteira no travesseiro, baixinho para não acordar a mãe, ela levantara com olheiras mas com a alegria aliviada de quem descarregou um peso. Agora via aqueles dois meninos também com olheiras ali de pés para o alto, cercados de outros meninos e meninas de todas as idades, cansados de brincar de eleição, e disse cantarolando maternal:

— Bem, parece que vocês fizeram tudo que era possível fazer. Por que agora não vão descansar?

— Só até amanhã cedo — Ari falou de olhos fechados — Estamos tecnicamente empatados, cada voto pode ser decisivo. O povo tem seus mitos também, Dona Joana, a maioria no segundo turno quase sempre vota no mais votado no primeiro turno, é importante chegar em primeiro amanhã. Podemos percorrer mais da metade das seções eleitorais.

— Mas onde vou achar energia? — Caboré gemeria a

Vaslinda naquela última noite antes do dia decisivo — E meus pés doem pra valer!

— Pois é, Seo Caboré. Mas o senhor não diz que vai ser prefeito pra valer?

No dia seguinte, cedinho ele encontrou Ari no casarão e, sem falar nada, apertaram as mãos, cada um foi para um carro com motorista, cada motorista com um roteiro de seções eleitorais, e foram apertar mão de gente nas filas de votação. Cabos eleitorais zanzavam por todo lado, anulando na prática a proibição de boca-de-urna, todos dando santinhos a cada eleitor, de modo que o chão se forrava de papel, menos de Caboré. Os Camisas-12 apenas falavam baixo a cada eleitor, que olhasse quanto desperdício os outros candidatos já faziam na campanha...

— ...imagina se eleitos então...

Enquanto isso, carros e caminhonetes e peruas e até ônibus despejavam eleitores, com adesivos do deputado nos pára-choques. Cada eleitor recebia um cartão, com a foto do deputado e seu número, que valeria depois um sanduíche e um refri. Coma o sanduíche, diziam os Camisas-12, beba o guaraná, mas...

— ...na hora de votar, o voto é secreto, ué, vote no Caboré!

Ari sorria torto devido ao lábio inchado.

Um homem pegou Caboré pelo braço:

— Eu vejo que você é mesmo do bem, e vai ser bom pra cidade!

Caboré viu que, por trás dos óculos escuros, o homem era cego, e lembrou de Ari falando que na campanha ainda ia ver cego enxergar e aleijado andar, e pensando naquilo entrou numa seção eleitoral. Um aleijado acabava de votar e, diante de Caboré, abriu os braços deixando cair as muletas para abraçar.

— Você andou! — foi só o que Caboré conseguiu falar.

Pois é, disse o aleijado, conseguia mesmo andar uns metros sem as muletas; mas a cena, vista só por uma dúzia, boca a boca chegaria a milhares já com uma fala diferente do aleijado:

— *Pois é, Caboré, andei pra lhe dar um abraço* — na versão dos Camisas-12.

Na versão dos adversários:

— *Pois é, Caboré, andei pra lhe agarrar, que você me deve uma nota faz tempo, lembra?*

Às cinco da tarde foi encerrada a votação, e no minuto seguinte as rádios anunciaram as pesquisas de boca de urna. Confirmavam-se as pesquisas da véspera, o empate, tecnicamente impossível dizer quem venceria, e logo começou a apuração, com o noticiário urna por urna. O deputado ganhava em quase todas as primeiras urnas, do centro e de bairros de classe média. Grudados no rádio do casarão, e depois na tevê do Bar do Carlão, eles ficaram de olhos estatelados olhando longe, fazendo contas mentais, enquanto as urnas rurais iam chegando, e as dos bairros mais distantes, Caboré diminuindo a diferença, até que, oito da noite, Ari adiantou:

— Faltam só as urnas rurais, onde a votação é bem dividida. Isso é capaz de se decidir na última urna. Vamos lá, Caboré?

Com a meia dúzia de apóstolos ainda em condições físicas, foram para o ginásio de esportes onde era feita a apuração, os computadores em mesas com os digitadores sentados e os fiscais dos partidos circulando em redor. Batuques e claques faziam o barulho e a gritaria que obrigavam os repórteres de rádio e tevê a falar alto, numa algaravia que, à primeira vista, parecia um mercado. Entraram debaixo de vaias e aplausos.

A barulheira foi cessando conforme eram abertos os disquetes das últimas urnas, Caboré e o deputado ora passando dez votos, ora perdendo uma dúzia. Faltando apenas três urnas, uma da zona rural, outra de classe média e outra da periferia, o silêncio se fez total, rodinhas de gente debruçada sobre rádios de pilha, até que correu de roda em roda: iam para a última urna com meia dúzia de votos a mais para Caboré.

— E é uma urna de classe média — balbuciou Ari — Podemos perder.

Deram-se as mãos e ficaram esperando no silêncio, enquanto no painel eletrônico os números foram mudando até pararem iguais, o mesmo número repetido, e muitos piscaram e até esfregaram os olhos para acreditar:

— Empataram!

Imediatamente o deputado, que esperava num carro no estacionamento, entrou carregado nos ombros, à frente duma multidão, e dois grandes blocos se formaram, os corujas de um lado, e as outras camisetas dos outros candidatos todas se juntando no outro lado. Recebendo abraços e acenando para as câmeras, Ari ainda conseguiria falar a Caboré:

— Temos de conversar hoje ainda sobre as alianças para o segundo turno.

Segundo turno

Ari falou em pé ao lado do carro:

— Vou viajar amanhã.

Caboré, no banco traseiro com Vaslinda lhe fazendo cafuné, já ia até fechando os olhos, acordou:

— Viajar pra onde?

— Mando notícia, descanse — e mandou o motorista tocar, Caboré desabou fechando os olhos, Vaslinda falou baixinho:

— Vai descansar mesmo, nem que eu tenha de amarrar este corujão...

2 DE OUTUBRO. Na manhã seguinte, Caboré veria na tevê a notícia de que os três candidatos derrotados declaravam apoio ao deputado. Vaslinda enfiou roupas numa sacola, sentou ao volante, mandou ele entrar no carro sem perguntar nada, e ele como um boneco entrou, logo dormiu no banco reclinado, dopado pelo chá de ervas que ela tinha dado de copo.

Acordou numa pousada com lagoas de pesca, horta e pomar, herbário e estufa, cogumelos e abelhas, galinhas e porcos. Ela sorria vendo Caboré pescar e catar frutas no pomar, alegre que-nem menino.

À tarde andaram pelas trilhas, tomaram banho de cascata, o céu azul e a água fria. Andaram de mãos dadas, depois ele encurtando e ela aumentando os passos para andar abraçados. Mas estavam perto da cidade e, no jantar, a tevê anunciaria a primeira pesquisa para o segundo turno: 65 por cento o deputado, 30 por cento Caboré.

Dá mais de dois por um, foi só o que disse Caboré, comendo sem ver o que o garfo trazia do prato.

3 DE OUTUBRO. De manhã, pescando na lagoa, ele faria em voz alta as perguntas feitas à escuridão na cama:

— Será que sirvo pra isso? Quem sou eu se não tenho tempo pra mim?

A ponta da vara balançava mas ele ignorava.

— Falo de nova política, mas eu mesmo não sou um político velho movido a vaidade? E a vaidade não é um vício como a corrupção?

Ela trocou isca, falando para a minhoca:

— A verdade é que o Super Caboré cansou e se frustrou, achava que ia ganhar no primeiro turno — ele balançou a cabeça concordando — E agora já está se achando derrotado e procurando desculpa pra fugir da raia.

— Você está certa, cansei mesmo, e descansando é que dá pra sentir quanto cansei.

— Pois é, mas acho que você vai ter de engraxar as botinas e ganhar esse segundo turno, Seo Caboré.

DIA 4. Quando a imagem dele apareceu na tevê do refeitório, alguém se achou no dever de aumentar o som:

— *...o sumiço do candidato e também de seu vice, Ari Chimite, já completa três dias e há quem diga que os dois preparam algum golpe publicitário. Conjetura-se que tudo pode acontecer* *vindo da dupla Caboré-Ari, que conseguiram ser a surpresa eleitoral da última eleição. Diante, porém, das pesquisas apontando esmagadora maioria do deputado, conjetura-se até de desistência da candidatura Caboré.*

Vamos voltar, disse Caboré.

DIA 5. Caboré foi direto ao casarão. No salão estavam doze voluntários, doze apóstolos perdidos, sentados em volta duma mesa coberta de cartazes onde Caboré sorria o velho sorriso do primeiro turno. Levantaram entre espanto e alegria, e, depois de abraçar e apalpar, perguntaram o que iam fazer. Ari tinha mandado ficarem ali atendendo, mas...

— ...ontem já não teve sanduíche, hoje vai ter?

— E os comícios vão continuar?

— Você vai desistir, Caboré?

— Não vou desistir, não, sabem por que? — sorriu — Eu ainda me chamo Caboré!

Vaslinda viu que elas arrepiaram, e falou ah, deixa eu ir, antes que fique com ciúme. Ele se viu sozinho, cercado por mais e mais gente que chegava conforme corria a notícia de que a campanha ia continuar.

— Não — ele corrigiu — Aquela campanha morreu, o Super Caboré acabou, agora é outra campanha, outro Caboré...

— ...e tomara que outro Ari — falou alguém.

— Como assim?

— Nós perdemos por causa da bichice dele, né, Caboré?

Pois é, ele confessaria depois a Vaslinda, na hora não soube o que dizer, mas passara o dia atendendo gente de gráficas, de comícios, fornecedores com contas, e nada soubera dizer além de pedir que esperassem a volta de Ari, que era o encarregado daquele setor, dizia com vergonha.

— Na verdade, ele controlava tudo, e eu não gostava disso, Vaslinda, mas agora sem ele não sei o que fazer.

Reze, ela falou:

— E agradeça a Deus o grande vice que você tem.

Minutos depois, tocou o telefone e era Ari.

— Oi, Caboré, vamos pra luta, companheiro? É, eu sei que nem minha mãe sabe pra onde vim, mas não sumi, não. A gente precisa de pelo menos três dias pra se recuperar, e eu gastei um dia viajando, vou gastar outro voltando, então volto só sábado, tá? Calma, Caboré, estou resolvendo um problema que pode ser fatal no segundo turno. Eu sei que o horário gratuito recomeça dia 12, companheiro, mas ainda é dia 5, e sábado-dia-7 estou aí. Descanse, fuja da imprensa e fique frio que vai dar tempo pra tudo!

DIA 6. Três dias Caboré passaria no casarão, atendendo gente e descobrindo contas da campanha, que despachava para Joana, que pedia para esperarem a volta de Ari. Isto está parecendo repartição pública, diria Caboré, um empurrando o caso para outro. Gráficas cobravam impressos, tecelagens cobravam camisetas e bonés, e chegavam contas de milhares de sanduíches e refrigerantes, estúdio musical, posto de gasolina. Eram credores entre o temor de não receber as contas do primeiro turno e a esperança de pegar mais encomendas para o segundo turno. Já o dono do posto de gasolina fez uma visita tranqüila, revelando que Ari tinha dado os carros em garantia do combustível, e agora o homem parecia mais interessado em ficar com um dos carros do que em receber pela gasolina.

Mais tarde, Caboré ficaria passando a mão pela cabeça depois de atender a ligação de um empresário, que tinha emprestado dois carros para a campanha e queria saber se podia usar um deles durante dois dias...

— ...mas Ari ofereceu os carros em garantia de gasolina — gemeu para Joana — Carros que nem são nossos! Sem falar de tantas contas chegando todo dia!

Ele dá um jeito, disse Joana um tanto ausente, logo Caboré entenderia por que. Bispo chegou em roupas esportivas e levou Joana para jantar.

DIA 7, sábado, Ari chegou de noitinha, depois de ligar avisando que já estava em São Paulo, pediu para Joana vazar a informação para a imprensa:

— E leve uma brigada de voluntários ao aeroporto.

Desceria do avião de mãos dadas com uma moça morena de olhos verdes, dois dedos mais alta, mesmo de sandálias baixas, enquanto ele continuava com os saltos plataforma.

— Minha noiva — ele apresentou — Conheço desde menina, fomos namorados.

Em Salvador tinha visitado a casa onde tinha morado, contaria incontáveis vezes aos microfones naqueles dias:

— Pareceu até coisa de Deus. Fiquei muito chateado com aquela baixaria do primeiro turno, aqueles panfletos, e Marlene não me saía da cabeça. A Bahia me chama, pensei comigo, preciso descansar. Chegando lá, na frente da nossa antiga casa passou um vendedor de quebra-queixo, lembrei quantas vezes comi quebra-queixo com Marlene, de que ela gostava muito, e fui comprar um, me sentindo de novo um menino...

De mãos dadas, Marlene olhava para ele apaixonada, com os olhos verdes que as câmeras logo descobriram. Ele falava usando a outra mão, agora com uma gorda aliança:

— Aí chega ela e pede um quebra-queixo também, e eu reconheci a voz antes de olhar. Ela também me reconheceu mal bateu o olho, perguntou o que eu andava fazendo em Salvador. Então entendi por que o coração me chamou à Bahia. Namoramos um dia, dois dias, aí falei que precisava voltar logo, estava em campanha. Eu quero ir junto, ela falou — e Marlene então completava com voz quente e doce:

— Pensei: já perdi esse homem uma vez, não vou me arriscar de novo...

— Mas me avisou que só podia vir comigo se o pai deixasse, e lá fui eu falar com o pai dela. Ele concordou, desde que a gente noivasse. Lembra da Marlene, mãe?

Helena Schmidt ouvia o filho com os olhos úmidos e as mãos sobre a boca, quase como se orasse em gratidão, e balançou a cabeça com as lágrimas escorrendo, dizendo um sim engasgado, sim, meu filho, lembro sim, enquanto dava um passo e abraçava os dois, os cinegrafistas disputando espaço ombro a ombro. A cena sairia em todos os telejornais, inclusive nacionais, causando espanto e orgulho na cidade:

— *Candidato desaparecido conta que sumiu para... noivar! Uma história de amor na eleição!*

— *Depois dos comerciais: o triunfo de um amor de infância! Um candidato que faz o que manda o coração!*

Enquanto no casarão Ari começava reunião do apostolado, a cidade engolia lágrimas diante da tevê, vendo o alemãozinho de suspensórios abraçado de um lado pela mãe e de outro lado pela noiva, a falar com a voz apertada e os olhos úmidos:

— Agradeço a todos que me difamaram, porque me fizeram procurar meu passado e reencontrar a mulher da minha vida! — a cabeça sendo puxada por Marlene, para um beijo que as câmeras tiveram tempo de investigar de vários ângulos, sem deixar dúvida, ali morava uma paixão.

Só que rejeição, disse Ari no casarão, é uma craca que gruda fácil mas fácil não sai:

— Muita gente demora a mudar o voto, mas deveremos ir crescendo dia a dia, chegando empatados na reta final e ganhando por cabeça.

O pessoal ia de novo se entusiasmando com o baixinho, agora sempre ladeado por Marlene com camiseta da coruja, sorridente e prestativa, um sonho de moça, conforme Helena Schmidt, embora já tivesse pequenas rugas em volta dos olhos e chamasse de meus filhos os mais novos como Bel e Quim.

Os dois meninos continuavam a se vestir igual, com roupas compradas por Ari, para cantar nos comícios que agora seriam um por dia, com Ari e Marlene dançando de rosto colado no palanque.

A nova música de campanha era saltitante como uma valsinha e insinuante como cantiga de ninar: *Já está no ar / a cidade vai mudar / vai renascer / já está a sorrir / com Caboré / e com Ari.*

— Mas e as contas, Ari?

— Caboré, quando você vai aprender a relaxar? Amanhã cedo vou pagar todo mundo — e Joana viu que ele não mais mordia os lábios; aproveitou para perguntar do horário eleitoral, começaria na quinta-feira:

— O que vamos botar no ar? Agora vão ser dez minutos em vez de três, uma câmera só vai dar conta?

Ari perguntou de Davi, mas só no dia seguinte saberiam do cinegrafista.

DIA 8. Chegou ao casarão a notícia de que Davi tinha passado para a campanha do deputado, levando a filmadora. Joana desabou numa cadeira:

— Como vamos fazer?!

— Não descreia, ó incréu — Ari sorria sob o olhar amoroso de Marlene — A grande máquina tá aqui, ó! — apontando a própria cabeça.

DIA 9, segunda-feira. Começaram os comícios, onde Caboré chegaria sempre cansado depois das caminhadas, debates e reuniões em escolas e igrejas. Vamos gastar essas botinas, dizia Ari:

— E só não vamos apertar mão de maneta!

Levantavam antes de amanhecer, para estar na porta das fábricas, cumprimentando um a um os operários, e os feirantes de barraca em barraca, e os lixeiros e todos que começam a trabalhar com o sol. Marlene ia junto, sempre sorridente, olhando todos nos olhos:

— Faça como eu: bote fé em Ari e Caboré!

Um radialista comentaria: a noiva baiana de Ari Chimite, "a coisa mais bonita desta campanha", não votava ainda na cidade, "em razão da transferência de domicílio eleitoral estar suspensa pelo próprio período eleitoral", mas ela compensava "ganhando votos com a sua simpatia"; e, por falar nisso...

— ...e a sua esposa, Caboré, apóia sua candidatura?

Caboré respondeu que sim, claro, Vaslinda era uma Camisa-12 entusiasmada, mas tinha que cuidar da camisaria.

Ari procurou Vaslinda:

— Podem lançar uma onda de que você não apóia o Caboré ou até que vivem separados.

Marlene completou:

— Você precisa ir aos comícios e também acompanhar a gente durante o dia.

Ela ficou olhando nos olhos aquela bela mulher desconhecida, mas a outra não baixou os olhos, sorrindo com olhar bom, e então ela concordou, ia fazer tudo que fosse preciso. Naquela mesma noite, o primeiro comício seria encerrado com os dois casais dançando no palco a valsa da vitória cantada por Bel e Quim.

Os marqueteiros do deputado ficariam estupefatos com o relato dos olheiros: em vez de marcha vitoriosa, sambão triunfante ou baião, Caboré agora ia de valsinha! Um dos olheiros confessou:

— Até eu me emocionei...

O deputado grunhiu:

— Ahhhh, de onde saiu esse Ari Chimite?!

— Por que a gente não investiga?

DIA 10. Um telejornal do meio-dia anunciou:

— *No próximo bloco, uma musa e um romance na campanha!* — e a imagem de Ari e Marlene dançando enamorados.

Depois de reprisar Ari contando do reencontro com o amor de infância, Marlene dava pequena entrevista cercada de Camisas-12:

— *Então você é socióloga, Marlene?*

— *Mas trabalhava com vendas, por falta de mercado de trabalho para sociólogos nesse sistema injusto em que vivemos, né?*

— *É uma resposta política, então estamos vendo que é um*

romance político o de Marlene Farias e Ari Chimite! É verdade que vocês namoraram e noivaram em dois dias?

— Não, o namoro vem desde o tempo em que a gente roubava pitomba junto, o noivado é que foi em dois dias e três horas.

— E como se sente sendo a musa da campanha?

— Eu não quero ser musa, não, eu quero é contribuir para a democracia brasileira!

No Bar do Carlão, o urro dos apóstolos se ouviria longe. Na cama com Vaslinda, Caboré falou que mulher essa Marlene, hem, e Vaslinda disse apenas:

— Demais.

Na mesma noite, Joana se deixaria beijar por Bispo e acabaria até gostando, principalmente depois de — seria ainda vestígio de Ari? — sentir que o advogado tinha um cheiro bom.

DIA 11. Véspera do recomeço do horário eleitoral, Joana tomou chá de maracujá desde cedo, para agüentar a indiferença de Ari, até que, quase meio-dia, não agüentou mais:

— Pelo amor de Deus, quer dizer que é que vamos botar no ar amanhã?! Nem câmera temos ainda!

Ari abriu um grande sorriso:

— Uma surpresa. Estou esperando resposta a uma proposta.

Dali a pouco atendeu o celular, falou em números, desligou e voltou a sorrir para Joana com os olhos que antes sempre fugiam:

— Acabo de fechar com um estúdio, e vamos filmar só internas.

No carro, entre uma fábrica e um sindicato, Vaslinda contou a Caboré que tinha fechado a camisaria: como ia tocar, fazendo campanha junto com ele?

— Não quero mais te causar problema.

O problema, diria o sujeito do estúdio, é que estava com só uma câmera, a outra estava alugada para o deputado. O estúdio era na verdade uma garagem fechada, com o sanitário servindo de ilha de edição, e a iluminação eram uns refletores cobertos de teias de aranha. Mas Ari disse que dariam um jeito em tudo em poucas horas, e não era mesmo preciso mais que uma câmera. Revelaria só a Joana:

— Vamos fazer apenas mesas-redondas, Caboré e eu discutindo o programa de governo com gente de entidades ou do povo mesmo. A câmera vai ficar procurando cada pessoa que falar, transparecendo pobreza, e nós vamos frisar isso. Misturamos as falas das pessoas com cenas de comícios do primeiro turno, e só. Aí o povo vai comparar nossa pobreza com a campanha milionária do deputado, é questão de tempo.

— Mas só temos mais dezesseis dias, Ari.

— Dá pra noivar oito vezes.

DIA 12. Às treze horas vai ao ar o primeiro horário gratuito do segundo turno, começando com os dez minutos do deputado, cheios de trucagens e efeitos especiais, lindas imagens e edição de cinema. Ao lado da esposa com sorriso pasmado no terraço de edifício, o deputado com camisa de jeans azul, uniforme de campanha:

— Daqui, do Solar dos Pioneiros, ponto mais alto da nossa cidade, oferecemos a você, eleitor, uma candidatura de altos propósitos, limpa de intenções e confiável como um bom casamento! Desde que um presidente garganteou que ia derrotar a inflação com um golpe só, aprendemos a desconfiar dos aventureiros na política, os que prometem formas originais de acabar com velhos problemas e, depois, deixam esses problemas maiores do que antes!

Seguia-se clipe de gente de todas as classes e muitas profissões, sorrindo, acenando, cantando uma marchinha que falava em hora da vitória, rimava povo com novo, honestidade com cidade, eleição com coração.

Depois apareceu a corujinha piscando com voz adolescente:

— *Hora da Coruja: para que o poder venha do povo e seja para o povo!*

Aparecia Caboré no estúdio, ao fundo fotos da cidade, criação urgente de Joana e Marlene. Caboré agradecia pela votação do primeiro turno, enquanto a câmera mostrava os convidados em volta da mesa de pingue-pongue ainda com sua redinha. Caboré passava a palavra a Ari:

— *Pedimos desculpas por contar com uma câmera só, mas acreditamos que uma câmera basta, desde que não faltem idéias. Como a idéia de ocupar fundos de vale com grandes centros de educação e cidadania, o que acha, professor Carlos Schaeffer?*

Falava o professor, seguia-se clipe de comícios; Caboré chamava professora, que falava, mais clipe; Caboré chamava pedagoga, clipe; depois arquiteto conversava com Caboré e Ari sobre o projeto, mais clipe e os dez minutos voavam, acabavam com uma criança em close:

— *É assim que eu quero minha escola!*

Caboré agachando para falar com a criança, que repetia:

— *É assim que eu quero minha escola!*

— *Você vai ter, palavra do Caboré!*

Três dias depois, pesquisa mostrava o deputado caindo dois pontos, Caboré subindo dois. É isso aí, disse Ari:

— Em quinze dias vamos empatar.

Se não houver imprevistos, disse Caboré, e Marlene bateu na mesa três vezes.

DIA 13. O horário do deputado reprisou seu show de imagens em longos dez minutos; depois, novamente voaram os dez minutos de Caboré e Ari debatendo com funcionários aposentados ("portanto sem temor de retaliações") como arrumar a casa na prefeitura, com uma contabilista dando seus palpites. Encerrava com a contabilista, que também se confessou dona de casa, desejando que a arrumação na prefeitura fosse mesmo para valer, não só promessa de campanha, e Caboré respondendo *é pra valer, é pra valer:*

— *Ou não me chamo Caboré.*

DIA 14. Manhã de sábado, e, com Caboré e Ari na frente a acenar, duzentos Camisas-12 invadiram o calçadão ao som duma bandinha, Bel e Quim puxando o coro: *já está no ar / a cidade vai mudar...*

Ari não tinha lido os jornais naquela manhã, desde cedinho preparando com Joana a passeata, e alguém com camiseta do deputado lhe apontou a banca de jornais:

— Aproveita enquanto pode, baixinho!

Estava na primeira página: o partido do deputado pedia a impugnação da candidatura Caboré por infringir a legislação eleitoral, fazendo campanha antes do prazo. As provas eram fotos e filmagens da passeata dos quinhentos ao fórum e à Câmara e Caboré distribuindo sanduíches "já como candidato, conforme testemunhas".

Ari ligou de um orelhão:

— Doutor Bispo? Bote o seu melhor terno para ver o juiz.

Deixou Caboré na passeata e foi para o estúdio gravar:

— *Gente, Caboré encarregou este baixinho* — sorriso moleque — *de prevenir vocês sobre quem fala em ser prefeito à altura de nossa cidade mas vive dando golpe baixo. Daqui a pouco decerto vão mostrar imagens de gente comendo sanduíche e vão dizer que é crime eleitoral, que foi tudo pago com dinheiro de campanha. Mentira. Os sanduíches foram doados por um padeiro ex-colega meu de faculdade. Ele cometeu o "erro" de ter piedade do povo, sem imaginar que alguém pudesse estar pagando muito mais para nos filmar... Impugnar por causa de uns refrigerantes, uma candidatura que chegou ao segundo turno, é estrangular a democracia no gargalo! Nos dê a chance, juiz, de chegarmos ao dia da eleição para sermos julgados pelo povo!*

— Pra quando é isso? — perguntou o do estúdio; pra já, falou Ari:

— Bote na abertura do programa de hoje.

Mas a fita do dia já tinha sido entregue, e, quando a nova edição ficou pronta, faltavam cinco minutos para esgotar o horário de entrega. Ari pegou a fita, correu para o carro, dizendo para Joana dirigir e passar num caixa automático.

Saiu do banco correndo, Joana avisou que já passava das dez, tinham perdido a hora, não adiantava correr, e ele passou o cinto dizendo que era verdade...

— ...se a gente não estivesse no Brasil.

Na tevê geradora, desceu com a fita, voltou assobiando.

Voltaram para o calçadão, a passeata terminava com dança e cantoria, Caboré e Marlene cumprimentando gente; ela até parece candidata, disse Joana. Ari sorriu mas, em seguida, mordeu o lábio. Depois foram ao bar do Carlão, e Caboré perguntou o que iam fazer quanto ao tal pedido de impugnação. Já fiz, disse Ari.

Começou o horário eleitoral, e Ari apareceu falando *gente, Caboré encarregou este baixinho...* Assim, quando no horário do deputado apareceu a passeata dos quinhentos, depois o grande piquenique nos gramados, já pareceria apenas isso, uma passeata e um grande piquenique, com Caboré e Ari distribuindo sanduíches e garrafas, e não um crime conforme a locução tenebrosamente policial:

— *Será política nova fornecer alimentação e transporte para cabos eleitorais antes do prazo legal? Será coisa de gente de bem iludir a lei e corromper as pessoas? Será política nova comprar gente com pão e mortadela?*

— Belo texto — Ari bocejou — Mas vamos descansar?

Saiu abraçado com Marlene, enquanto um dos apóstolos gritava — E pro Ari nada? — e em coro respondiam é pique, é pique, é pique-é-pique-é-pique, Ari, Ari, Ari!

Voltando para casa com Vaslinda dirigindo, Caboré pensou alto:

— Será que, se eu for mesmo eleito, ele vai querer continuar dirigindo tudo?

— Se você deixar... Só que você tem de saber o que é certo e o que é ciúme, né?

Caboré disse pois é...

— ...mas a esta altura, eu já nem sei mais nada, me sinto igual um cavalo que só vê a pista na frente e vai levando esporada pra continuar correndo...

Fechou os olhos, e já dormia quando ela cutucou:

— Vem, meu meninão, dormir na cama.

— E ainda faltam mais catorze dias — ele falou antes de dormir, um sono só; até tocarem a campainha, o dia amanhecendo e as botinas esperando nos pés da cadeira com duas mudas de roupa, uma para passar o dia, outra para vestir no comício, além de uma camisa para a gravação no estúdio.

— Sou um cabide eleitoral ambulante.

DIA 15. Domingo, o mercado é ponto de encontro da cidade, milhares fazendo compras e passeando pelos corredores cheios de cores e cheiros, comendo churrasquinho ou pastel e bebendo cerveja nos bares apinhados. Casais com sacolas cheias de legumes e frutas, embrulhos de carne a excitar cachorros, crianças perdidas entre tantos joelhos; e os cabos eleitorais do deputado oferecendo santinhos. Eram dezenas, e as pessoas se irritavam de receber várias vezes o mesmo santinho.

Caboré e Ari chegaram só com as mulheres e ninguém enjeitava pegar delas um santinho, num lado do papel a coruja piscando e dizendo *Bote fé, é Caboré!* — e noutro lado *12 razões para votar Caboré!* com os doze pontos do programa de governo.

— De onde sai dinheiro pra tudo isso, Ari?

— Do povo, Caboré.

— Não é de empresários?

— E empresário não é povo, companheiro?

Caboré massageava o braço dolorido entre apertos de mão. Que loucura, dizia Vaslinda quando conseguia parar para respirar entre tantas caras passando sem parar, tantas que acabavam todos parecendo ninguém.

Almoçaram pastéis, depois foram para reunião numa paróquia, um torneio de bocha, uma exposição de ikebana, e no final da tarde ainda pegaram a saída do estádio, vestindo camisetas do time da cidade para cumprimentar a torrente de torcedores saindo pelo portão. Antes de ir para o comício, comeram sanduíches e passaram numa quermesse.

— Agora sei por que político envelhece tanto — disse Vaslinda e Marlene emendou: — Mas nunca me diverti tanto!

DIA 16. Depois de um debate numa escola, foram visitar uma indústria, aceitaram o convite para almoçar. Quando começaram a comer, na tevê do refeitório começou o horário do deputado. Clipe de gente trabalhando e cantando, mesmo em trabalhos perigosos que exigem atenção, disse Ari, como borracheiro, operário, mecânico, fazia aquilo parecer falso como moedas de chocolate.

Comeram com gosto as primeiras garfadas, vendo uma fieira de figuras notórias a apoiar o deputado, de vereadores e empresários a sindicalistas e professores, sempre prevenindo que é preciso votar bem, evitando aventuras, conforme um, vôo no escuro, conforme outro, o novo desconhecido, conforme um terceiro. Estão todos falando textos de redator profissional, disse Ari — e, além disso, todos encerravam igualmente com *olhe bem, vote em quem você conhece bem!*

— Parecem bonecos.

Vaslinda sorria, mas ficou com o sorriso congelado vendo na tela um moço a falar descontraído:

— *O voto é secreto, certo? E não é por ser filho do Caboré que eu tenho de revelar meu voto, né?*

Mas é nosso filho, balbuciou Vaslinda, e a fala dele foi reprisada, agora com letreiro: *Carlos Alberto Pessoa Filho.*

— Mas que filhos da puta! — Vaslinda bateu na mesa, em seguida já corando por isso.

Pelo telefone o filho explicaria que tinha acabado de votar, naquele já distante domingo do primeiro turno, depois de viajar a noite toda para vir votar no pai, e devia estar ainda meio tonto, aí chegou aquela moça tão simpática, com prancheta de anotar, só, sem câmera nem microfone, e perguntou seu nome. Ele falou, e ela: ué, é parente do Caboré? Disse que era filho, ela disse que era duma rádio, ele não lembrava mais qual, estava fazendo pesquisa de boca de urna, ele podia dizer em quem tinha votado? Em Caboré, claro, né? Aí, só de pirraça, ele disse aquilo, que o voto era secreto, ué.

Ari resmungou soturno:

— Amanhã devem soltar mosquitinhos dizendo que nem a família vota em Caboré... Agora vai ser um torpedo por dia.

— E vale a pena passar por tanta sujeira?! Política tem de ser assim?! — Vaslinda chorava sem enxugar o rosto.

— É uma provação. O povo elege heróis, aqueles que passam pelos imprevistos e armadilhas. Fale pro seu filho viajar pra cá, vamos gravar uma série de pessoas dizendo *boto fé, sou Caboré*, ele abrindo e fechando a série.

Meu herói, disse Marlene abraçando Ari na sala de Helena Schmidt, a mãe de Ari a olhar com orgulho o casal. Joana então disse que tinha de ir checar a montagem do comício do dia, e Bispo relatou que tinha apresentado defesa ao pedido de impugnação, levando testemunhas, inclusive o padeiro colega de Ari como doador dos sanduíches. Era ridículo, mas tinham de justificar um milheiro de sanduíches porque antes do prazo legal de campanha; depois, podiam gastar milhões.

No carro, Joana perguntou antes que ele desse a partida:

— Você tem vontade de ser herói?

Prefiro ser um homem normal, disse ele, e ela disse ótimo, pela primeira vez tomando a iniciativa de beijar.

DIA 17. O juiz não acatou o pedido de impugnação, a notícia chegou ao casarão na hora do almoço — e dezenas de Camisas-12, que comiam ali seus sanchíches antes de partir para os bairros, resolveram ir ao calçadão comemorar. Joana alertou a imprensa, e Caboré e Ari deram entrevistas no meio da gritaria, saudando a Justiça.

Na televisão, continuavam com uma só câmera e os debates no estúdio. No rádio, usavam o áudio da televisão. Um colunista escreveu que era o tipo de propaganda eleitoral que deveria ser obrigatória: *em gravação direta, sem cortes, sem manipulação, sem truques nem efeitos especiais, debatendo o programa de governo com especialistas e cidadãos, um exemplo de cidadania nessa vala moral que são as campanhas eleitorais.*

Fim de tarde, Joana foi ao apartamento de Bispo levar um disquete, ele perguntou se queria tomar alguma coisa, ela aceitou uma tônica; acabaram rolando pelo sofá e se amaram no tapete. O comício já devia ter começado. Fica, disse ele, descansa, e ela ligou para a mãe avisando que ia dormir na casa duma amiga. Depois se amaram de novo, na cama. No dia seguinte tomaram café e acabaram de novo no sofá. Nossa, que será isso, ela perguntou, tanto tesão, seria normal? Eu pelo menos, ele falou, não estou normal:

— Estou apaixonado.

Que bom, ela falou abraçando, e ele ficou esperando ela falar que também estava, mas ela olhou o relógio na parede e disse que agora precisava mesmo ir, tinha de fazer a agenda do dia, despachar os voluntários e...

— Eu te amo — ele falou e ela baixou os olhos; foi para o casarão e descobriu que sua falta no comício tinha sido coberta por outros tranqüilamente, os Camisas-12 aprendiam depressa e tomavam iniciativas. Então ela fez a agenda, rindo leve, até cantarolando, passarinha com sorrisos e graças. Depois avisou que ia almoçar fora. Foi para o escritório dele e a secretária não estava, entrou e ele levantou os olhos de um livro, ela falou eu vim só pra dizer que, mesmo que eu não diga que te amo, não me deixe. Ele fechou a porta e, no sofá, depois de rir dos joelhos ralados, amaram-se novamente com a aflição dos apaixonados.

Depois cochilaram abraçados, até ouvir a secretária chegando, vestiram-se depressa e ele ligou a tevê; viram o horário do deputado terminar com o candidato a vice perguntando:

— *Você acredita que vai criar empregos quem, por incompetência, acaba de fechar uma camisaria despedindo dezenas de costureiras sem qualquer indenização? Não vá no canto da coruja!*

Vaslinda quase teve um ataque, mesmo: estava em casa sozinha e, primeiro, chegou a tremer de raiva, depois começou a suar frio e teve tonturas. Caboré viu o horário eleitoral no salão duma escola, ligou para ela e percebeu a voz fraca, mandou o motorista tocar direto para casa. Ela estava solta no sofá e repetia *mas você não tinha nada a ver com a camisaria, como podem mentir assim, você não tinha nada a ver, como podem mentir assim?*

Ele lhe deu um calmante, levou para a cama, tirou-lhe as

sandálias e ela disse vá, você tem de fazer campanha. A campanha que se rale, disse ele:

— Vou ficar com você.

Deitou também e cochilaram, ao mesmo tempo que Joana e Bispo no escritório, quase ao mesmo tempo que Ari e Marlene vestidos na grande cama de casal do quarto dele, ouvindo Helena a cantarolar na cozinha entre ruídos de louça, embalando o cochilo até Ari levantar dizendo vamos, temos a agenda da tarde. No carro, ligou para Bispo providenciar pedido de direito de resposta sobre "a questão camisaria".

— Ótimo — disse Marlene — A coruja vai lavar essa roupa suja.

DIA 18. Pesquisa deu Caboré subindo mais três pontos e o deputado caindo três. No final do programa do deputado na tevê, depois de aparentemente encerrado, apareceu o candidato de esquerda radical, que tivera menos de um por cento de votos no primeiro turno, saudando o povo trabalhador e progressista da cidade...

— *...e declarando apoio à candidatura Caboré, para instalação de um governo popular socialista! Para nossa cidade renascer, com socialismo popular e revolucionário!*

Ficava parecendo parte do programa de Caboré que começava em seguida. Ari mordeu o lábio:

— Querem transferir para a gente a rejeição a esse esquerdoso. Liga pro Bispo, Joana, mais um direito de resposta. Esse, eu quero gravar.

DIA 19. Vaslinda gravaria de manhã o direito de resposta sobre a camisaria, conforme idéia de Marlene, deixando a indignação falar:

— *Gente, eu tinha uma camisaria, que abri com a poupança e com raça, só, aí fechei porque usaram uma costureira pra mentir descaradamente... Agora, dizem que a camisaria era do Caboré, o que é mentira, e que ele despediu gente, outra mentira, só mentira, mentira, mentira! Por que não fazem política decente?!*

Conforme o espião coruja que só Ari sabia quem era, do comitê do deputado saíam rios de dinheiro para pagar cabos eleitorais, não mais para segurar faixa em esquina, mas para bater de casa em casa como faziam os Camisas-12. Algumas dúzias de Camisas-12 bandearam, vendo que na outra campanha recebiam dinheiro além do lanche. Mas todo dia chegavam dezenas ao casarão, e eram quase todos da periferia, muito poucos dos bairros de classe média ou do centro. E era preciso ganhar no centro e nesses bairros de casas gradeadas e cachorros bravos, previu Ari, ou chegariam à reta final de novo empatados.

— Então eu vou de prédio em prédio, apartamento por apartamento — Marlene já se dava as próprias tarefas — E vamos desempatar essa encrenca!

— Os porteiros podem não deixar você entrar.

— Então eu vou ganhar primeiro os porteiros, duvida?

Ninguém duvidava mais da baiana que envolvia homens e mulheres com a voz doce e as atitudes firmes, ou conforme Vaslinda a Caboré:

— Agora entendo a paixão do Ari: ela é política também, tá no sangue dela!

Mas Caboré nada respondeu, cansado demais até para ouvir, sem, no entanto, conseguir dormir, o braço dolorido, os pés latejando. Tenho saudade, começou a dizer e ela esperou ele completar saudade do que, ele começou a ressonar. No dia seguinte, ela contou doze fios de cabelo no travesseiro.

DIA 20, Ari gravou direito de resposta, zoom abrindo a partir de big close nos olhos azuis.

— *Caboré encarregou o baixinho aqui de responder a mais uma baixeza. Candidato esquerdoso, lanterninha do primeiro turno, apareceu no horário do adversário, declarando apoio a Caboré... Olho vivo, gente! Cuidado com propaganda enganosa! Vejam que foi no horário do deputado, mas querendo parecer que era no nosso horário, com o intuito de transferir para Caboré a rejeição popular a um "governo socialista revolucionário". Nós acreditamos apenas na revolução do coração, desejando o bem e fazendo o bem! Pense bem, e vote bem!*

Ao final do zoom, via-se que estava no estúdio de sempre, na mesma mesa de pingue-pongue, de mão dada com Marlene sentada ao lado. No dia seguinte, um marqueteiro seria dispensado na campanha do deputado.

— Que pena — diria Ari — Melhor seria se ele continuasse lá. A cada ataque e defesa, estamos subindo dois ou três pontos...

DIA 21, sábado, o horário na tevê foi encerrado pelo deputado, falando em fazer um governo de amor pela cidade. Vinheta de encerramento, e então, no último minuto, o torpedo — burocratão forense, escrivão ou coisa que o valha, respondendo à repórter de quem só se via a mão segurando o microfone:

— *É, o Caboré tentou acelerar os processos dele mediante propina, mas nós recusamos, como fizemos sempre em 34 anos de serviço público.*

Locução:

— *Pense bem! O que esperar de quem corrompe até a Justiça?!*

Caboré ficou olhando para Ari, que apenas falou bem, mais três pontos no embornal.

Dona Estrela gravaria o direito de defesa:

— *Tão dizendo que o Caboré pagô pros troço da gente andá lá na Justiça? Si fô verdade, brigado, Caboré, ocê é memo o único que feiz arguma coisa pela gente! Mais a gente sabe que num é verdade pruque ocê num é disso, e tamém pruque quem diz que ocê pagô é lá barnabé quase pra aposentá, aí é fácil dizê o que quisé a mando seja lá de quem fô, né?... Mais a coruja num dorme de touca, quanto mais batem no Caboré, mais a gente bota fé!*

DIA 22, domingo, pesquisa de rádio mostrava o deputado caindo mais um ponto e Caboré subindo mais um. Mas logo, previu Ari, não conseguiriam mais ganhar votos do deputado, só restaria ganhar os indecisos.

— E nada melhor que um abraço para um indeciso se decidir.

Caboré falou cansado:

— Eu já estou me esfregando em gente doze horas por dia, Ari, sem contar o comício.

— Passe pra catorze ou quinze. E vamos fazer dois comícios por noite, com dois caminhões, a gente sai de um e vai para outro.

Os apóstolos tinham cansaço até de beber a cerveja merecida depois de um dia suado. Ari repetia que faltavam só sete dias, gente, só sete dias! Todos tinham olheiras, pés e pernas doloridos, e a sensação de perder a noção do tempo: *ainda* faltavam sete dias?!

Caboré chegou, cumprimentou um a um aquela tropinha cansada, depois chamou Ari e foi urinar. Falou urinando de olhos fechados:

— Ari, quem vai pagar dois comícios por dia?

— Caboré, não se preocupe com dinheiro. Aliás, alguns de nossos apoiadores querem conversar com você.

Caboré abriu os olhos:

— Querem já cobrar a conta?...

— Não, Caboré, querem te conhecer, dar idéias...

Caboré se chacoalhou inteiro num tremor.

— Que foi?

— Nada, um calafrio.

Começaria a suar frio ali mesmo no Bar do Carlão. Ficou branco e vomitou na calçada quando ia para o carro. Ari foi guiando, Joana amparando a cabeça de Caboré tonto e mole. Em casa, Vaslinda botou na cama, tirou-lhe os sapatos e o cinto, que é que podia ser aquilo? Chamaram médico, que desconfiou de intoxicação, e Caboré lembrou:

— Pão com mortadela, lembro que senti um cheirinho azedo.

Em algumas visitas, tinha de comer bolos, doces e salgados, e agora, enquanto descansava ao menos 48 horas, conforme o médico, devia comer só comida caseira. No dia seguinte jantaria em casa depois de nem lembrava mais quanto tempo, partilhando uma canja de galinha com Ari e Marlene, e ela lhe pegaria a mão:

— Sabe, Caboré, eu gosto muito de você.

DIA 23, dia sem novidades, conforme Ari. O espião tinha avisado que o deputado não faria comício naquela segunda-feira, de modo que Ari resolveu também não fazer.

— Vamos é fazer quatro grandes comícios a partir de amanhã, um em cada região da cidade, pra encerrar a campanha!

— Ninguém ficou sabendo que caí de cama?

— Não, Caboré, oficialmente você está se preparando para o debate de sexta-feira.

Seria na tevê líder de audiência, podia decidir a eleição. Vaslinda perguntou se depois Caboré podia descansar. Claro, respondeu Ari, depois, claro, de ir ao jogo de basquete no sábado e percorrer as filas de votação no domingo. Vaslinda suspirou fundo:

— Me diz uma coisa, Ari. Por que é que você, uma pessoa tão inteligente, que podia ter uma bela vida lidando com comércio, com vinhos, com o que quisesse, foi se meter em política?

Ari parou de tomar sopa para lhe pegar a mão:

— Já ouviu falar de hipoxemia fetal?

Voltou a comer, entremeando colheradas e explicações. Hipoxemia fetal é a falta de oxigênio do feto em parto difícil:

— Sem oxigênio, os lóbulos do cérebro se trocam, o esquerdo passando para direito e vice-versa, daí os nascidos assim serem canhotos ou ambidestros.

Passou a manejar com a mão direita a colher que estava na esquerda.

— Alguns escrevem tanto da direita para a esquerda como da esquerda para a direita, mantendo a mesma letra. Outros são gagos. Ou são sonâmbulos em criança. Todos conseguem dobrar a primeira falange dos dedos.

Mostrou os dedos, dobrando a primeira falange.

— Além disso, muitos têm sono agitado e falam dormindo, outros são muito agressivos na infância, também com dificuldade de aprendizado por causa da atenção dispersa.

Apontou o copo de refrigerante enquanto eles tomavam vinho:

— Também temos embriaguez patológica: ficamos alterados com muito pouco álcool, por isso quase não bebo. Mas o mais importante é que temos, desculpem, vou citar de cabeça, "percepção e raciocínio extremamente rápidos, com viveza de inteligência fora do comum. Podemos ser extraordinariamente brilhantes", fecha aspas, tanto como artistas ou intelectuais, tipo Leonardo da Vinci, Kafka, quanto como líderes religiosos ou místicos, como Yogananda, ou cientistas, como Pasteur ou Einstein, políticos e homens de ação, como John Kennedy ou Carlos Lacerda, seja para o bem ou para o mal, tanto que, no livro que citei, também são lembrados Al Capone, Stalin e Hitler...

Vaslinda e Marlene ouviam atarantadas.

— Trinta por cento da população nascem de parto difícil e, destes, uma pequena parte sofre hipoxemia. Tornam-se líderes, com essas características. O livro é *Os Super Dotados*, Alvorada Editora, São Paulo, 1982, de José C. Ferraz Salles, médico-psiquiatra.

Empurrou o prato, voltou a pegar a mão de Vaslinda:

— Então o que eu procuro na política é campo pra exercitar a inteligência, minha cara, senão fico louco.

— E você... — Vaslinda balbuciou a Marlene — Já sabia que ele é assim?

Marlene continuava espantada e levantou a mão, dobrando as primeiras falanges.

DIA 24, o primeiro dos quatro grandes comícios finais foi um sucesso. Agora Caboré comandava um comício-show simplificado e melhorado, eliminados os supérfluos, os melhores momentos prolongados. Um colunista escreveu que era *uma catarse coletiva marcada pelo ritmo e pela interação entre o público e os candidatos, a certa altura parecendo uma escola de samba cívica.*

Bel e Quim puxavam o coro e regiam as palmas, e Caboré mostrou a Vaslinda como estavam crescendo e mudando, camisa dentro das calças e tênis bem amarrados, cabelos penteados; já nem eram mais meninos.

Depois do comício foram ao restaurante onde Ari marcara jantar com três apoiadores da campanha, lá sabendo que o deputado apresentara na tevê seu secretariado, um ex-reitor para a Fazenda, um professor para a Educação, na Ação Social um padre, um engenheiro evangélico nas Obras...

— ...pra somar apoios de todas as áreas — Ari interpretou — Afogado agarrando tudo que alcança.

Apresentou os três apoiadores: um advogado, "também dono de uma pequena empresa de reciclagem", um médico-cirurgião "interessado em saúde pública", enquanto o terceiro era "empresário imobiliário". Quando acabaram de comer e os garçons já bocejavam, o empresário pigarreou:

— Uma campanha é como uma construção, né, tem de ir até o acabamento, que é o que mais custa.

— Nós já injetamos muito nessa campanha — disse o médico — Mas o seu vice aqui, Caboré, nos conta que o caixa está zerado

Podiam colaborar mais, garantindo o pique nos últimos dias, mas gostariam de fazer algumas indicações de nomes, de técnicos experientes e capazes, cujo prestígio nos meios profissionais poderia se contrapor ao prestígio da equipe anunciada pelo deputado.

— Pela primeira vez — disse Ari — ele não está nos atacando, mas propondo alguma coisa nova, um secretariado reconhecidamente capaz. Temos de dar o troco ou pode ser o diferencial fatal.

Caboré passou a mão pela cabeça e falou olhando um por um:

— Doutor, o senhor deve saber que nenhuma lei exige que se apresente equipe de governo na eleição. Não é só porque fizeram isso que devemos fazer também. Até agora respondemos a todo ataque, Ari, levando vantagem. Podemos responder a isso também.

Com um gesto não deixou Ari falar, um Caboré curtido pelo cansaço:

— Além disso, nossa campanha nasceu entre nós dois, Ari, e cresceu com os voluntários. Se alguém deve ser ouvido, são eles.

— Mas, Caboré, estamos a zero, e só de camisetas vamos precisar dez mil, tem fila dobrando o quarteirão do casarão!

— Diga que não tem mais, que vistam a camisa no coração. Vamos continuar só com o horário gratuito e confiando na gente de bem, mais nada.

Voltou-se para os empresários:

— Os senhores me lembram os três reis magos, só que em vez de trazer presentes, trazem cobranças. Estão querendo garantir já a cobrança de amanhã pelo apoio de ontem.

Ari ouvia de olhos baixos a morder o lábio; Caboré falando baixo e firme como quem repreende crianças, primeiro o advogado:

— O senhor é advogado mas sei que não advoga faz muito tempo, nem precisa, a sua empresa de reciclagem na verdade é a coletora do lixo da cidade, um negócio de milhões, até porque o preço da coleta é muito alto. A gente fala em arrumar a casa na prefeitura, e isso inclui o lixo.

O homem ficou vermelho, Caboré voltou-se para o seguinte:

— O senhor é médico mas só na placa da clínica, na verdade é empresário de distribuidora de medicamentos, uma das maiores fornecedoras para os postos de saúde, não é? Pois só o que posso garantir ao senhor é que, no governo da coruja, toda licitação vai ser honesta e vai ganhar o melhor preço com a melhor qualidade, tão certo como macaco come banana.

Passou para o terceiro:

— E o senhor, quando diz que é empresário imobiliário, devia dizer também que tem centenas de imóveis, é o maior devedor de imposto predial da cidade...

Os três se olharam, olharam Ari, que continuava a olhar um ponto perdido na mesa. Nós só pensamos, disse o advogado, em sugerir três nomes para cada cargo:

— E o prefeito escolhe o que quiser.

— Oh, quanta honra! — Caboré levantou — Mas pra Fazenda, por exemplo, eu prefiro alguém como o contador lá da minha vila, que ajudou na construção do nosso centro cultural, cuidando de cada centavo como se fosse dele. É um contadorzinho com uma sala, um ajudante e uma secretária, por isso mesmo vai ser difícil esconder a riqueza se chegar a roubar.

Marlene sorria olhando aquele novo Caboré:

— O secretário da Saúde será escolhido em eleição pelo

próprio pessoal da secretaria, e o de Obras também. Se com isso a gente perder a eleição, que seja, mas ou ganhamos limpo ou perdemos limpo. Foi você quem me procurou um dia falando de política nova, Ari Chimite. Agora, se me dão licença, amanhã é mais um dia de campanha. E não vou mais precisar nem do carro nem do motorista, Ari, pode dispensar.

— Acontece — o médico levantou — que já investimos muito nessa campanha e...

— Bem — Ari também levantou — Como os senhores não quiseram recibo do que doaram, nós devemos apenas agradecimentos e... — estendeu a mão para Caboré — Você tem razão, companheiro, vamos em frente com fé no povo e seja o que Deus quiser!

Os três reis magos saíram deixando a conta por pagar; Ari fez um cheque.

— Olhem só — Caboré apontou — Pediram os pratos mais caros e deixaram tanta sobra... Como seriam secretários indicados por gente assim?!

DIA 25, oito horas da manhã, no estúdio. Vaslinda maquiando Caboré, para clarear as olheiras, Marlene lhe lendo o texto para gravar em seguida, entrou Joana. Olhou tudo com olhos vagos, agachou ao lado de Caboré:

— Não sabia como lhe dizer, Caboré, mas agora — com um olhar para Marlene — vejo que não precisam mais de mim, então fica fácil dizer: estou saindo. É, saindo da campanha, saindo do time, saindo.

Bispo apareceu na porta, Caboré ouvia pasmo.

— Lembra que um dia você me disse que eu precisava de um homem pra não ser tão mandona? Pois é, descobri que eu era mandona porque sou criativa, e, no Café com Caboré, eu não criava, só produzia. Nesta campanha criei tanta coisa, botei fé em mim, sabe, vou abrir uma agência, pequena mas com um grande nome, adivinhe: Coruja. Em homenagem a você, meu amigo, que é o homem mais correto que eu já conheci, tenho medo da política triturar você. Adeus — dando um abraço rápido e forte, e saiu levando Bispo pela mão, a outra mão a enxugar os olhos.

Vaslinda disse meu Jesus, você vai deixar ela ir assim? Que vá, disse Caboré, melhor assim:

— Essa já renasceu.

— Pronto pra gravar? — Ari perguntou e Marlene passou o texto a Caboré, ele não pegou:

— Eu sei o que dizer.

Ficou em pé, ao lado do desenho de uma coruja em traços infantis na parede. Iluminou-se por dentro, endireitando-se e acendendo os olhos, e falou para a coruja na parede, com a voz de quem conta uma história:

— Coruja, vem cá, vou te contar quem vai me ajudar a governar! O Ari, que vai ser vice-prefeito, vai ajudar em muita coisa, talvez na Secretaria de Administração. Os outros secretários, eu não sei quem serão, coruja. Ainda é cedo para nomear secretários, primeiro é preciso vencer a eleição... Mas já é possível, e nós achamos que é preciso, viu, coruja, deixar claro *como* vamos escolher os secretários, pois *quem* serão eles será resultado de *como* serão escolhidos, com clareza, participação e democracia!

Chegou mais perto da coruja, a câmera também chegando em close.

— Primeiro, coruja, os nossos secretários terão de ser gente honesta, com as contas abertas ao entrar e ao sair do governo, e dos parentes também! Aliás, não poderão empregar na prefeitura nem parente distante, concorda, coruja? Também terão de dar expediente inteiro, trabalhar oito horas por dia como qualquer trabalhador! Certo, coruja? E serão escolhidos profissionalmente, não politicamente, quer dizer, o secretário da Fazenda será um contabilista, escolhido em eleição pelos contabilistas da cidade! Mas não serão os empresários da construção que escolherão o secretário de Obras, né, coruja, será o pessoal da Secretaria de Obras, cada engenheiro votando igual cada peão!

Voluntários enchiam o estúdio, ouvindo contritos.

— O secretário da Educação será um professor eleito pelo pessoal da secretaria, inclusive pelas merendeiras, coruja, e o da Saúde poderá ser uma enfermeira ou mesmo um auxiliar, desde que também e-lei-to pelo próprio pessoal. Quando a gente fala em política nova, coruja, é isso!

Seguiam-se voluntários falando, ali no estúdio mesmo, o que achavam do secretariado de Caboré. A fala de Dona Estrela seria triprisada:

— *É ansim que o Caboré é! Eu quero que me cresça na cara uma birruga maió que um repolho se ele não fizé mesmo o que diz que vai fazê! Ele falô desde o primero dia, a gente vai fazê uma pulítica nova, a gente vai limpá essa sujera, a gente junto pode renascê, por isso eu boto fé no Caboré!*

Mais um marqueteiro seria dispensado na campanha do deputado, depois da tevê mostrar seus secretários com respectivas famílias e especialistas falando do bom marido, grande pai, ótimo profissional que era cada um, todos porém parecendo já figuras ultrapassadas por Caboré e sua coruja.

Depois Caboré-Vaslinda e Ari-Marlene passaram o dia à frente de duas brigadas de Camisas-12, uma no calçadão, outra na populosa Zona Norte, cumprimentando gente de bar em bar, de casa em casa, acenando, sorrindo, abraçando, inclusive bêbados com seus bafos, pegando na roupa os mil cheiros do povo, condensados em suor e curtidos em poeira, até ficarem com o cheiro do *Homo politicus*, conforme Ari.

À noite, foram ao Bar do Carlão, onde Ari comandava a ração de cerveja e sanduíches.

— Aproveitem, que são os últimos tostões da campanha da coruja, gente! — alegre como um menino, disse Vaslinda.

— Pois é — Caboré bocejou — Eu pensava que ele fosse ficar tiririca por causa dos três reis magos...

— Ele é honesto — Vaslinda estendeu a mão — Vamos dançar, cavalheiro?

Ari dançava com Marlene, e todos aplaudiram quando Caboré e Vaslinda também passaram a dançar. Trocaram de par, e Marlene falou Caboré, preciso falar com você:

— Vou à sua casa à meia-noite.

Botei uma pílula no chá do Ari, contou Marlene quando chegou, Vaslinda cochilando de pijama diante da tevê. Tinham se tornado amigas nas caminhadas, olhando tudo aquilo com bom humor, até como defesa para não se dissolver como pessoa entre tanta gente, e Vaslinda disse que ia lavar o rosto para acordar:

— Baianinha danada, quero saber o que você quer falar com meu marido.

Quando voltou para a sala, a tevê estava desligada, o pêndulo do relógio-cuco picotando o silêncio como a dizer comece, comece, e Marlene começou:

— Bem, Caboré, eu não pensava que fosse caminhar pra isso, mas a coisa chegou a um ponto que... — levantou os olhos verdes angustiados — A verdade é que eu estou me descobrindo nesta campanha, fazendo o que gosto pela primeira vez na vida! E, depois que eu descobri que... — olhou as mãos, dobrando as primeiras falanges — Bem, acho que devo contar tudo desde o começo. Eu conheci o Ari agora quando ele foi à Bahia, na infância acho que a gente nunca nem se viu...

Vaslinda foi sentando devagar no braço da poltrona de Caboré, onde ela dizia para ele nunca sentar. Marlene sorriu triste:

— Desculpe, minha amiga, eu não podia mais enganar você. Porque vocês são as pessoas mais corretas que eu conheci, como disse a Joana, que eu espero que venha a trabalhar com a gente na prefeitura. É, eu quero trabalhar na prefeitura, Caboré, lidar com gente, continuar trabalhando com você e o Ari, porque eu nunca me senti tão gente, sabe?

— Mas você e o Ari...?

— É um noivado combinado, né. Eu ia pela rua assim, ele chegou e falou posso lhe dar duas palavras? Já deu cinco, falei, ele falou que bom, precisava duma mulher bonita e esperta pra ganhar um bom dinheiro num serviço divertido. Que tipo de serviço, perguntei. E ele falou: ser minha noiva por duas semanas.

Baixou os olhos.

— Contou a situação aqui, falou que eu ia ser um escudo contra calúnias, só ia ter de sorrir e pegar na mão dele, abraçar de vez em quando, principalmente nos comícios e com fotógrafo por perto. Aí eu perguntei o preço, ele falou e pensei comigo *dá pra reformar a casa da mãe que está caindo aos pedaços e ainda pode sobrar alguma coisa.* A nossa casa tem mais de cem anos, dizem que tem até valor histórico, mas pra morar não dá mais, o telhado tem mais goteira que telha, e o assoalho tem cada buraco que dá pra ver o porão. Já antes de vir pra cá deixei a reforma encaminhada com a primeira metade do pagamento, a segunda metade nem tenho mais cara de cobrar.

Levantou os olhos.

— Porque eu quero ficar aqui, Vaslinda, quero continuar trabalhando com você, Caboré. Depois posso até convencer minha mãe a vender a casa e vir pra cá também, não quero mais aquela vida.

Caboré perguntou quanto Ari já tinha pago.

— Trinta mil. Trinta vezes o que eu ganhava num mês.

Em que você trabalhava, perguntou Vaslinda.

— Eu era garota de programa.

O pêndulo do relógio ficou regendo o silêncio até Caboré falar:

— Eu sou cristão. Atire a primeira pedra quem não tiver pecado. E parece que a melhor forma de você se redimir é mesmo ficando aqui, mantendo esse noivado até poderem desnoivar, se é assim que se fala, com decência, né.

— Obrigada, Cabo... — Marlene começou a chorar, e Vaslinda foi sentar no braço da outra poltrona para abraçar e dizer que chorasse à vontade, chorasse que agora, com a verdade, ia ficar tudo bem. E Caboré disse apenas:

— Bem-vinda, companheira.

DIA 26 de manhã, carreata do deputado percorreu todos os bairros, centenas de carros a soltar rojões, alto-falantes a despejar música e falação, beldades a acenar, crianças de apartamento a jogar rojões usados para os moleques de vila correndo atrás dos carros. À noite, Ari falaria no horário eleitoral:

— *Hoje teve carreata do outro candidato, nunca se viu tanto carro junto, mas carro não vota. Nunca se ouviu tanto rojão, mas rojão também não vota. Quem vota são as pessoas, e as pessoas vêem que a nossa campanha anda a pé, não de carro. E a diferença entre olhar e ver é como entre passar de carro e passar a pé. Só a pé a gente conhece o chão, só a pé a gente chega às pessoas. Como vão suas botinas, Caboré?*

A câmera descia focando as botinas, e subia enquadrando Caboré:

— *As minhas botinas vão bem, Ari, já conhecem o pó de todo bairro e toda rua desta cidade! Graças a elas conheci muita gente, ouvi muita coisa, abri muito os olhos, por isso devo dizer muito obrigado, botinas! Vamos governar com os olhos e os ouvidos abertos para o povo, e com os pés no chão, indo sempre aonde mais precisarem de governo!*

Na verdade, diria Vaslinda, só o final da campanha estava sendo a pé:

— Você está começando a mentir como político.

Estavam a caminho do penúltimo comício, e Marlene falou ah, foi só uma mentirinha. Mas é assim que começa, disse Vaslinda. No comício, então, Caboré repetiu a fala, encerrando que, como prefeito, não iria passar rodando pelos bairros...

— *...mas a pé, como a pé estamos nos últimos dias da nossa campanha.*

Ele corrigiu, disse Marlene.

— Ou a gente corrige os erros — disse Vaslinda — Ou eles comem a gente.

Passava da meia-noite, escovavam os dentes bocejando quando tocou a campainha. Era o deputado:

— Boa noite, Caboré. Podemos falar ali na garagem? — sorria ao vivo a imagem vista todo dia na tevê — Só por garantia, sabe como é. Hoje em dia gravam até suspiro da gente.

— E quem me garante que você não está aí com gravador ou até com uma dessas minicâmeras? — Caboré falou e já deu de ombros — Mas não tenho nada a esconder, vamos lá.

Foram para a garagem, o deputado disse que era melhor nem acender a luz. Ficaram na penumbra da luz que vinha da varanda, lá onde tinha ficado o assessor, e o deputado disse bem, Caboré, é o seguinte:

— O seu vice é gay. A moça é garota de programa.

— Eu sei. E pode contar na tevê pra todo mundo saber.

— É o que vamos fazer. O que você não sabe é que fui professor e diretor de colégio antes de entrar para a vida política.

— Claro que sei, está no seu santinho.

— Ah, é. Mas você não sabe que um dia um inspetor flagrou um casalzinho de adolescentes transando no mitório.

Vaslinda entrou na garagem a tempo de ouvir:

— Eram dois rapazes, Caboré, um era o Ari, o outro era filho de um sujeito que quase matou o rapaz a pancada, e depois o rapaz se matou usando o revólver do pai. Ari foi protegido pelo juizado de menores, foi afastado da imprensa, e a mãe viúva teve um colapso nervoso, foi internada. Ari não voltou ao colégio e eu me candidatei a vereador, dois anos depois fui eleito deputado, esqueci de Ari Ibrahim, que mudou de nome e por isso demorei a reconhecer. Só com a ajuda de um detetive, recentemente, fui me lembrar do loirinho que, na minha sala de diretor, disse que um dia ia me fazer pagar.

— Mas por que me conta isso, deputado?

— Pra você amanhã, no debate, ou confirmar ou desmentir com cara de quem está mentindo. Até amanhã.

Foi para a rua, e, quando o carro arrancou, Vaslinda perguntou e agora, hem? Agora, disse Caboré, que é que podemos fazer?

— Como sempre, seja o que Deus quiser.

DIA 27, sexta-feira, antevéspera da eleição, logo cedinho Caboré ligou convidando Ari para o café, ele apareceu com Marlene, esfregando as mãos todo animado:

— Pronto para o penúltimo dia, companheiro?

— Será que vai valer a pena, Ari? — Caboré mexia migalhas de pão na toalha.

Ari perguntou a Vaslinda se ele estava bem, Vaslinda falou triste:

— Bem ele não está, não, depois do que o deputado contou pra nós aqui ontem... E não sei como vai ficar você, depois de ouvir que ele disse que você é gay, e que ele era diretor do colégio quando você foi pego com outro que acabou se matando, então você pode ter armado tudo isso por vingança — terminou sem ar mas aliviada, levantando os olhos para ver a reação de Ari, e ele abriu os braços sorrindo:

— Aleluia! Então o deputado veio te procurar, Caboré? Sinal de que ele está apavorado, jogando a última cartada!

Pegou chá.

— Sabem que dia é hoje? Sexta-feira, último dia de horário eleitoral. Ele vai lançar esse torpedo no ar, sabendo que só teremos amanhã para direito de resposta e...

— Não. Ele disse que vai falar no debate hoje à noite.

— Claro — Ari bicava o chá — Para você ficar nervoso, Caboré! Ele quer que você fique o tempo todo esperando o torpedo, que ele pode lançar até no último minuto... Se ele for o último a falar, você não terá nem como se defender. Então...

— Pára, Ari! — Caboré bateu na mesa — Pára!!

A voz de Caboré parecia sair dos intestinos:

— Você ouviu o que ela disse? Que você armou tudo isso, essa candidatura, por vingança, e você não fica nem vermelho! Que você seja gay, eu não acho nada de mais nem de menos, mas será que é nova política arranjar noiva de aluguel, mentir, usar as pessoas para se vingar de uma desgraça lá do passado?

— Caboré — Ari cruzou as mãos — Já ouviu falar de coincidência? Você acha que eu ia investir minha vida numa vingança pessoal?

— Acho — Caboré encarou com piedade e nojo — Acho. Acho que você é a pessoa mais obsessiva e diabólica que conheci, Ari Chimite. Acho que você é capaz de usar a própria mãe pra conseguir o que quer! Imagino o que você pode fazer no poder... *companheiro.*

Ari mordeu o lábio e estremeceu de dor, estava inchado ali. Caboré mudou para um tom de curiosidade profissional, como quando entrevistava as pessoas no rádio:

— E eu preciso saber de umas coisas, Ari. De quem você pegou dinheiro, quanto dinheiro, quanto foi gasto até agora e quanto sobrou.

— Tá tudo no meu computador. Senha *Maquiavel* — a voz de Ari saía fria e distante do corpo imóvel, sentado com as mãos cruzadas e os olhos fechados. Às vezes, quando estava muito cansado, ele apagava assim por alguns minutos, mas agora uma gota de sangue brotava do lábio.

Abriu os olhos azuis encarando Caboré:

— Vamos bolar uma defesa ou jogar a toalha como eles querem?

Caboré sorriu com piedade:

— Sem defesa nem mentiras mais, Ari Ibrahim. Vá descansar. Esqueça a campanha.

— É justamente o que eles querem.

Caboré balançou a cabeça:

— Entenda, candidato a vice. Eu sou o candidato a prefeito, estou assumindo todo o comando da campanha e destituindo o senhor de qualquer função até a eleição. Se insistir, procuro o juiz eleitoral, nem que isso custe perder a eleição.

— Eu sei. É justamente o que eles querem.

— Não se preocupe com eles, eu cuido deles — abrindo um sorriso largo — Ou não me chamo Caboré.

Ari foi para o carro de olhos baixos e curvado como nunca tinham visto. Eu temo por ele, disse Marlene:

— Vi no quarto dele o tal livro dos superdotados. Levei pro banheiro e li. Bem...

Tirou da bolsa o livro, falou amarga:

— Aqui diz que muitas putas também têm os tais sintomas, dedo em baioneta e tudo mais. Porque muitos como eu e o Ari somos amorais, vou ler — abriu numa página marcada — *Em cerca de trinta por cento dos pacientes notamos um certo grau de anormalidade, de anestesia afetiva, quando estão em jogo seus interesses, seu egoísmo, embora possa a todo instante des-*

pontar uma afetividade exaltada e agressiva, se o paciente for contrariado.

Caboré pegou as roupas para mais um dia de campanha.

— Disso Deus cuida, não podemos fazer nada até acontecer. Vamos gravar?

Foram para o estúdio gravar o último programa, a entregar ainda pela manhã. As gravações tinham virado atração e diversão para os Camisas-12, e também vitrine para se exporem ao candidato, na esperança de emprego na prefeitura, e uma pequena multidão já esperava na rua. Caboré desceu do carro e foi atropelado por beijos, abraços e pedidos, mas avançou no tumulto com Marlene abrindo caminho.

No estúdio, depois de maquiar Caboré, Marlene disse que também queria gravar uma fala. Fique à vontade, disse Caboré, e ela pediu para o câmera enquadrar bem perto:

— *Obrigado a todos vocês, gente desta cidade que me recebeu e onde encontrei um sentido para a vida! Eu vim da Bahia, onde começou o Brasil, vim noiva do candidato a vice-prefeito, e me enamorei desta cidade e sua gente! Eu quero viver aqui, porque aqui vi chance de começar vida nova. Me aponte quem não tenha seus pecados, como o Brasil tem, mas me aponte quem não queira uma chance de mudar. E eu estou tendo essa chance, mas é preciso merecer. Então eu pedi ao Caboré para falar aqui, para dizer que descobri uma vocação, que é trabalhar para o povo, lidar com gente, ouvir os problemas e procurar solução, mas isso todo político diz, não é mesmo?*

Fechou os olhos por um instante.

— *Então pensei em dizer, aqui, que não quero e não vou ganhar um tostão para trabalhar, como voluntária, nos quatro anos de Caboré prefeito! Não quero ganhar dinheiro, não quero levar vantagem, quero e vou é servir, pra merecer a chance que me deram, pra pagar pela minha vida nova!* — os olhos enchendo de lágrimas — *E se um dia virem que estou mentindo agora, que me cuspam na cara e me joguem pedras, mas se lembrem do que Jesus falou a Madalena: — Vai e emenda-te! É o que estou fazendo, graças a Deus, com Ari e com Caboré, nesta cidade que me dá a chance de renascer* — lágrimas descendo pelas faces — *Muito obrigada.*

Caboré gravou também em grande close:

— *Obrigado a você, Marlene, que veio da Bahia mandada pelo coração e se jogou de corpo e alma na nossa campanha, buscando renascimento. Obrigado a todos os voluntários que vestiram a Camisa-12 e estão pela cidade pedindo votos, usando a sola dos sapatos e o coração como motor da nossa campanha a pé, no rumo de mudanças para nossa cidade renascer!*

Mulheres arrepiavam, mocinhas apertavam as mãos olhando o grande pai de cabelos brancos.

— *Vocês que trabalharam em nossa campanha ganhando apenas a promessa de uma nova política, e também vocês que vão votar na coruja, vocês todos têm algumas coisas em comum. Vocês gostam da verdade. Vocês não gostam de sujeira. Vocês não gostam de corrupção. Vocês gostam de idéias novas. Vocês querem mudanças neste país tão grande e tão atolado em si mesmo. Vocês querem confiar, vocês querem participar, vocês querem mudar, vocês querem renascer!*

— É isso aí, Caboré! — uma mulher gritou, ele sorriu e continuou:

— *Dizem que meu vice é gay. Dizem que a noiva dele, essa brava mulher que nos orgulha em cada dia de campanha, é uma puta. Dizem e dirão tanta coisa que seria perder tempo ficar lembrando de tudo, até porque sempre podem inventar coisas novas. Agora lembre que não falei mal nenhum do outro candidato. Perceba que não há boato ou maldade correndo por aí sobre o outro candidato. Nada, não é?*

Os Camisas-12 mal respiravam.

— *Sabem por que? Porque nós não inventamos nada contra eles, não fabricamos boatos, não lançamos veneno, não fazemos esse tipo de coisa, porque a política é como a religião que ou você segue na prática, na vida, ou é só uma enganação para você se sentir bonzinho! Eu sou católico de criação, podia ser evangélico, espírita ou umbandista, o que importa é que sou cristão, e como cristão não posso levar para a política senão a bondade, a verdade, a honestidade, a sinceridade, a humanidade enfim.*

Passou as mãos pelos cabelos.

— *Eu não ia, na curva dos cinqüenta, depois de uma vida inteira de trabalho honesto, querer ser homem público mudando para pior! Nem mesmo um Ari Chimite, com toda sua inteligência, poderia me convencer a esquecer o que sou para ser o que outros quiserem. Se você vai votar em mim, saiba que estará votando num cabeça-dura que só faz o que o coração manda e o que acha que é para o bem, e seja o que Deus quiser!*

Suspirou fundo.

— *Os mais finos poderão até ter uma certa vergonha do seu prefeito, mas eu vou continuar usando minhas botinas, tomando ônibus para ir aos bairros e andando a pé lá onde mais é preciso governo. O carro oficial do prefeito vai ficar na garagem, dando sua contribuição na contenção das despesas. E não vou indicar ninguém para os tais cargos de confiança, estarão na prática abolidos por falta de uso, suas tarefas serão feitas pelos funcioná-*

rios de carreira. Metade de tudo que deixar de ser gasto com isso irá para pagar estagiários e voluntários, menos a Marlene que não vai ganhar nada, não é?

Marlene entrou em cena abraçando com os olhos molhados, e entre aplausos e risos irrompeu o coro — *é, é, é, é Caboré!* Ele pediu silêncio com as mãos.

— *Vaslinda, você é a pessoa de que eu mais gosto e que eu mais respeito e admiro nesta vida. Eu te prometo que vou ser prefeito e mais nada, não vou me candidatar nem deixar que me candidatem a nada mais, servindo com dedicação do primeiro ao último dia de mandato e só. Se depender de mim, meu amor, a mosca azul vai ser extinta. Homem público bom é o que renuncia, o primeiro mandato é o melhor e devia ser o único, porque política deve ser serviço público e não profissão. Então quem quiser um prefeito, só um prefeito e só por quatro anos, mas um prefeito dedicado cem por cento, pode votar em mim sabendo que não vai ser enganado. Palavra do Caboré, um homem que ainda acredita que palavra tem valor. Que faça sol domingo, e que com o céu azul todos possam e queiram votar, para num dia de claridade começar a renascer nossa cidade!!*

O coro explodiu — *é, é, é* — e a campanha da coruja seria encerrada na tevê com os Camisas-12 cantando e dançando e abraçando e beijando Caboré numa filmagem ridícula de tão amadora, sem qualquer edição, câmera na mão no meio do tumulto, uma bagunça, conforme um marqueteiro do deputado, conforme outro um ritual de celebração muito autêntico e poderoso:

— Protege contra trezentos torpedos.

O horário do deputado seria com a pompa e a pirotecnia de sempre. Às dez da noite, começou o anunciado e aguardado debate na tevê líder de audiência, os candidatos com propostas, argumentos e números na ponta da língua. Foi um debate sem graça nem desgraça até que, nas palavras finais, o deputado folheou alguns papéis e soltou:

— *Estamos terminando a campanha e eu me sentiria faltando com o dever cívico se não alertasse sobre algumas distorções graves nesta campanha. O candidato a vice do Sr. Pessoa é um homossexual enrustido, como dizem, que precisou alugar uma noiva na Bahia, para iludir o eleitorado, embora o Sr. Pessoa fale tanto em verdade e sinceridade. Mas o pior é que esse mesmo cidadão, que aluga noiva na Bahia, foi punido por mim, quando fui diretor de colégio, como estudante flagrado em atos libidinosos com outro estudante no sanitário, estudante esse que veio a se suicidar em conseqüência do caso, o que nos faz crer, dada a personalidade esquizótica do Sr. Ari Ibrahim, que ele armou a candidatura Caboré para se vingar de mim, ou seja* — o deputado sorriu — *uma vingança pessoal em nome de uma nova política, usando uma garota de programa baiana para enganar nossa gente!*

Sineta do coordenador, tempo esgotado.

— *Agora, com a palavra o candidato Carlos Alberto Caboré Pessoa.*

A câmera pegou Caboré de mãos juntas diante do rosto:

— *Eu agradeço. Agradeço a Deus pela saúde para tocar esta campanha com Ari Chimite e os Camisas-12, mostrando que é possível fazer política sem sujeira. Agradeço aos deputados que criaram nossa Constituição, onde está escrito que todos somos iguais nesta república, sem distinção de qualquer natureza, seja de raça, de condição social ou de sexo. Sem isso, eu não conseguiria chegar ao segundo turno e finalmente recuperar, para a cida-*

dania, essa fortaleza de corrupção e ineficiência que é a prefeitura! Gente!

Passou a falar com as mãos, como querendo avançar para a câmera.

— *Vivemos uma guerra civil hoje no Brasil, as pessoas de bem contra os que acham normal a roubalheira! A gente de bem contra o povo corrupto! Ou vocês acham que íamos ter políticos corruptos sem muita gente corrupta também?! É uma guerra da gente que quer viver num país melhor contra o povinho que quer só levar vantagem, ajeitar o seu, vender o voto, encostar em emprego público, pagar ao fiscal para não fazer o certo, enganar na propaganda e roubar no preço ou na conta, como fazem os bancos e os governos, na luz, na água, no telefone, em tudo! Por isso é preciso conquistar a prefeitura e começar a desmontar esse sistema de exploração da gente de bem pelos espertos de direita, de centro e de esquerda!*

Deu um tapa na cara.

— *Me bata na cara se eu trair a promessa de ser um bom prefeito, e conto com você para erguer na prefeitura a bandeira do bem nesta guerra civil em que vive o Brasil!*

SÁBADO, véspera da eleição, Caboré foi cedo à casa de Ari. Helena Schmidt abriu a porta com olhar dolorido. Pediu silêncio com o dedo nos lábios, chamou Caboré com a mão, foram para o quintal. Debaixo duma jabuticabeira florida, Helena falou que Ari ainda estava dormindo, graças a Deus, ela tinha chegado a pensar que precisava chamar médico.

— Só dormiu com um chá de beladona!

— Mas ele vai precisar de médico, Dona Lena — falou Marlene — Médico psiquiatra.

A senhora, Caboré perguntou com muito jeito, sabia que seu filho tem esse problema?

— Eu sei é que a gente mudou da Bahia por causa dele.

O olhar atravessou Caboré e se perdeu no tempo.

— Ele e um outro menino fizeram uma caverna num barranco. Ele sempre foi engenhoso, como dizia o pai, fazia tudo com capricho, planejadinho, o pai dizia que ele ia ser o que quisesse na vida. E ele fez aquela caverna com escoras de madeira, usando umas pás de cabo curto, que depois eu vi na delegacia. Porque a caverna desabou, num dia de chuva, eles lá dentro, o barranco encharcou, desabou, ele conseguiu sair, o outro menino ficou soterrado. E foi achado pelado.

Cobriu os olhos.

— Aí a gente mudou da Bahia. Depois teve o caso do outro rapaz aqui no colégio.

Voltou a olhar longe.

— Depois desse caso do colégio, quando o rapaz se matou, pensei que ele fosse morrer, passou mais de mês sem comer direito, só comia uma fruta ou outra, eu vivia com a casa cheia de frutas. Até que voltou a comer direito, já tão magro que dava dó, me doía ver, e mudou de colégio, voltou a estudar e sempre foi bom aluno. Fez a faculdade, foi para os Estados Unidos e eu pensei que...

— Dona Lena, o Ari é a pessoa mais inteligente que já conheci, por isso mesmo precisa de médico. Mas eu vim aqui para lhe pedir uma coisa.

— Pode pedir, filho.

— Quero o celular do Ari, Dona Lena. Acho que ele assumiu compromissos, em meu nome, que eu preciso saber. Decerto vão ligar para ele, e aí vou saber.

Marlene lembrou que ligavam sempre depois da meia-noite, até uma ou duas da madrugada, quando ele ficava no computador, e de manhã também, das seis às oito. Então ouviu-se a voz de Ari:

— Pode levar, Caboré — estava de pijama ali, o celular na mão — Faça o que quiser, só não me chamem médico, pelo amor de Deus. Eu estou bem, tanto que vou passar o dia no calçadão, e gostaria que você fosse comigo, Marlene.

— Claro, sou sua noiva, esqueceu?

— Mas antes coma bem, meu filho! E pare de morder a boca!

— Se alguém perguntar — Ari sorriu torto — falo que machuquei a boca de tanto beijar minha noiva...

Caboré também não pôde deixar de sorrir. Quando Ari foi se vestir, pediu a Marlene:

— Fique com ele o tempo todo. Não deixe telefonar para ninguém. Se ele começar a ter qualquer chilique, me ligue. Certo?

— Certo, prefeito.

O calçadão fervia em saliva e suor, boatos e panfletos, intrigas e apostas, os vendedores de loteria competindo com a gritaria dos cabos eleitorais. Ari entrou na massa como peixe na água, rindo e acenando, conversando aqui e ali, com Marlene a tiracolo tirando santinhos da bolsa. Ele deu várias entrevistas a rádios e televisões, e todos os repórteres fizeram ao final a mesma pergunta:

— O deputado, no debate de ontem, falou que a sua noiva é garota de programa, alugada para a campanha, é verdade?

— É melhor que ela responda — dizia Ari, e Marlene:

— É verdade, sou garota do programa, ou melhor, sou *mulher* do *programa de governo* de Caboré e Ari! Eu me apaixonei pelas idéias de governo deles e pelas mudanças que vão tocar com a ajuda da gente, se Deus quiser. E quero dedicar a esse velho deputado a vida nova que vou viver aqui na terra do meu marido!

Apareceriam em todos os noticiários. No casarão, Caboré passou o dia recebendo credores e dizendo que as dívidas feitas por Ari deviam ser tratadas com Ari. Até Abel e Quim foram cobrar:

— Seo Ari falou que ia pagar pra gente cinqüenta *reaus* por semana — falou Quim.

— Pros dois ou cada um?

— Pros dois — Bel respondeu logo, Quim olhou Bel com raiva.

Pra vocês, disse Caboré, eu mesmo pago, e fez um cheque para cada um. Bel disse obrigado e Deus lhe pague, Quim disse legal, botando no bolso e se endireitando, como se o dinheiro lhe desse um novo esqueleto. Cantavam tão afinados, disse Caboré a Vaslinda, e eram tão diferentes.

— Como você e Ari.

Pois é, o que iam fazer com o Ari? E os Camisa-12 zanzavam em volta, à espera de instruções, cochichando, alguns arriscando perguntar: e daí, o que iam fazer?

— Vão para casa, descansem — respondeu Caboré — Não podemos fazer mais nada.

— Nem boca-de-urna amanhã, Caboré?

— Boca-de-urna é proibido por lei. Vão descansar.

— Mas, Caboré, a gente pode perder por um voto!

— A cabeça do povo tá pensando, o coração do povo tá

sentindo. O povo tá decidindo o voto e não tem nada que possa mudar muito o rumo duma tempestade.

Aos cochichos os grupos foram se dispersando, os que saíam já avisavam os que chegavam, a campanha tinha acabado, que fim mais sem graça.

Meio-dia, ficaram ali só alguns apóstolos, aqueles que botavam mesmo fé numa nova política, viam Caboré como santo a levar uma cruzada, mas mesmo nos santos bate a fome. Caboré pensou em fazer uma vaquinha e buscar comida por quilo, quando chegou uma kombi cheia de marmitex. Perguntou ao motorista daonde vinha aquilo, mais de duzentos marmitex, o homem disse que eram da empresa de ônibus urbanos.

— Concessionária pública — concluiu Caboré — Ari loteou a prefeitura já na eleição.

— Todos fazem isso — disse um Camisa-12.

— Pois é, mas já é mais que tempo de acabar com isso. Pode levar de volta essa comilança, cidadão.

Pegou Vaslinda pela mão:

— Vou almoçar no Carlão. Quem quiser, vamos, cada um paga seu almoço.

Dormiu a tarde toda, depois de atender telefonema de Ari:

— É verdade que você vai descansar, companheiro?

— Hoje e amanhã.

— Amanhã também? Você não vai correr as filas?! Mas nós podemos perder por um voto!

— Que seja. Descanse também.

Ari disse a Marlene que precisavam fazer alguma coisa:

— Esse louco do Caboré é capaz de perder tudo no último dia!

— Ele, louco?! Você é que pode ficar louco se não tomar isto.

Helena tinha acabado de fazer outro chá de ervas, Marlene falou com o sotaque baiano bem batido:

— Ou você toma ou vamos chamar médico, viu, com enfermeiros e tudo mais, até camisa-de-força se for preciso!

Ele quis esbravejar, não era criança, mas pela primeira vez a mãe também foi firme:

— Ou você toma, ou sai de casa! Eu não quero mais sofrer por você, meu filho!

Amuado como um menino, ele tomou. Eram duas da tarde e dormiria até o meio da manhã seguinte.

Meia-noite, Caboré ficou sentado na varanda de casa, esperando ligações no celular de Ari. Nenhuma ligação até uma hora. Durante o dia só tinha recebido telefonemas de pequenos credores, nenhuma grande conta. Somando tudo não dava mais que cinqüenta mil reais, despesas da última semana, para trás tudo parecia pago. Mas teria o filho da mãe dinheiro para pagar isso na conta da campanha? — Caboré cismava, tudo parecendo irreal e novo como ao fim de uma longa viagem. Então chegou Marlene com outro celular:

— Caboré, ele dormiu com umas pílulas que botei no chá, e depois da meia-noite começou a tocar este troço aqui escondido na estante.

Caboré mal pegou, o celular tocou.

— Sim?

— Ari?

— Caboré. Pode falar comigo mesmo.

Foi uma ligação depois da outra. Eram empreiteiros, industriais, grandes proprietários de imóveis, a concessionária do lixo, revendedoras de veículos e de máquinas, inclusive computadores, e prestadoras de serviços, bufês, agências de propaganda, uma universidade particular a quem Ari tinha prometido terrenos, mais uma cooperativa que esperava ganhar a concorrência para a merenda escolar, e, somando apenas os que revelaram quanto tinham dado a Ari, Caboré calculou que dava para fazer várias campanhas.

Depois de saber das quantias, a todos respondeu igualmente, tratos feitos com Ari deviam ser cobrados de Ari:

— Por mim, não fiz trato algum e, como prefeito, só vou ter compromisso com nosso programa de governo. Sobre obras, compras, concorrências, não falo nada porque já existe lei regulando tudo isso, e não vamos fazer nada fora das leis. Mais alguma coisa?

Quando diziam estar sendo enganados, respondia apenas:

— Sim, você foi enganado pelo Ari. Procure a Justiça — e desligava.

DOMINGO, dia da eleição, Ari levantou às dez da manhã, espantado e tonto, mas tomou banho e café, voltou a ficar elétrico; foi votar, posou para fotos votando, soube que Caboré tinha votado cedinho e sumido.

Depois de votar, Caboré passou na igreja, o padre tinha acabado a missa.

— Vamos pescar, meu amigo?

Foram ao pesque-pague onde o padre pescava com os pés na água, Caboré, com chapéu de palha, parecia pedir paz, foi deixado em paz. Comeram os sanduíches feitos por Vaslinda, com tubaína, dois meninos no dia azul. Às cinco da tarde, quando encerrava a votação, pesaram os peixes, doze quilos, e o padre disse que podia ser um bom sinal.

Deixou o padre na igreja, passou no Bar do Carlão para deixar os peixes, só então soube que era o prefeito eleito, conforme todas as pesquisas de boca de urna, tinha ganhado com certeza. Resolveu então nem ir à apuração.

— Vamos fritar os peixes e comemorar aqui.

Camisas-12 abraçavam e choravam, ele pedia calma:

— Só ganhamos a eleição. Agora vamos governar quatro anos...

Ari chegou com Marlene e abriu os braços:

— Vencemos, companheiro! A vitória da coruja contra o tubarão!

— Por falar em bicho, Ari — Caboré deu-lhe os dois celulares — Destratei tudo que o senhor raposamente tratou com o pessoal da meia-noite. E quero saber se o senhor também não meteu mão de gato em dinheiro da campanha.

Os apóstolos boquiabertos não perdiam uma palavra.

Você não tinha o direito, começou Ari, mas Caboré cortou:

— Claro que tenho o direito e o dever de saber quem custeou a campanha e com que intenções! Desautorizei todo compromisso e quero saber desse dinheiro.

Ari mordeu o lábio, pediu uma vodca e virou de vez, aí esticou o dedo para Caboré:

— Se não fosse eu, você estaria lá na rádio dando café e conversa-mole pro povo! Você pensa que vai governar sozinho uma cidade de meio milhão de habitantes?! Você acha que teríamos ganhado a eleição sem muito dinheiro?!

Pediu outra dose.

— Você não teve de arrumar dinheiro, pra você agora é fácil falar, o que você fez foi só falar mesmo, mas — bebeu, a voz saiu machucada — quem bolou o programa de governo fui eu, quem armou a coligação fui eu, quem...

— ...foi arranjar uma noiva na Bahia... — Marlene completou, ele olhou espantado para ela, pediu mais uma vodca e bebeu antes que ela lhe tirasse o copo. Depois começou a rir, a cantar as músicas da campanha dançando com os apóstolos, desvairando, e, quando Helena Schmidt chegou com ambulância, tinha acessos e convulsões que só pararam com as drogas na clínica.

No dia seguinte a Justiça Eleitoral anunciou o resultado oficial da eleição, Caboré eleito com 12% de votos a mais que o deputado, que embarcou para Brasília dizendo que o povo às vezes vota errado.

A POSSE

Ari dormiria dias, e, quando acordou, passava os dias de olhar perdido em desenhos animados na tevê, ainda num quarto da clínica, até receber alta. Marlene e Helena levaram para casa aquele boneco parecido com Ari, e que porém lembrou de pedir os suspensórios, mesmo com calças de pijama. Em casa, continuaria vendo tevê ou cheirando as plantas do jardim e do pomar em longos passeios de pijamas e chinelos.

Antes do Natal, Caboré chegou com Bispo, pediu para falar com Ari, as duas quiseram sair, Caboré falou que podiam e até deviam ficar.

— Ari, pedi judicialmente que a conta bancária da campanha passe para meu nome. Se você assinar concordando, evita o trabalho do Bispo entrar com petição.

Ari levantou olhos doces e sorriu concordando. O saldo, disse Caboré, dava para pagar todas as contas da campanha, faltando só uns dez mil reais que botaria da própria poupança.

— Afinal, arranjei um emprego bem pago pelos próximos quatro anos...

Ari assinou, Caboré estendeu a mão que ele apertou mole. Caboré se foi, Ari perguntou a Marlene que história era aquela de campanha. O psiquiatra confirmaria que uma das seqüelas mais graves naquele tipo de caso podia ser a amnésia parcial.

— E ele pode melhorar, doutor?

— Só Deus sabe.

Caboré passaria novembro e dezembro formando a equipe de governo, conversando com o pessoal de cada secretaria, os sindicatos e associações comunitárias, planejando as eleições dos secretários, de modo que pudessem ser eleitos já no dia seguinte à posse, para começarem a trabalhar logo. Mal tinha tempo de lembrar de Ari, de quem Marlene dava notícias semanais. Ela levava Ari para caminhadas nos parques, as pessoas reconheciam o vice-prefeito e lhe davam parabéns, ele aceitava e depois perguntava por que.

Depois do Natal, Caboré foi pescar uma semana com velhos amigos, e não falaram uma única vez em política. Vaslinda aproveitou para emagrecer, tomou sol lendo no quintal, e estava de maiô quando Caboré chegou, as calças cobertas de barro seco e caixas de isopor cheias de peixe. Os amigos ajudaram a descarregar, tomaram a última cerveja da pescaria e se foram, aí eles se amaram sobre a esteira de palha ali no quintal. Depois Caboré falou:

— Estou pronto para ser prefeito, e vou começar fazendo uma visita. Quer ir junto?

Joana estava morando no apartamento de Bispo, agora todo decorado e cheio de plantas e cores. Bispo não estava, e Caboré disse que vinha só fazer uma pergunta; ela falou que, antes, queria contar uma coisa:

— Vou ter nenê.

Contou que o pai não era Bispo, que não só aceitava como queria.

— Precisam ver, ele acaricia minha barriga. Vamos registrar como filho nosso.

Vaslinda não resistiu:

— Por acaso, Joana, é filho do Ari?

Joana riu, não, não era filho do Ari. Mas que é que Caboré queria perguntar?

Ari estava no quintal com um livro de Matemática, lendo debaixo da jabuticabeira, Marlene ajudava Helena na horta, regando os canteiros, a água da mangueira mixou. Ari não se interessava por mais nada prático, não atendia telefone, comia se fosse servido, vestia o que lhe dessem além dos suspensórios. Continuou lendo enquanto elas iam verificar as torneiras, o registro de água, falar com os vizinhos, mas as outras casas tinham água. Pode ser a bóia da caixa, disse um vizinho, a bóia enguiça e a caixa esvazia. Então Marlene subiu a escada de barras de ferro numa das colunas da caixa-d'água, viu que a bomba estava mesmo enguiçada; e, quando ia descendo, viu um volume enfiado entre as sapatas da caixa-d'água.

Não era uma, eram duas maletas de metal embrulhadas em plástico e fechadas a chave. Marlene passou por Ari levando as maletas, ele nem olhou.

Ela pegou um táxi para a casa de Caboré. Contou como tinha achado aquilo, ainda vestida com um dos macacões de Helena Schmidt.

— Nem mostrei a ela, vim direto pra cá. Se for o que estou pensando...

— Ele é um moleque. Um moleque perigoso, mas um moleque. Não é moleque que gosta de esconder tesouro?

Caboré levou as maletas para a garagem, estourou os cadeados a marteladas, aí ficaram olhando os maços de dólares enfileirados direitinho como nos filmes. Contaram o dinheiro, mais de quinhentos mil dólares; depois Caboré mandou Bispo trocar os dólares por reais.

Caboré quis uma posse simples e informal, logo cedo, para se aproveitar o resto do dia de trabalho — só com a imprensa e os convidados oficiais, autoridades e representantes sociais, para uma cerimônia rápida. Isso foi o que saiu na imprensa, mas o povo, se leu, fez que não entendeu e, às sete da manhã, caravanas dos bairros mais distantes já chegavam de ônibus ou a pé, os pés embarreados porque tinha chovido de madrugada, mulheres de sandálias e homens de botinas manchadas de cimento, mocinhas com a foto de Caboré espetada a alfinete na camiseta, meninos correndo, velhos alegres como meninos.

Foram chegando Camisas-12 cantando as músicas da campanha. É a primeira vez, diziam os radialistas, que vemos uma manifestação política realmente popular e espontânea, nós que já vimos atraírem povo com show, com foguetório, com comida, com sorteio, com rebolado e o diabo, hoje vemos aqui na prefeitura o povo chegando de ônibus, a pé, de carro, de carroça e até gente a cavalo já chegou aqui!

Quando a banda municipal começou a tocar, os Camisas-12 começaram a dançar, e às nove horas, quando Caboré e Vaslinda desceram do velho carro que ele fez questão de usar em vez do carro oficial, foram envolvidos num furacão de abraços e beijos, deixando a segurança oficial atarantada, os PMs se olhando sem saber o que fazer, mas os apóstolos rodearam o casal e abriram caminho até a entrada do prédio. Lá esperava o presidente da Câmara, prefeito em exercício no lugar do prefeito cassado e do vice-prefeito que tinha arranjado viagem providencial. Caboré apertou a mão do homem rodeado de assessores e seguranças, e apontou um caminhão lá no estacionamento:

— Vamos fazer a cerimônia na carroceria do caminhão, assim todo mundo vê — e foi para lá; e a multidão, como um bicho de muitas cabeças, entendeu e urrou aplaudindo e erguendo os braços como num gol, dançando e cantando, *é, é, é, é Caboré.*

Atrás dele o séquito oficial, e subiram na carroceria pisando nos joelhos ou nas mãos calejadas de homens, enquanto mulheres empurravam a bunda dos mais gordos.

— Mas Caboré — disse o prefeito em exercício — Como vamos fazer sem microfone aqui?...

Caboré pediu silêncio com as mãos, a multidão silenciou, cada cabeça buscando seu ponto de vista na massa de ombros e cabeças e crianças erguidas nos ombros dos pais, e mais silêncio se fez quando ele começou a falar:

— Gente, obrigado por terem vindo, eu não esperava.

Um gaiato gritou:

— Cê não escapa di nóis, Caboré!

Riram, enquanto o prefeito ainda em exercício lhe falava melhor ser rapidinho, e ele continuou:

— O prefeito me diz aqui... — alguém gritou, prefeito é você, Caboré! — Me diz o prefeito que o arcebispo e outras autoridades esperam lá no salão, então vamos fazer a posse popular aqui, a posse oficial lá! Com a palavra o senhor prefeito! — e aplaudiu, aplaudiram.

O homem olhou os assessores, olhou a massa, tirou um papel do bolso do paletó mas botou de volta, respirou fundo e soltou:

— Senhoras e senhores! É com prazer que transmitimos o cargo de prefeito municipal ao senhor Carlos Alberto Pessoa... e *é, é, é Caboré*, explodiu o coro puxado por Bel e Quim, ali com camisas de mangas compridas dentro de calças sociais.

— O meu discurso pra vocês — falou Caboré — É só isto: prometo me dedicar cem por cento, fazer o certo e fazer bem-feito, ou não me chamo Caboré!

A massa aplaudiu pulando, gritando, cantando e dançando.

Só quando o sol já castigava, lá pelas dez, conseguiram entrar na prefeitura e chegar ao salão, onde as autoridades e convidados esperavam cozinhando no calor e se abanando com leques e lenços. A mesa de honra tinha coroa de flores, microfones e garrafas de água. O arcebispo com seus roxos, os juízes com seus ternos escuros, as senhoras com seus penteados, os jornalistas com seus blocos de notas, os câmeras disputando espaço, os radialistas falando em voz baixa nos microfones ou celulares.

Caboré era o único na mesa vestido de branco, e assim ele começaria seu discurso:

— Senhores e senhoras, autoridades já nomeadas e também as não nomeadas, estou hoje vestido de linho branco como usavam nossos pioneiros, no tempo em que a cidade só tinha ruas de terra, que ou estavam cobertas de barro ou de poeira. Mas os pioneiros, aquela gente que veio do Brasil todo e do mundo inteiro para colonizar e viver nesta terra, faziam questão de vestir roupas claras, acho até que como protesto e pirraça contra o barro e a poeira. Era uma forma de dizer que acreditavam na cidade, e que o barro e o pó não venceriam. Este meu terno branco de hoje é uma forma de dizer que a corrupção e a preguiça não vencerão na prefeitura!

Assessores do já ex-prefeito puxaram palmas, ele continuou:

— Amanhã teremos já as eleições para os secretários municipais. Mas quero fazer algumas indicações pessoais. Primeiro, para o Serviço Social, que cuida da população mais carente e dos casos de desnutrição, orfandade, velhice, abandono de lar, assistência a famílias desabrigadas por tempestades ou desastres, enfim, um cargo trabalhoso mas o único não remunerado do governo municipal. Por isso indico Marlene da Mota Fernandes, que já se disse disposta a trabalhar sem ganhar, e que já cuida de nosso vice-prefeito, Ari Ibrahim Chimite, para quem apresento neste momento, ao presidente da Câmara Municipal, pedido de licenciamento por tempo indeterminado para tratamento de saúde.

O zunzum brotou no salão, os repórteres anotando, os radialistas falando aos microfones. Caboré apontou Joana:

— Quero apresentar também nossa chefe de gabinete, Joana dos Santos, que só aceitou com a condição de dizer sempre o que pensa, pois é de gente assim que um prefeito precisa.

Joana levantou agradecendo os aplausos, e já tinha uma barriguinha.

— Quero apresentar também, ao senhor juiz eleitoral, cópia do documento redigido por nosso advogado — Bispo começou a distribuir cópias aos repórteres — doando à prefeitura as sobras financeiras da nossa campanha, com a condição de que sejam usadas para informatizar as escolas.

Os radialistas, ao ver o valor da doação, começaram a falar alto aos microfones, quase dois milhões de reais!

Vaslinda, sentada ao lado de Caboré, pegou-lhe a mão e lhe deu um úmido e orgulhoso olhar, ele piscou feito um menino.

Depois da cerimônia e dos cumprimentos e das bajulações e risadas, piadas e gracejos, ainda envoltos em ondas de gente pelas escadas e corredores, e no pátio e no estacionamento, finalmente conseguiram entrar no carro e foram para o lugar combinado. Na véspera tinham discutido onde fazer um almoço de comemoração, os apóstolos, Dona Estrela, Carlão, mais uma dúzia de Camisas-12 escolhidos, quem pudesse pagando sua conta, quem não pudesse por conta de Caboré, daí porque apenas doze, e Bel e Quim é que tinham sugerido uma churrascaria rodízio.

A rodovia passava diante da churrascaria, e lá do outro lado, Caboré contou a Vaslinda, era a favela onde tinham começado a campanha, lá moravam Bel e Quim.

Os dois arregaçaram as mangas e comeram de todas as carnes que passaram em espetos e travessas, até Vaslinda falar chega, vocês já estão com cara de tristeza.

Eles foram urinar. Quim tinha bebido cerveja sem que ninguém notasse e estava alegrete:

— Vou pedir pro Caboré um emprego na prefeitura.

— Ele diz que só vão empregar estagiário e voluntário.

— Nada, isso é só conversa, é só a gente ir encostando, logo consegue ficar de vez. Eu quero ser fiscal, cara, dá pra morder uma grana preta!

— Mas o Caboré vai botar estagiário junto com cada fiscal, pra ser fiscal do fiscal, lembra?

— E você acreditou, bobão? Era tudo promessa pra ganhar eleição!

Voltaram ao salão, e Quim falou baixo:

— Ainda vou comer muito churrasco na vida, cara...

— E eu — falou Bel — quero é ajudar o Caboré.

Foram ficar perto de Caboré, um esperando uma brecha para pedir emprego, outro esperando para pedir trabalho. Na moleza da bebida e da comida, todos conversavam e riam meio esquecidos de Caboré, que finalmente pôde perguntar à Vaslinda:

— Fiz muita besteira hoje, falei bobagem?

— Não, você vai fazer tudo certo, enquanto for um homem bom — pousou a mão no seu peito — e um menino iluminado — pousou a mão em sua cabeça.

Ele lhe beijou a palma da mão, depois notou Bel e Quim ali, perguntou o que queriam.

— Continuar trabalhando com você — disse Bel.

— Mas com emprego certo — disse Quim — A gente merece, né...

Ele suspirou fundo, disse que tinha prometido não empregar ninguém, mas eles tinham sido os primeiros a entrar na campanha...

— ...e toda regra tem de ter exceção. Vamos ver o que dá pra fazer.

Obrigado, disse Bel; legal, disse Quim, e foram para o balcão de sobremesas. Bel pegou uma fatia de manjar, e Quim foi enfiando nos bolsos frutas cristalizadas. Vaslinda viu, falou veja só que malandrinho, e Caboré riu, falou deixa pra lá:

— Ainda são só dois meninos...

Este livro foi composto na tipologia Minion,
em corpo 11,5/16, e impresso em
papel off-white 80g/m² no Sistema Cameron da
Divisão Gráfica da Distribuidora Record.